Research on Influential Mechanism of Talent Attractiveness in Industrial Cluster

产业集群人才吸引力影响机制研究

周均旭 ◎ 著

湖北长江出版集团
湖北人民出版社

鄂新登字 01 号
图书在版编目(CIP)数据

产业集群人才吸引力影响机制研究/周均旭著.
武汉:湖北人民出版社,2011.4

ISBN 978 - 7 - 216 - 06792 - 8

Ⅰ.产…
Ⅱ.周…
Ⅲ.产业—人才资源开发—研究
Ⅳ.①F062.9②C96

中国版本图书馆 CIP 数据核字(2011)第 057950 号

产业集群人才吸引力影响机制研究　　周均旭 著

出版发行:湖北长江出版集团 湖北人民出版社	地址:武汉市雄楚大街 268 号 邮编:430070
印刷:武汉市福成启铭彩色印刷包装有限公司	经销:湖北省新华书店
开本:880 毫米×1230 毫米 1/32	印张:7.125
字数:177 千字	插页:1
版次:2011 年 4 月第 1 版	印次:2011 年 4 月第 1 次印刷
书号:ISBN 978 - 7 - 216 - 06792 - 8	定价:24.00 元

本社网址:http://www.hbpp.com.cn

本书由国家社科基金项目 10CJY004、
中国县域经济与社会发展研究中心项目 ZXJ09Y005
共同资助出版

前　　言

20世纪80年代以后，世界经济版图上涌现出大量的具有竞争活力的产业集群。产业集群推动了区域经济的增长，构建了国家产业竞争的优势，同时也吸引和集聚了大批人才；而人才的吸引与集聚也促进了产业集群的发展，使产业集群的竞争优势得到增强和保持。当前在全球化的激烈竞争下，我国许多传统产业集群面临着产业升级和结构调整的难题，高素质和高技能人才的短缺成为关键的制约因素，因此研究产业集群人才吸引力，发挥产业集群在吸引高层次人才中的协同整合作用，具有重要的理论价值和现实意义。本文针对产业集群的人才吸引力进行了如下研究：

首先对产业集群人才吸引力的相关理论研究文献的主要观点进行了系统全面的归纳，对产业集群的人才吸引力效应进行了理论解释；并以产业集群理论为基础，基于产业集群的地理接近性和产业关联性两个最基本特征，分析产业集群人才吸引力研究的参照对象选择及人才吸引力差异的组成结构，运用组织吸引力的测量方法设计了产业集群人才吸引力评价测量量表，并选择佛山地区作为典型样本对产业集群人才吸引力进行了实际测量，从理论和实证两方面验证了产业集群人才吸引力效应的存在。

其次，运用组织研究的多层次理论方法，遵循产业集群竞争力研究的纵向结构思路，将产业集群人才吸引力的影响因素从宏观到微观划分为区域、集群和企业三个不同层面，设计出产业集群人才吸引力的影响因素量表，并进行了实证检验，建立了产业集群人才吸引力影响因素的多层次模型，区分了产业集群人才吸引的核心因素、中间因素和外围因素。

然后，结合人口迁移理论、产业集群理论和组织吸引力理论，解析了产业集群人才吸引力影响因素的作用机制，分析了区域层、产业集群层和企业层各层次因素之间的传导关系，以及它们对产业集群人才吸引力的影响，并运用结构方程模型进行了实证检验，揭示了从宏观层到微观层不同因素对产业集群人才吸引力的直接影响和间接影响。

最后，运用协同理论分析了产业集群人才吸引力提升的路径，揭示了产业集群人才吸引过程中的协同效应和自增强效应，从区域宏观层面、企业微观层面提出了相应的政策建议，并阐述了产业集群的中间组织特性在人才吸引中的协同整合作用，剖析了产业集群在人才吸引力的提升中的产业协同、市场协同、品牌协同以及文化协同策略，建立了产业集群人才吸引力提升的协同整合模型，为产业集群人才吸引提供了政策参考。

目　录

第1章 绪论

1.1 研究背景与课题来源

国家竞争优势的获得，关键在于产业的竞争，而产业的发展往往是在国内几个区域内形成有竞争力的产业集群，产业集群是具国际竞争力的产业的共同特征，是形成和提升一个国家产业竞争力的重要条件（Porter，1990）。产业集群，作为在某一特定领域内互相联系的、在地理位置上集中的公司和机构集合，近年来引发了国内外学者们的空前重视和广泛关注，成为了学术研究的一个焦点。

1.1.1 研究背景

1）产业集群是区域经济增长的强劲动力

20世纪80年代以后，随着经济环境的变化，世界的经济版图上涌现出大量的具有竞争活力的产业集群，形成了色彩斑斓、块状明显的“经济马赛克”，地方产业集群构成当今世界经济的基本空间构架，创造出绝大多数的世界财富（Scott，Storper，1992）。产业集群为区域的经济集聚提供了动力和实现方式，成为区域经济发展的主要推动力量（Hill，2000）。拥有美国硅谷的加利福尼亚州，其经济总量相当于各国经济总量排名的第11位；意大利70%以上的制造业、30%以上的就业、40%以上的出口量集中于199个产业集群；印度制造业出口额的60%由350个产业集群创造，其中一个非常小的城镇—卡尼巴德的纺织集群织造印度全国75%产量的毯子，鲁第海那的纺织集群生产80%毛织服装。我国改革开放以来，经济发展迅速的珠江三角洲、长江三角洲和胶东半岛等地区，特别是广东、浙江和江苏的南部，通过市场的力量，逐渐形成了大片比较成熟的产业集群带，成千上万企业围绕产业集群进行专业化的分工和生产。产业集群集中区域的经济长期以接近20%的速度快速增长，是我国市场经济中最有活力的区域，如2003年惠州经济增长率为19.7%，绍兴为19.5%，东莞为19.5%，深圳为19.2%，苏州为18.9%，无锡为18.7%，中山为18.57%，宁波为17.7%，特别是广东以专业镇经济形态出现的产业集群蓬勃发展，珠江三角洲404个建制镇中以产业集群为特征的专业镇占了四分之一，经济总量占广东省的80%，吸引的外国直接投资占全国总量的26%（孙艳，2005）。

产业集群是工业化进行到一定阶段后的必然产物，它深化了区域的专业化分工与协作，当代的国际经济竞争是产业集群的竞争（王缉慈，2003），产业集群是现代产业竞争力，甚至是国家或地区竞争力的重要来源与集中体现（杨云彦，2004）。浙江省委政策研究室2001年6月调查，在88个县市区中，有85个形成了“块状经济”；年产值超亿元的区块有519个，10亿到50亿元的有118个，50亿到100亿元的有26个，100亿以上的有3个，块状经济总产值5993亿元，约占当年全省工业总产值的49%，分布在175个行业，涉及工业企业23.7万家。全国532种主要工业产品的产量，浙江有336种进入前10名，56种特色产品产量占全国第一，109种居全国第二，154种居第三位（国家统计局，2001）。温州的鹿城区和瓯海区集中了世界总产量70%以上的防风打火机，占据了近95%的国内市场和近70%国际市场份额；嵊州的领带产量占国内市场的80%和全球市场的30%；苍南铝制徽章占有国内市场份额的45%；海宁的许村、许巷的装饰布占全国市场份额的35%以上；永康的衡器产量占全国2/3；

诸暨山下湖镇的淡水珍珠占全国总产量近九成等等。

无论是在国外，还是国内；无论是在发达国家，还是在发展中国家，产业集群能够发挥集聚产生的分工优势和规模效应，具有特殊的创新能力和技术扩散能力，能够吸引区域外资源流入（Martin，Ottaviano，2001），对城市或更小的经济区域的经济发展可以发挥决定性的作用，许多地区都将通过产业集群促进经济增长作为长期增长战略的主要政策措施之一（Leo，Braun，Winden，2001）。Cendy Fan和Scott（2003）研究了东亚和中国的产业集群与经济增长之间的关系，发现二者之间具有很强的双向促进关系。周兵和蒲勇键(2003)在研究我国一些地区的集群发展时也发现，产业集群通过发挥集聚经济和竞争优势降低了产业集群的平均成本和产业集群中单个企业的平均成本，增强了区域对资本和劳动力的吸引力，促进了区域的经济增长，并以Solow经济增长理论为基础，运用定量分析方法从理论上解释了产业集群与经济增长的关系。沈正平等(2004)运用区域乘数对产业集群与区域经济增长的关系进行探讨，认为在市场的正常运行中，产业集群的出现或扩张可引起区域内各经济部门供应和需求的连锁反应，产业链不断延伸到更多的相关产业甚至不同产业，通过连锁反应可以使区域经济总量获得一个正的增加值。国内的徐赋宁(2001)、陆国庆(2001)、朱英明(2002)等学者也通过理论方法创新和模型的构建，对产业集群与区域经济增长进行了分析研究，认为一个国家或者地区的产业发展到一定程度时，产业集聚是必然的，而且处于良性发展的产业集群对区域经济的增长起到推动和促进作用。

纵观国内和国外的经济发展经验，产业集群能够显著地提高地区产业乃至整个国家经济的竞争力，促进了区域经济的持续增长与发展，而根据中国产业集群发展的对国家和城市经济的影响，可以说产业集群是中国和谐崛起的一条希望之路（倪鹏飞，2005）。

2）产业集群是大规模就业的吸收器

我国沿海地区星罗棋布的产业集群充满活力，既为不同生产力水平的企业构建了适宜的发展平台，也为不同层次的劳动者提供了广阔的就业空间，不仅使本地居民就业充分，而且吸纳了大量的外来劳动力，成为扩大就业增加收入的重要渠道。以产业集群发达的珠江三角洲地区为例，佛山的陶瓷业、东莞的电子业和服装业、顺德的家具业、惠州的制鞋业、中山的灯具业、澄海的玩具业等产业集群不仅有力地推动了广东省农业劳动力的转移，还吸纳了外省1200万劳动力。而另一个中国产业集群最发达的浙江地区，有关部门统计，通过发展产业集群，很多居民在"家家办工厂，人人做生意"的模式下，变成了中小企业主、小老板乃至大老板，不但解决了自己的就业问题，而且为本地居民和大量的外来劳动力提供了就业机会，产业集群吸纳就业人员390万人，至少使600多万本省农民和400多万名外省劳动力成为二三产业从业者。黄建康（2003）运用区位商分析方法，利用"就业区位商"作为识别和判断某产业集群就业创造能力的指标，并实证分析了产业集群的就业创造效应。施雯（2007）以产业集群的理论为基础，着眼于产业集群对劳动力就业的影响，用数据分析方法，分析不同的产业集群程度与劳动力就业扩张的相关关系，并且进一步分析产业集群对农村劳动力转移与就业的促进作用，论证了产业集群的发展有利于解决我国的劳动力就业问题。

此外，产业集群还带动了为其生产及生活服务的上下游关联产业和第三产业的发展，促进了基础设施及市政的建设投入，推动了产业结构的升级和城市化水平的提高，对于促进就业存在明显的乘数效应，可以实现劳动力就业的扩张机制（张耀辉，周轶昆，2004）。张炳申（2003）利用乘数效应，论证广东产业集群在城市扩张和推动就业方面发挥的巨大作用，指出集群和产业集中首先引起劳动力和人口的集聚，进而要求住宅、餐饮和生活消费等与人们的衣食住行有关的服务产业与之配套；其次推动了为生产服务的销售、市场策划和推广、技术与信息咨询以及相关中介服务组织的相应发展；最后市政基础设施建设的配套使城市规模扩大放大了就业需求。Romer(1987)、Diamond和Simon(1990)、Rotemberg和Saloner(1990)等也分析了由于产业在空间上集聚引发的劳动力集聚情况。

产业集群的发展吸引着大量人才,吸纳了大批就业劳动力,也可以通过相关的统计资料进行验证。20世纪90年代以来美国硅谷发展重点由个人电脑转向网络,吸引与集聚了大量软件技术类人才,从1992年的25476人增加到2000年的111258人,8年时间增加85782人,具体数据见表1-1。

表1-1 1992—2000年硅谷就业人数统计表(单位:人)

年 份	1992	1993	1994	1995	1996	1997	1998	1999	2000
生物科技	21886	21593	22411	21528	20194	21445	25878	24033	27133
计算机通信	92384	95278	89278	90388	100539	108016	114230	114399	117599
创新服务	55737	58148	62241	67026	74607	80692	80051	87417	94317
专业服务	44723	47058	53022	60778	81328	84991	88680	91740	101640
半导体、设备	59974	56560	58409	64323	73961	76906	83614	70181	75081
软件	25476	32314	35020	43700	52722	61003	67972	80558	111258

资料来源:郝莹莹,杜德斌.从"硅谷"到"网谷":硅谷创新产业集群的演变及启示[J].世界经济与政治论坛,2005(3).

我国北京中关村高科技产业集群,起源于上世纪80年代海淀区电子一条街,1980年电子一条街出现第一家科技企业时就业人员仅有十几人,到1987年电子一条街的就业人员达到4407人,1988年海淀科技园成立后,随着中关村的发展,就业规模不断扩大,1992年达到6.9万人,到2003年已经达到48.86万人,11年时间增长六倍。2003年,东莞吸纳流动人口440.45万人,深圳406.48万人,广州276.86万人,佛山206.62万人,杭州142.32万人,温州136.67万人,中山102.52万人,宁波93.2万人,苏州89.84万人(孙艳,2005)。

劳动力的自由流动使得劳动力的转移替代了产业的转移，沿海产业集群发达的地区，已经成为人才迁移的主要选择目标，沿海地区作为迁移目标基本上占据了全国迁移人口近60%的比重，广东、江苏、浙江、山东、上海是人口迁入的主要省份，其中，广东更是占据绝对的比重，在全国外来省份人口的总数中达到了35.51%的绝对比例，而其余如浙江、上海、江苏、福建等沿海地区总计也达到了30%以上的水平（中国人事科学研究院，2005）。

3)产业集群的持续发展和结构升级需要吸引更多的人才

在产业集群竞争力钻石模型中，生产要素分为初级生产要素和高级生产要素：初级生产要素包括天然资源、气候、地理位置、非技术工人与半技术工人、融资等，是被动继承的或只需要简单私人及社会投资就能拥有的；高级生产要素包括现代化通信的基础设施、高等教育人力以及大学研究所等，必须通过人力和资本的持续投资获得的，高级生产要素是产业集群竞争优势培养的关键。“当一个国家把竞争优势建立在初级生产要素时，它通常是浮动不稳的，一旦新的国家踏上发展相同的阶梯，也就是该国竞争优势结束之时”（Porter，1990）。韩国学者乔东逊（Cho. D Sung，1994)将人才作为产业集群竞争力构成的决定性因素，其“九要素模型”指出韩国经济的劣势在于缺乏资本、技术和足够大的国内市场等物质要素，因此需要政府和企业从国外引进资本和技术，去开拓国外市场，去创造影响经济增长的资源要素和其他方面的要素，必须用人力要素去创造物质要素；而具有良好教育的、充满活力的和富有献身精神的工人、政治家和官僚、企业家、职业经理人和工程师四种类型人力要素，是韩国经济增长的关键动力，在韩国经济起飞过程中起着中心作用。Bahrami 和 Evans（1995）在研究美国硅谷高科技产业集群时，通过高素质人才、领先使用者、企业家精神、大学及研究机构、风险性资金、支援性设施六个构面的分析，指出高素质的人力资源是形成产业集群与提高竞争力的必备因素，由于拥有世界知名大学与研究机构为其提供优秀的专业人才，使硅谷成为全球高科技产业中心。Sabourin和Pinsonneault(1997)在研究加拿大的高科技产业集群时，指出高素质人力资源、知识资源、技术基础和可用性资本四种战略性资源条件与产业集群竞争力动态相关，其中高素质人力资源扮演发起人的角色，推动着整个产业集群高竞争力的形成。

知识经济时代，人力资本是经济增长的主要动力，人才的竞争已经成为地区和企业竞争的关键(Solomon, 1994; Jackson, Schuler, 1995)，对人才的吸引和保留投入力气更大的组织，更有机会成为行业的领导者，获取组织的竞争优势(Delery, Shaw, 2001; Boxall, Purcell, 2003)。作为一种重要的高级生产要素，人才是发展产业集群的基础保障，也是决定产业集群持续竞争能力的关键(Sabourin, Pinsonneault, 1997)。人力资本是产业集群竞争力获取的动力之一，它与非正式交流、企业相互依赖、企业之间相互合作、当地资本市场、公众意见和当地政策六个因素的相互作用决定了集群的竞争力(Brenner, Greif, 2006)。人才在产业集群中的大量集聚，有利于专业化技能和知识的积累与共享，能够促进集群的专业化生产；也增加了正式与非正式的交流与沟通，促进隐性知识的传播与扩散，还降低了信息搜索成本，提高了创新速度，推动了产业集群创新活动的展开；同时，人才的集聚也必然加剧人才间的竞争，个人必须通过持续不断的学习和交流以获得新的知识，提高了人力资本的使用效率，都促进了集群区域的社会化协作以及技术创新(汪华林，2004)。人才的集聚也推动了产业集群的创新活动，增强了产业集群的持续发展能力，因为创新活动本身也具有在那些产业研究与开发活动、大学研究活动和熟练劳动力富集的区域聚集成群的空间倾向性；高新技术产业集群往往靠近大学等教育机构、研究机构，研究开发型的集群多集中在理工大学附近，而生产导向型的集群多集中在工程大学附近；大学和科研院所为产业集群提供了大量丰富稳定的高级研究和管理人才及大量的创新成果，并且这种人力资源在供给上的便利大大降低了企业自身的培训成本,使之可以利用大学等机构的科研设施,特别是一些名校内的国家实验室的设备(Feldman,2005)。

我国许多产业集群还处于投资导向型发展阶段(才国伟,王曦,舒元,2007),全社会积极有效的投资行动是竞争优势的主要推动力,是经济发展的基础;产业集群以低成本竞争的劳动密集型产业为主,即便是高科技的产业集群,也同样面临着高素质的专业技术人才和经营管理人才匮乏、企业自主技术创新的能力不足等问题,各生产企业之间的竞争更多的是以成本竞争为主,不可避免的"价格战"使产业集群内的企业人员工资维持较低的水平。例如,珠江三角洲地区虽然当地经济发展持续走高,但好处并没有落到产业工人头上,打工人员的平均工资10年来只涨了65元,从21世纪初开始出现了"民工荒"、"技工荒"使当地大量劳动密集型企业不能满负荷生产、无法满足订单的工期要求。随着国内外市场竞争加剧,劳动力成本提高,资源环境约束加强,企业经营成本开始增加,而消费结构升级加快,低价竞争优势弱化,建立在廉价劳动力基础上依靠低廉成本赢得市场的产业集群竞争优势已经无法继续维持。从提高产业竞争力的角度出发,中国产业竞争力的出路并不完全在于劳动力成本的比较优势,而应当形成更多的专业化产业地区,并加快使现在的一些较为低级的产业集群过渡发展到组织化程度高的创新性的产业集群,这就需要培养和吸引大量的高素质人才进行支持。适应未来持续竞争的需要,我国许多产业集群必须由投资导向型向创新导向型发展阶段迈进,企业的先进技术跟踪学习能力和原始创新能力成为竞争的关键要素,人才也是迈进创新导向型发展阶段的决定性因素(刘世锦,2003)。产业集群发展战略中人才战略必须提高到新的高度,树立科学的人才观,加强人才资源能力建设,提高人的素质、挖掘人才潜力、合理利用和配置人才资本、推进人才结构调整、创新人才工作机制、优化人才成长环境,是提升产业集群竞争力和持续发展能力的关键。

1.1.2 课题来源

本选题来源于国家自然科学基金项目“产业集群的人才集聚效应研究”(项目号:70572035)。研究旨在分析产业集群形成和发展过程中人才的吸引与集聚效应,探讨我国产业集群人才吸引力的形成原因及其影响因素, 剖析产业集群特性及其对人才吸引力的影响,解构产业集群人才吸引力的影响机制和作用方式,揭示产业集群人才吸引和保持的规律,探索目前我国产业集群扩张与产业升级中人才短缺问题的解决途径,为地方政府在产业集群发展中的人才吸引与保留决策提供参考依据。

1.1.3 研究概念的界定

人才,在《现代汉语词典》中,指的是“德才兼备的人;有某种特质的人”,人才具有优于一般人的品德和才能,特别是才能。王通讯(1985)认为,人才是为社会发展和人类进行创造性劳动,在某一领域、某一行业或某一工作上作出较大贡献的人;叶忠海(1985)认为,人才是在各种社会实践活动中,具有一定的专门知识、较高的技术和能力,能够以自己创造性劳动,对认识、改造自然和社会,对人类进步做出了某种较大贡献的人。综合以上定义,人才具有两个基本特点:一方面具有一定的才能、才干,另一方面要对社会有贡献;除了强调人才要有才能外,还要强调进行创造性劳动和为社会做出贡献。

根据牛顿力学经典理论的解释,任何有质量的物体之间都存在着相互的吸引力, 即万有引力。万有引力是宇宙中四大基本力之一,引力的大小与物体的质量成正比、与物体间的距离成反比,运算公式为:$F = G\,Mm/R^2$。万有引力模型在经济学研究的许多领域都被广泛地使用,如 Reilly (1929、1931)提出了零售服务吸引力模型;Linneman(1966)则建立了双边贸易流量计量分析的吸引力模型。在人口流动与迁移领域,Ravenstein (1885) 最早利用万有引力定律提出了人口迁移的重力模型，王桂新（1993）、龙青云（2005）、王先进和刘芳（2006）等等也利用万有引力定律从宏观层面研究了我国城市间的人口迁移流动模型。

组织人才吸引力，是一种对人才的影响力，正如在地球引力场范围内一般把地球与其他客体的相互作用力理解为地球对另一客体的吸引力一样，通常也被视为一种向心力，是将人才吸引到特定组织工作的能力。市场经济条件下，人才处于不断地循环运动过程中，人才流动成为一种不可避免的社会行为。人才流动及其流量与流向是一定方位的对象对其施加一定吸引力作用的结果，对于特定区域而言，人才流动到特定的区域集聚，离不开该区域人才吸引的向心力作用。如果某个区域具有较强的吸引力“磁场”，就能引导人才有目的、有条件的向其流动，进而形成人才的集聚。

产业集群是在某一特定领域内地理位置上集中的公司以及相关机构由共同性和互补性联系在一起组成的一种特殊组织。本文将产业集群人才吸引力作为一种向心力进行研究，即是产业集群本身所具有的，能够吸引人才向产业集群集聚的力量。由于人才个体的分散性，如同地球引力场作用范围内的物体，人才被看作是一个个质点，其质量忽略不计。产业集群人才吸引力，这种向心力有着明确的指向，即指向产业集群本身，其作用的结果是使人才向产业集群集聚。产业集群人才吸引力作用双方中，产业集群视同施力的主体，而人才是受力的客体。

产业集群人才吸引力也是产业集群对人才的影响力，其影响对象包括产业集群外部的人才和产业集群内部的人才，因此可分为对外部人才的吸引力和对内部人才的吸引力两个方面。产业集群对外部人才的吸引力是产业集群自身所具有的、能够使外部人才通过对产业集群的感知和阅读而产生向产业集群聚集、成为产业集群内部的一名工作人员的愿望的向心力；产业集群对外部人才的吸引力越大，吸引人才向产业集群聚集、流入产业集群的愿望也就越强烈。

产业集群对内部人才的吸引力属于产业集群的人才保持能力的范畴，是产业集群本身所具有的、能够使产业集群内部人才通过参与、感知和体验而产生的自愿留在产业集群并积极奉献的力量；内部人才吸引力不足，产业集群现有人才资源就不能有效发挥作用甚至会出现流失，因此产业集群也必须随时保持对内部人才有足够的吸引力。正是因为产业集群本身具有对外部和内部人才的吸引能力，人才才得以被吸引、保持并成长于特定区域，形成了产业集群的人才集聚现象。

1.2 研究思路与研究方法

产业集群是国家和区域经济增长的主要动力，人才是产业集群竞争力形成的关键要素，吸引与保留人才已经成为产业集群持续稳定增长和顺利升级的必需保证。因此，本研究具备较强的理论和现实意义。

1.2.1 研究思路

本研究遵循如下的思路展开：

(1)利用规范研究方法，在对近年来相关经典文献综述的基础上，从中吸取可供借鉴的研究成果与方法，找出已有研究的不足，探寻进一步发展与完善的空间，在理论上证明产业集群人才吸引力研究基本思想的科学性和适用性，并对产业集群人才吸引力效应进行理论界定，为后续研究奠定理论基础。

(2)在参考国内外已有的研究成果以及专家学者和实际工作者意见的基础上，参考组织吸引力的测量方法设计产业集群人才吸引力的评价量表，针对一些已经成功吸引人才的产业集群进行实证研究，并将产业集群与非产业集群对比分析，采用方差分析方法验证产业集群人才吸引力效应的客观存在性。

(3)借鉴组织问题研究中的多层次思想和产业集群研究中的纵向结构观点，对产业集群人才吸引力的影响因素分层研究，综合人口迁移理论、产业集群理论、组织吸引力研究的成果，提炼相关影响因子，建立多层次指标体系，对实地问卷调查获取的数据资料进行因子分析，确定产业集群人才吸引力的影响因素。

(4)在研究(3)的基础上，进一步对各层次变量之间的关系进行深入的理论剖析和探讨，提出研究假设，建立影响因素的作用机制模型，利用结构方程技术，研究多层次因素对人才吸引力的影响机制，对研究假设进行验证，分析因素之间的作用关系。

(5)利用协同理论，分析从区域、产业集群和企业三个层面，针对影响人才吸引力的各种因素，进行协同整合，培育和提升产业集群的人才吸引力。

(6)对本研究的工作进行总结，分析研究的结论和不足之处，指出有待于进一步研究的问题和建议，为后续研究提供思路和参考。

1.2.2 研究方法

本研究将根据理论研究和实证研究、定性研究与定量研究相结合的方法论原则，综合采用如下方法：

1)文献研究

大量收集国内外相关文献，通过文献检索、阅读和分析，了解国内外和本论文相关的理论研究现状，消化和吸收有关成果，选择能够实现研究目的的理论和方法。

2)调查统计研究

开发产业集群人才吸引力及影响因素的测量量表，采用问卷调查和访谈法收集部分产业集群人才吸引方面的资料和数据，实证研究主要采用 SPSS 11.5 和 LISREL 8.7 统计软件进行分析，运用到描述性统计分析、相关分析、聚类分析、方差分析、因子分析、多元回归分析、结构方程等方法。

3)比较研究

本研究将对产业集群与非产业集群从多个角度进行综合比较，以分析二者的人才吸引力差异，揭示产业集群人才吸引力效应，认识其本质特点和规律并做出正确评价。

4)类比研究

产业集群本身是一种特殊的组织形式,其人才吸引力与企业组织吸引力可以进行类比研究,人才吸引力的影响因素也可以类比组织问题的多层次分析。

5)理论建模

研究拟从理论上研究产业集群的人才吸引力影响因素的作用机制,构建基础模型,再通过定量分析进行验证。

本文的研究思路和技术路线请见图1-1。

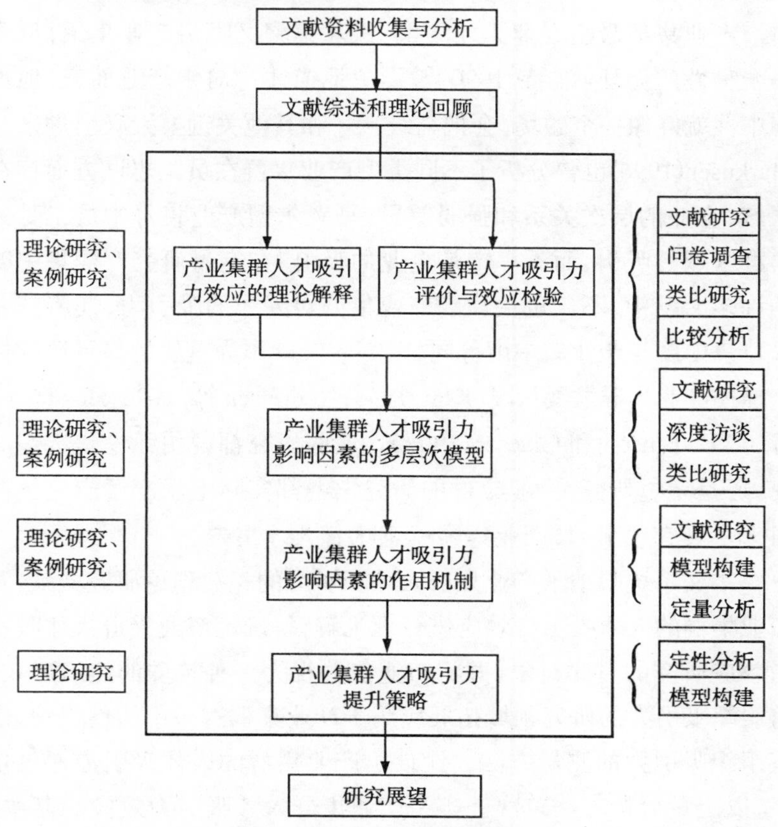

图1-1 本文的研究思路和技术路线

1.3　主要创新点

产业集群集聚了大量人才，而人才的集聚离不开人才的吸引，但是目前针对产业集群人才吸引力仅有少数零散论述，缺乏系统研究，且现象描述多，机理探讨少。本研究基于人口迁移理论、产业集群理论以及组织吸引力理论，对产业集群的人才吸引力效应、影响因素及其作用机制等进行系统研究。研究的主要创新点如下：

1)开发产业集群人才吸引力评价量表，实证检验产业集群人才吸引力效应

产业集群吸引专业人才集聚，人才集聚又吸引产业集聚，形成一个良性的循环。波特(1990)曾形象地描述："对于产业而言，地理集中性就好像一个磁场，会把高级人才和其他关键要素吸引进来。"Markusen(1996)也曾分析了不同类型产业集群在员工忠诚方面存在区域、企业的层次关系和强弱差异，马歇尔型产业集群中员工受到集群区域的吸引，而不一定是企业的吸引。在定量研究产业集中度的许多文献中，不仅也关注到产业集群对人才的吸引力，还将就业人口集中度与产业集中度等同，以就业人口作为重要的显示性指标来描述产业集群发展状况(Kim，1995；Audretsch等，1996；Henderson等，1997；Ellison和Glaeser，1997)。这些研究都说明无论是定性研究，还是定量研究，产业集群的研究学者都实际上认定了产业集群对人才具有吸引力，产业集聚就意味着人才集聚。

本文系统归纳了产业集群人才吸引力的相关理论研究文献，对产业集群的人才吸引力效应进行理论解释，确定产业集群人才吸引力效应研究的对比对象，并将产业集群视为一种特殊的组织形式，将组织吸引力的研究领域拓展应用于产业集群这一中间性组织，借鉴组织吸引力的测量方法，设计出产业集群的人才吸引力评价量表，以定量分析方法首次证实了产业集群人才吸引力效应的存在。(第3章)

2)建立产业集群人才吸引力影响因素的多层次模型

组织本身具有多层次的特性,组织研究中的许多问题都需要进行多层次的研究(Klein, 1994),特别是多层次决定模型在分析组织中个体行为的影响因素时应用广泛(Morrow 等, 1983; Naresh 等, 2001;陈景秋,王垒和马淑婕;2004);产业集群作为介于企业与市场之间的特殊中间组织,其研究也存在多层次特点(Robelandt 和 Hertog,1998;Manuel,2001)。产业集群的人才吸引力,由于集群的地理集中性可能会涉及宏观层次人才的跨区域迁移,而人才进入集群需要到微观层次具体的企业组织完成就业,因此也是多层次因素共同作用的结果。

本文运用组织研究的多层次理论方法,按照产业集群竞争力研究的纵向结构思路,将产业集群人才吸引力的影响因素从宏观到微观划分为区域、集群和企业三个不同层面;然后运用人口迁移理论、产业集群理论和组织吸引力理论进行分析,设计出产业集群人才吸引力的影响因素量表,利用问卷方法试调查和正式调查,对搜集的数据进行实证检验,运用因子分析方法,证实了产业集群人才吸引的确受到区域、集群、企业三个不同层面多重因素的共同影响,但各层面影响因素的贡献交错显现,在此基础上建立了产业集群人才吸引力影响因素的多层次模型:企业管理、经济环境和生活环境等能为人才带来现实物质收益的硬要素属于关键的影响因素,为核心因素;产业集群本身是个中间性组织,为中间因素;人才引进政策、企业声誉实力、人才成长支持政策、文化环境等软要素,为外围因素。(第4章)

3)揭示产业集群人才吸引力影响因素的作用机制

产业集群的多层次特性决定各层因素相互嵌入的特点,产业集群嵌入于特定的区域(鲁开垠,2006),而集群内的企业嵌入于产业集群(Henderson, 1986),人才则嵌入于企业和集群(Markusen, 1996)。产业集群人才吸引力的影响机制是一个复杂的多层次决定模型，人才在企业中工作，但企业嵌入于产业集群，产业集群嵌入于区域，人才吸引不仅受到企业的影响，也不可避免地受到企业之上更高层次因素的影响。

本文整合人口迁移理论、产业集群理论和组织吸引力理论，解析了从宏观到微观，区域层、产业集群层和企业层不同因素对产业集群人才吸引力的直接影响，以及通过作用于低一级层次的其他因素对产业集群人才吸引力形成的间接影响的作用机制，并运用结构方程模型进行了实证检验，研究发现：区域生活环境对人才的吸引力产生重要的直接影响；经济环境对产业集群特性、企业管理以及人才吸引力都产生显著影响；区域的人才引进政策对人才吸引力的直接影响很小，但它不仅通过影响产业集群特性，还通过影响企业管理与企业声誉实力，从而间接影响人才吸引力；人才成长支持政策对人才吸引力产生直接影响，而且它对产业集群特性和企业管理也产生影响；区域文化环境对人才吸引力的直接影响很小，但它通过影响集群特性和企业管理来间接影响人才吸引力；产业集群自身的特性对人才吸引力不产生直接影响，但承担着重要的中介作用，接受着经济环境、人才引进政策和文化环境的影响，并通过影响企业管理和声誉实力间接影响人才吸引力；微观层面的企业声誉实力和企业管理是影响人才流入的重要直接因素。（第5章）

4）建立产业集群人才吸引力提升的协同整合模型。

产业集群是众多企业和机构地理集中、产业联接、协同生产经营的产物，企业间存在横向和纵向的各类联系（Porter，1990），协同产生集聚经济的竞争优势（李辉和张旭明，2006）。产业集群的人才吸引力效应也是一个协同整合的结果，由于区域优势、集群优势和企业优势得到了协同整合，才使得产业集群较非产业集群能够吸引到更多的人才。

本文运用协同理论分析产业集群的人才吸引力提升具有协同和自增强的双重效应，研究产业集群人才吸引力提升的基本路径：

作为地方政府或者产业集群组织而言，首先应充分发挥产业集群的协同效应，采取措施加强人才吸引力的协同整合力度，提升人才吸引力，然后再借助于人才集聚的自增强效应，加速人才的吸引和集聚；并针对区域宏观层面、企业微观层面的影响因素提出了营造良好的区域宏观人才环境、优化企业微观人才环境的政策建议，在此基础上重点论证产业集群中间组织特性在实现人才吸引力协同整合中的关键作用，阐述产业集群人才吸引力的提升中的产业协同、市场协同、品牌协同以及文化协同的作用，建立产业集群人才吸引力提升的协同整合模型，为决策部门提供政策参考。（第6章）

第2章 理论综述

产业集群的兴起引起了国内外学者的广泛关注，经济学家、地理学家、社会学家等等都从各自的学科或跨学科角度对其进行了大量研究，既有许多研究产业集群概念、形成原因、决定因素、生命周期以及产业集群相互之间竞争与均衡等的理论性成果，也有针对具体国家或地区的产业集群以深入的案例研究或访谈剖析特定产业集群的成因和特点，或者利用统计数据测量产业集群的集聚程度等等的实证研究，还有相当多的文献既有理论上的假设和模型，又有实证的详尽分析或比较研究。然而，目前国内外直接对产业集群人才吸引力进行的研究还不多见，相关研究需要从产业集群、人才竞争力、组织吸引力等众多领域寻找。

2.1 产业集群人才吸引力

产业集聚总是伴随着人才的吸引与集聚（马歇尔，1890；波特，1998；于永达，2001；杨长辉和高阳，2003；吴勤堂，2004），人才的吸引与集聚有利于集群专业化生产，有利于增强集群的竞争能力，而产业集群竞争能力的提升也会反过来增强产业集群的人才吸引力(Sabourin，Pinsonneault，1997；汪华林，2004)。专家学者们在研究产业集群的过程中对产业集群人才吸引及相关问题也进行过关注和涉及。

2.1.1 产业集聚和人才吸引现象及其原因

产业在地理区域上的集聚现象，很早就引起著名经济学家马歇尔（Marshall，1890）的关注，他从规模经济和外部经济的角度研究了产业集群现象，提出劳动市场共享、专业化投入品和技术服务、知识溢出是导致产业集聚的主要原因，而产业区内集聚了许多潜在的劳动力需求和潜在的劳动力供应，形成一个供需畅通的共享性专用劳动力市场，使企业节约了劳动力要素成本，搜寻成本和培训时间及搜寻时间，造成了企业集聚活动。产业集聚导致专业人才集聚，人才集聚又吸引产业集聚，形成一个良性的循环，“当某一工业定位于某一区域时，就极有可能长期定位于此。同类厂商彼此相邻并从事类似的经济活动能够产生巨大的利益，厂商也倾向于选择在具有某种特定技能的劳动力集中的区域设厂，这种就业上的优势同工业在特定区位的集中组合形成制造业的聚集效应，它是该工业成长和区域发展的重要原因。”

韦伯(Weber，1929) 从微观企业的区位选择角度对产业集聚进行了深入研究，他最早提出集聚经济(agglomeration economies)的概念，将区位因子分为地方因子和集聚因子：地方因子使工业固定于一定地点，如趋于使运费最小或劳动成本最小的区位；集聚因子使工业趋于集中或分散，如相互分工协作或地价上涨等。合理的工业区位应当是：在地方因子决定了工业企业的区位后，相互关联的企业为了节约运费和交易成本而做趋于集聚的区位调整；只有成本因素即运输成本、劳动成本和聚集影响企业区位选择，如果企业从产业集聚中得到的好处大于它们从分散布局地迁往集中地而引起的运输和劳动费用增加，集聚就会发生。产业集聚源于企业决策者将集聚所得的利益与因迁移而追加的运输和劳动成本比较后的结果。

佩鲁（Perroux，1950）提出增长极概念，指出各种企业的建立“在地理上是分散”的，并形成各自的一定的势力边界。空间是一种“受力场”,只要在某种客体之间存在抽象的联系结构,就存在空间;经济空间是“存在于经济要素之间的关系”,其着眼点是经济联系。在经济活动中各活动单元都创造它们自己的决策和操作的抽象空间,并产生一种推进效应,这种推进效应是某种确定的多种效应的集合。增长极通过集聚和扩散效应,影响和带动周边地区和其他产业发展,但在发展的初级阶段,集聚效应主要表现为对周围地区资源的“虹吸”,“虹吸”效应大于扩散效应,增长极在就业机会、工资待遇、工作环境等满足程度上吸引着人才的流入,导致产业和人才的集聚。

弗里德曼(Friedmann,1956)的核心—边缘理论认为,任何一个国家都是由核心区域和边缘区域组成。核心区域是城市集聚区,由一个城市或城市集群及其周围地区所组成。区域经济发展具有工业化前期、工业化起始、工业化成熟和后工业化四个阶段。在工业化起始阶段,经济权力因素集聚于核心区,技术进步、高效的生产活动以及生产的创新等也都集中在核心区,核心区在区域经济增长过程中居于统治地位,具有资源集约利用和经济持续增长等特征,工业发达、技术水平较高、经济增速快、资本集中、人口密集、就业机会多;边缘区在发展上依赖于核心,两者之间存在不平等的发展关系。核心区可以从边缘区获取剩余价值,使边缘区的资金、人口和劳动力向核心区流动的趋势得以强化,产业和人才向核心区集聚,构成核心区与边缘区的不平等发展格局。

波特(Poter,1990)在《国家竞争优势》中首次使用产业集群(Industrial Cluster)一词对产业的集聚现象分析,在考察了十几个工业化国家后发现,产业集群是工业化过程中的普遍现象,所有发达经济体中都明显存在着各种产业集群,他还认为产业集群众多的机会和成功故事,对于吸引优秀人才集聚起到重要作用,并以意大利萨索洛地区瓷砖产业为案例,分析了产业集群的成长繁荣如何吸引有技术的工人和工程师涌入成功的企业中工作。

克鲁格曼等人（Krugman，1991；Fujita，Krugman，Venables，1999）的新经济地理学认为，制造业之间有上下游联系的产业如果能集聚在一起，则能减少中间投入品的在途损耗、缩小运输成本，从而降低中间投入品的价格，因此厂商有内在的冲动集聚在一起共同分工协作。最初可能是由于历史与偶然因素，某公司在某地干起，在这个地方便产生了对劳动力有巨大吸引力的就业机会、发展机会和较高劳动力要素报酬，而经过训练的有专业知识和技术的工人的大量集中又是其他雇主所寻找的，劳动力供给与需求在此地的结合成为早期企业“扎堆”的源泉，从而促进企业依据专业分工、经济交易和特定的社会环境基础，在一定区域集聚并形成有机协同关联的一种复杂适应性系统，形成了产业集群。产业集群是集聚而成，就必然存在着内在的向心力以保持集聚动力和凝聚力，而随后由于路径依赖和累积因果效应，不断强化和壮大。

Fujita 和 Thisse (1996)总结企业集聚的三种理论成因包括：完全竞争下的外部性、垄断竞争下的规模收益递增以及博弈条件下的空间竞争。完全竞争下的外部性主要源于给定区域内企业的相互作用导致的知识溢出，垄断竞争下的规模收益递增源于产品或投入要素的差异化，规模效益递增产生累积循环效应促进产业集中。

Audretsch 和 Feldman (1999)认为一个地区的激烈竞争也是吸引新企业加入的动力；产业集群一经形成，就会通过其优势将有直接联系的物资、技术、人力资源和各种配套服务机构等吸引过来，尤其是吸引特定性产业资源或要素。王缉慈等(2001)也指出，产业集群是某些(或某一)产业的资本、劳动力、技术和企业家有组织地集中，成长能力非常强，市场发展十分迅速。产业集群具有集聚力量，会吸引区外的技术、资本和劳动等经济资源向产业集群集中，这将进一步增强地区经济实力，提高地区的经济增长速度。因此，产业集群必然对集群外企业和组织非常有吸引力，相关企业和组织如果有条件一定会向集群地区迁移。

Martin 和 Ottaviano (1999)综合了克鲁格曼的新经济地理理论和 Romer 的内生增长理论，建立了经济增长和经济活动的空间集聚间自我强化的模型;证明了区域经济活动的空间集聚降低了创新成本,从而刺激了经济增长。反过来,由于向心力使新企业倾向于选址于该区域,经济增长进一步推动了空间的集聚,进一步验证了著名的缪尔达尔的“循环与因果积累理论”。

克鲁格曼(2005)进一步用“中心—外围”理论,在不完全竞争和规模报酬递增的前提下,用规范的数学模型分析了企业规模经济、市场外部经济、交易运输成本、工资等相互作用过程所决定的制造业的集群动态过程,阐明了集聚经济会从规模经济、运输成本和要素流动这三者间的互动中产生。当运输成本较低时,即使一个地区制造业部门(现代化部门)的规模比另一个地区哪怕是大一点点,其制造业部门也会随着时间的流逝不断扩大,而另一个地区的制造业部门会不断萎缩，从而最终形成所有制造业都集中在一个地区的“中心—外围”模式。而如果制造业部门较大,则供给和需求可以分别产生显著的前向关联和后向关联,由此形成的向心力就足以在较大范围的运输成本水平上维持集中均衡,从而“中心—外围”模式得以持续。制造业向特定地域的集中,实际上反映了工业化发展的区域不均衡,一些地区在工业化过程中,会因集聚水平的提高,不断放大集聚效应。

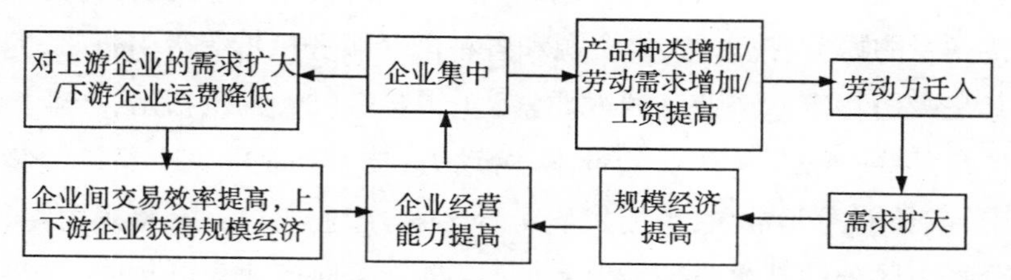

图 2−1　克鲁格曼产业集群的双重循环模式

来源：陈柳钦. 关于产业集群竞争力的主要理论述评. 学术交流与动态，2006,(12):20−32

李涛和杨倚奇(2000)论述了,由于产业集群企业共同分享整个区域的以公共产品、准公共产品表现的城市规模经济,共享区内专业信息的外溢、专业化的供应商、专业化的劳动力市场等等,独特的生产组织方式:企业高度专业分工与合作,每个企业仅仅承担产业产品生产中的一环,从而使企业实现柔性与规模的统一,导致单个厂商生产率提高,平均成本下降,长期成本曲线向下移动,可获得因聚集而产生的经济外部性。

于永达(2001)提出集聚优势理论(Advantage Integration)认为,集聚优势是以优势资源的自由流动为物质基础的,没有优势资源的自由流动,集聚优势无从实现。一种经济资源往往与其他资源组合流动,如人力资源同时承载物资、资金、信息等资源,同样,资金流动的同时也是人力资源、物资产品、知识信息等资源的流动。

Chatterjee(2003)指出,集聚经济成为吸引大量人员涌入某一地区的强大力量,最初的群体于是演变成吸引其他业务和家庭的因素,使一个仅在自然资源的某一方面有轻微优势的地区,成为一个拥有多种商业和家庭的集聚中心。Duranton 和 Puga (2003)认为城市集聚经济的微观基础是共享(Sharing)、匹配(Matching)以及学习(Learning)。企业集聚在城市中可以共享不可分割的产品或设施、分享多样性和城市专业化带来的规模效益递增、分享风险等。大量企业和人口集聚在城市中显著提升相互作用各方的匹配质量、匹配机会以及减少等待问题,从而降低成本。城市促进了知识创造、知识扩散以及知识积累,学习效应非常显著不起。

杨云彦(2004)指出,产业集聚是工业化进行到一定阶段后的必然产物,是现代产业竞争力的重要来源与集中体现。区域分工与区域差异促成产业集聚的形成与发展,而产业集聚又进一步深化了区域专业化分工与协作,促进了区域经济的持续发展。高度的专业化与精细的分工,激励的竞争与紧密的协作使集聚区域内各组成部分形成网络关系。规模经济、外部性的存在、基于竞争与合作的创新优势、自然优势集聚力、人文凝聚力等是产业空间集聚的内在动力。由于知识和技术溢出效应形成高效率的劳动力市场、创新效应、规模经济等,使得产业集群的整体功能大于部分功能之和。区域内的产业结构与空间结构是密切联系的,一定区域内有着特定的产业结构与空间结构,两者相互作用,影响着区域经济的发展。

康胜(2004)认为,产业集群的形成与发展的最基本动力,是一种内向的吸引力和凝聚力。内向吸引力导致体系中新生企业出现或体系外的企业向它集聚,从而使集群从小到大地扩展;凝聚力则使集群内的企业保持紧密的合作共生关系, 维持体系的存在和发展。而市场机会、信任和合作、创新环境是构成集群向心力的基本因素。

Toulemonde和Eric(2005)从新经济地理角度建立了分析求解模型,认为企业的集聚可能源于工人对熟悉技能的投资:高技能工人赚取更高的工资并且拥有对商品的更大需求,而企业被需求吸引,选址接近高技能工人,随着更多企业对技能的需求增加,更多的工人投资于熟悉技能,最终企业全部或部分集聚在区域形成均衡。

黄坡和陈柳钦(2006)进而指出,外部性产生了产业集聚的主要向心力。在外部性的作用下,产业集群内的企业有着更高的比较优势、要素回报率,吸引着要素向产业集群地区流动和集聚,同时由于外部性的作用,企业可以共享产业集群的专有劳动力市场、专业化的中间投入品,以及技术外溢,直接吸引大量企业的进入,甚至催生相关企业的诞生。大量企业的进入与产生最终导致更强的外部经济作用,从而对企业、生产要素产生更强的吸引力,并最终导致产业聚集的形成。

周文良(2006)指出,集聚与扩散是并存的,是经济要素流动的两个不同方向,两者的参照系不同,扩散相对于原要素流出地而言是扩散,但相对于将来新的集聚地而言,本身又是集聚。因此,要素流动必然导致集聚,扩散可视为新一轮的集聚,集聚更为一般化,是绝对的，扩散是相对的。产业集聚与扩散与否，其内在机制是市场扩张效应与市场拥挤效应的相互作用，或者是向心力(centripetal forces)和离心力(centrifugal forces)的相互作用。向心力首先由制造业的前向联系和后向联系导致的，具有上下游联系的产业如果集聚在一起，就会减少中间投入品的在途损耗，降低运输成本，从而降低中间投入品的价格，由此导致厂商有内在的冲动集聚在一个区域内。另一方面，厂商集聚在一地区会导致该地区生产的商品品种增加，产品的均衡价格指数就会降低，劳动力能享受更高的生活水平，又会引起劳动力的集中，反过来进一步促进了市场需求的扩大，使得该地区对企业的吸引力进一步增强，从而会进一步强化了生产的集中。其次，由集聚导致的空间外部性进一步强化了向心力。

吴勤堂(2004)以人口聚集为出发点，分析了产业集群与区域经济发展的耦合。产业集聚必然带来人口的空间集中，这在为产业聚集提供充足劳动力资源的同时，也使集聚区的居民和企业均能从中获益。首先，人口集聚为厂商提供了丰富的劳动力资源；其次，产业集聚区域居民则因之获得了择业的便利，一方面节省了大量的就业信息搜寻费用，另一方面降低了求职、工作过程中的交通费用及时间成本，同时也提高了消费决策的有效性。其三，居民收入提高—消费能力上升—产品畅销—产业发展—吸收更多的劳动力就业—居民收入进一步提高，形成良性循环。而且人口的聚集又引起生活消费、住宅、能源、交通、通讯、文化教育、医疗卫生、金融、物流、咨询等基础产业的新需求与发展。所以产业集群带来了城区规模的扩大，城区规划的扩大又进一步强化了产业的聚集功能，使城区、产业不断的高级化。产业的高级化必然要带动和促进第三产业的发展，进而促进城市化水平的提高。

关于专门的人才集聚研究，朱杏珍(2002)认为人才集聚是由利益因素、精神因素和环境因素三方面因素共同作用的结果，实施人才有效集聚应从制度环境建设入手，建立人才集聚机制及其相应的配套机制，包括物质利益机制、精神激励机制、信息机制和法制体系等。杨长辉和高阳(2003)在“人力资源集群与虚拟团队”论文中提出了人力资源集群的概念，认为在某一相近或离散区域、某一特定专业领域集聚了许多人力资源。集群内人才集聚有利于知识的积累，并产生竞争效应，有利于知识和技术的传播与扩散。在此基础上，他们进一步指出：产业集群是人力资源集群形成的基础，人力资源集群是为某一区域的产业集群服务的；产业集群的竞争优势可以通过人力资源集群得以良好的实现。程祯(2006)认为人才集聚环境是人才集聚的原始推动力，人才聚集效应体现了人才集聚对人才环境的反馈作用，进而对中国中西部地区的人才环境优化作探讨。

由于信息的不完全、不对称性，人才集聚过程中的个人行为不是完全理性的。朱杏珍(2002)还引入“羊群行为”理论对产业集群中的人才集聚现象进行了分析，指出由于人才拥有的产业集群信息不可能是完全的，而且每个人对于这种信息处理能力是不同的，人才集聚过程中存在羊群行为这一现象。

2.1.2 产业集群企业家集聚的研究

产业集群产生及发展需要人才的投入与支持，与此存在密切关系的人才资源包括三种类型：企业家资源、高技能人力资源和普遍劳动力资源。其中，企业家作为最关键的人才资源得到了众多学者的特别关注。

马歇尔(1938)认为，在产业聚集区中，企业的地理集聚自然地导致各类专业人才的集聚，这些人才尽管供职于不同的组织，但由于同处一个社区，也很有可能彼此熟识并在工作之外发生较多的社会交往。那些具有企业家潜质的人与企业家的交往，会导致“观念的重组”，这种“重组”体现出对企业家精神学习的意义，因为企业家精神的学习首先是个人的学习。Bandura (1977)认为，个体可以通过观察“行为榜样”的行动来实现其社会学习过程，从而不断积累起属于自己的知识和技能，这是一个社会共同学习的过程，也是企业家精神溢出并形成外部性的结果。

Bresnahan、Gambardella 和 Saxenian 等人(2001)通过对不同国家的信息和通讯技术集群进行比较研究后也发现,显著的企业家活动、他们承担风险并建立新企业的愿望、企业进入现有技术和市场新领域的能力等因素对于新集群的产生是决定性的。产业内特定生产环节上的企业家网络是构成企业集聚的必要条件,在一些中小企业大量集聚的传统领域,企业家网络的功能发挥与运转状态直接决定了这些企业集群的组织形成和运行效率。企业家的集聚和裂变,导致了硅谷及其他众多产业集群的发展壮大。

李新春(2002)认为,中小企业集群的形成就是企业家的集聚过程,是个体企业家精神引发群体企业家模仿的过程,他以珠江三角洲专业镇企业集聚为例,分析了企业家在产业集群形成与发展中的作用,并指出"在一定意义上,企业集群是以企业家个人的关系网络为基础的地区性企业群体"。

朱华晟(2003)通过对浙江产业群的产业网络、成长轨迹与发展动力的研究后认为,影响浙江产业群发展有三个重要因素:即社会网络、地方企业家和地方政府。企业家和产业集群是相伴相生、共同成长的,"企业家既是推动产业集群形成并不断发展的重要因素,又是产业集群发展的结果,而且他们通常也在日益健全的经济社会环境中获得持续发展的动力。"朱华晨十分强调企业家人力资本积累对产业集聚的影响。他充分肯定了企业家在浙江产业群发展中的重要地位,认为浙江的商业文化孕育出企业家精神,而企业家以其自身创新活动、企业家网络和区位再决策的效应影响了浙江产业群的形成和发展。

魏江(2004)分析了企业家精神虽然只是个人性格的体现,在企业家行动的过程中却会对外部产生积极的影响,企业家精神溢出产生的外部性,部分带头企业和个人的创业示范作用对于中小企业集群的兴起功不可没。当地文化的催化、利润的刺激、明星创业者

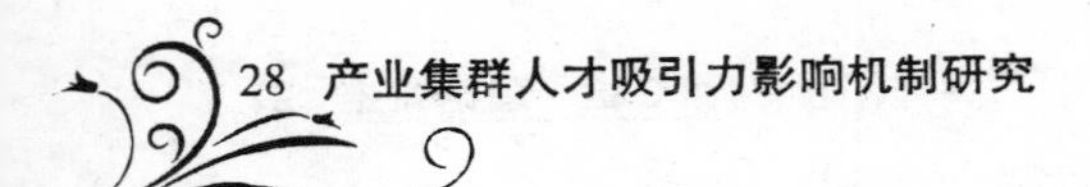

的示范和“传、帮、带”，使当地越来越多的人加入到一个行业中，在一定区域内形成蓬勃的创业氛围。

Feldman(2005)研究了产业集群形成过程中企业家的作用及成长过程，认为任何一个地理区域都有潜在的企业家，他们拥有独特的知识与技能，善于利用市场机会，企业家是产业集群形成和发展过程中的积极的不可缺少的重要因素，是产业集群形成的“内部解决方案”，企业家精神、企业家文化形成，对于产业集群发展起到推动作用。在产业形成初期，区域经济是惰性的，初始条件的改变，如某一突发事件带来的机遇、产业的调整、政策的变动、技术创新创造的机会等，诱发出潜在企业家设立公司的冲动。外界环境剧烈变化带来的发展机遇及自身对商业利润的追求，导致潜在的创业家转变为现实的企业家，他们在当地创立了新的产业，打破了原来经济发展的路径依赖。第一个企业家积极的创业行为，带来了成功的经验和初始的启动，并为新企业家创造机会，减少他们进入的风险，商业收益引发了其他企业家的追随，吸引新的企业家进入，企业家群体扩大，良性的竞争和创业精神的氛围驱动区域内的大量业务活动围绕企业家进行自组织，公共的和私人的网络得以建立，并逐步形成自我支持的产业组织体系和产业信誉，机构、环境、政策的一系列响应性活动进一步促进公司的设立，吸引更多的外部资本和人力资本流入本地，促进产业的发展与扩大，而企业数目达到一定程度时，企业集群的发展就具有自我强化的特点，能够不断地自我持续。总之，潜在的企业家创办企业而成为企业家，而企业发展激励着更多的企业家出现，从而促使产业集群形成；企业家群体的发展壮大与不断成长也推动了产业集群的发展和成熟，而产业集群的发展也促使企业家成长。

田红云等人(2006)认为，企业家在产业集群形成和发展的动力机制中担当着重要角色，从复杂系统理论研究发现，在企业集群形成和发展的所有阶段，企业家的动力作用都是极其明显的，企业家是集群发展的原动力。企业家的作用如同冲击波，通过产业集群得以扩散到整个经济中去，只不过这种影响经济的冲击波随着范围的扩大不一定越来越小，许多情况下是随着其他各种因素的加入及其相互作用而得到增强。因此，企业家在产业集群形成和发展中的作用构成了解释一国经济增长微观基础的重要组成部分。企业家个人处于将技术、产业和地区向前推进的最有利地位，在企业集群形成和发展的所有阶段，企业家的动力作用都是极为明显的，企业家是集群发展的原动力。

郑凤田和程郁(2006)将企业家群体分为“发动型企业家”“网络型企业家”“改进型企业家”“研发型企业家”“模仿型企业家”，形成一个完整的“创业家链”，他们在产业集群初生、雏形、升级到创新的各个阶段发挥着关键作用，是产业集群演进的根本推动力，产业集群的形成发展是和不同类型的企业家的成长相伴相生的，集群的成长以企业家群体为基础，企业家精神在整个产业集群的发展中起着主导作用。“发起型企业家”出于“偶然因素”率先发现和识别了特定地区的产业机会，并将其转化为经济价值，其成功示范吸引着“模仿型企业家”的跟进，使其开拓的产业路径逐渐固化为该地区产业发展的惯性模式。同类企业的聚集加强了资源和市场竞争，“网络型企业家”向初期阶段的产业聚集体引进了外部资源，并将它导向外部市场，形成新的产业分工和产业支持体系，形成自我发展能力，进而使产业集群遴中新的发展阶段。“改进型企业家”是产业集群内的改革者，通过对各个环节的改造和对产业服务体系的建设，通过制度和产业环境的创新和改进促进产业的纵深发展和升级。“研发型企业家”是产业集群内的自主创新能力和密集型知识的供给者，推动产业集群向价值链高端演进，使产业集群成为全国甚至全球的技术中心。

陈文华(2007)论述了产业集群的发展源于企业家不间断的创业和创新活动，以创新、合作、理性决策为核心内容的企业家精神是产业集群可持续发展和经济增长的动力。企业家精神创新社会观念的外部性促进了产业集群的发展。

高云虹(2007)分析产业集群的形成过程,是关键性企业在不同环境背景下对各种作用因素的可能反应,并衍生新企业或吸引、带动相关企业和机构聚集的过程。所以,关键性企业的区位选择、其组织和运作内外部资源的能力、其中的企业家行为,甚至与之有关的地方政府作用等方面决定了"为什么形成这种集群","为什么形成在某一特定空间而不在别的空间上",以及"它是如何形成的"。一般地,对于那些自发形成的劳动密集型产业集群而言,其关键性企业的区位选择与当地的区位优势、资源禀赋、工商业历史传统、具有创新精神的企业家等因素有关。区位优势可包括便捷的交通、广泛的市场联系、可充分利用的研发机构,或者临近发达地区从而可以获得技术、管理等方面知识和支持的便利。资源禀赋不仅包括有利于某产业发展的自然资源,也包括熟练和非熟练的劳动力、高级专门人才等,具有创新精神的企业家也可看作是一种特殊的资源。发展制造业的历史或当地人经商的传统也会影响到关键性企业的区位选择,进而影响相关产业集群的形成。产业集群的形成及其关键性企业往往是与具有创新精神的企业家联系在一起的。某些地区可能并不具备优势的区位条件、资源禀赋、或者历史传统等等,那么能够解释集群雏形初成的最主要原因即为企业家以及企业家精神。

梁普明(2006)指出,产业集群的产生是一系列企业的诞生过程,而企业家精神和企业的诞生密不可分。新生企业数量与企业家密度紧密相关,越是企业家高度集中的地方,新生企业才越多。我国许多地方的产业集群的形成都是源于少数企业家的偶然创新,如发现新产品或产品的新用途、新市场或新的制作工艺等,在其取得商业成功之后,产生较强的外部性,当地其他经营者受经济利益的驱动开始进行模仿跟踪,创立类似企业,进而出现相关配套企业和服务中介机构等,企业群体规模的逐渐扩大直接源于企业家的不断诞生出现和集聚。企业家是重要的人力资本,通过自己的创新成就推动着其他个体的创新、创业活动,并带动地方产业的萌发或再兴。上虞市从事灯管、灯具生产的企业已达30多家,其中年产值超过亿元的就有6家,但绝大多数企业都是由该市的龙头企业—浙江阳光集团工作过的员工创办。

2.1.3　产业集聚的测量与实证研究

为了辨识产业集群,学术界采用了大量的衡量产业地理集中的系数,传统的测量产业地理集中方法包括基尼系数、赫芬代尔系数、区位熵等。

基尼(Gini,1912)在洛伦茨曲线基础上提出的计算收入分配公平程度的统计指标—基尼系数,被欧美国家的学者在对产业的集聚程度进行实证研究时广泛运用。Hoover(1936)最早提出区位基尼系数,因此它又被称为Hover本地化指数,是表示某行业在各区域间的聚集程度最常用的指标之一。区位基尼系数利用行业产值计算区位商,再对所有区域的区位商进行降序排列,计算某一行业在各区域产值的累计百分比绘制在y坐标轴上,计算所有行业在各区域产值的累计百分比绘制在x坐标轴上,从而构建出某一行业的区域聚集曲线。行业Hoover系数定义为由45度直线和行业的区域聚集曲线所围成区域面积与曲线所在三角形面积的比值,取值范围是[0, 1]。基尼系数越接近于0,行业空间分布越均衡;基尼系数越接近于1,行业的空间分布越集中,或者说,行业的地方化程度较高。

Keeble等(1986)将洛伦茨曲线和基尼系数用于测量行业在地区间分布的均衡程度,进行了实证研究。克鲁格曼(Krugman,1991)用行业就业水平计算了美国3位数行业的空间基尼系数,基尼系数高于0.3的就有50个行业,排除计算口径方面的差异,总体上美国的产业集中程度比欧盟国家高。Kim(1995),Audretsch等(1996)用职工就业人数或增加值数据,通过计算区位基尼系数,分别分析了美国州级地理单元各工业或制造业行业及创新产业的地理集中状况和变化趋势。

Geis和Ord(1992,1995)对区位基尼系数进行了发展,建立了新的公式:

$$G_i = \frac{\sum_j w_{ij} - W_i \bar{x}}{\sqrt{\left(nS_i - W_i^2\right)/(n-1)}}$$

其中，$\bar{x} = (\sum_j x_j)/(n-1)$, $S_i = \sum_j w_{ij}^2$ S;指集群的总就业，w_{ij}指邻近地区相对于地区 i 的空间就业人数的权数(w_{ij}=1)，w_i指权数w_{ij}的和。$\bar{x}$ 指一个国家各区域集群就业的均值。

Henderson等(1997)对基尼系数进行了简单的变形,利用1983—1993年韩国制造业数据和人口数据对韩国外部性的大小进行了估计，用某地区某产业在国家该产业所占的份额减去某地区人口在国家总人口中的比重的平方和来测度，这样就控制了聚集的时间趋势。

Amiti(1998)还将基尼系数用于欧盟多个国家间制造业行业地理集中情况的研究。用产值计算了欧盟10国的3位数水平的27个行业的基尼系数及5国65个行业的基尼系数,以检验欧盟国家在1968-1990年期间的工业专业化水平。其公式为: $G = \sum(S_i - M_i)$ 2。其中,G为基尼系数,S_i是地区某产业就业人数占全国该产业总就业人数的比重,M_i是该地区就业人数占全国总就业人数的比重。他的研究发现,这一期间,比利时、丹麦、德国、希腊、意大利和荷兰的专业化水平有显著提高,葡萄牙没有显著变化,而法国、西班牙和英国的专业化水平则显著下降。Amiti还发现27个制造业部门中的17个的地理集中度增加,皮革制品、运输设备和纺织品等部门平均每年增加3个百分点,仅有6个部门的地理集中度降低了,纸和纸制品产业、其他化学工业的幅度最大。

赫芬代尔系数(Herfindahl Index)多用于研究行业集中和市场结

构,在产业空间分布研究中的应用相对较少。Davies 和 Lyons(1996)首先将其用于欧盟地区产业的空间组织;Karl 和 Michael(2004)分析了欧洲 99 个制造业在欧共体成立前后的地理集中趋势。

Ellison 和 Glaeser (1997)提出了新的集聚指数(index of industry concentration)其假设前提是他们提出的企业区位选择模型:即如果企业间的区位选择是相互依赖的,企业将趋向具有特殊自然优势或能够从行业内其他企业获得溢出效应的地区集中。剔出了企业规模对地理集中的影响,来测定产业的地理集中程度。假设某一经济体(国家或地区)的某一产业内有N个企业.且将该经济体划分为M个地理区域,这N个企业分布于M个区域之中。产业地理集中指数的计算公式为:

$$\gamma \equiv \frac{G-\left(1-\sum_i X_i^2\right)H}{\left(1-\sum_i X_i^2\right)\left(1-H\right)} \equiv \frac{\sum_{i=1}^{M}\left(S_i-X_i\right)^2-\left(1-\sum_{i=1}^{M}X_i^2\right)\sum_{j=1}^{N}Z_j^2}{\left(1-\sum_i X_i^2\right)\left(1-\sum_{j=1}^{N}Z_j^2\right)}$$

其中,S_i 表示 i 区域某产业就业人数占该产业全部就业人数的比重,X_i 表示 i 区域全部就业人数占经济体就业总数的比重。赫芬达尔指数 $H=\sum_{j=1}^{N}Z_j^2$ 表示该产业中,以就业人数为标准计算的企业规模分布。

Anderson(1994)在衡量产业集聚程度时,则使用就业集中度。就业集中度就是某一地区某一产业的就业在这个地区总就业中的百分比与整个国家范围内这一产业的就业在整个国家总就业的百分比之比,其公式就是:就业集中度=(地区某一产业就业量/整个地区就业量)/(国家某一产业就业量/整个国家就业量)。

Marcon 和 Peuch(2003)运用基于距离的产业地理集中测度方法,计算了法国和巴黎 14 个 2 位数制造业行业的地理集中度;并分析了服装皮革与纺织业、服装皮革和印刷出版业等行业的空间临近分布。*M* 函数考虑了企业规模，计算出的集中度更符合实际；其次，将某行业的就业人数与同范围内所有行业就业人数进行比较，消除了边界效应的影响，可以用于任意复杂区域的测量。

产业地理集中程度测量需要产业一区域数据，即每个产业在各个区域内的规模，在国外学者的研究过程中，就业人数通常作为反映产业集中度的关键参数，产业集聚的测量实质上已经转化为就业人数集聚的测量。国内对产业集聚和人才集聚测量的研究文献相对较少，由于缺乏产业从业人数的详细统计资料，很难使用就业集中度来测量产业集聚，现有研究也主要集中在制造业行业在省区间分布的情况研究。

东南大学徐康宁教授(2001)提出可以近似地用产业的地区集中度来考察中国的产业集群现象，他综合运用 *CR* 指标、标准差系数 *V* 及自定义的值计算了中国制造业 28 个行业 1997 年的地区集中度。以地区集中度 *C*(即 5 省市制造业占全国同类制造业的比值.以销售收入指标衡量)作为产业地区性集中的主要界定标准。这些研究基本都是利用产值、销售收入等指标进行产业集中度的计算。

南京大学商学院梁琦教授(2003)用区位基尼系数法对中国产业集聚程度进行了实证研究时，使用产值反映经济活动状况，计算了 1994 年、1996 年、2000 年中国工业的 24 个行业的空间基尼系数，并与克鲁格曼计算的美国 106 个三位数制造业的基尼系数相比，证明了外商直接投资有助于制造业产业集聚的假设。

Fan 和 Scott (2003) 以省区为单位测量了 2000 年中国 20 个两位数制造业的企业数和就业数的赫芬代尔系数，发现就业人数比企业数更为集中，但两者的相关系数达到 0.73。以企业数为准，最为集中的产业为文教体育用品业、电子与通信设备制造业、家具制造业、服装及其他纤维制品业、金属制品业、仪器仪表办公机械等，而就业最为集中的产业依次为文教体育用品、皮革毛皮羽绒制品、电子及通信设备、服装及其他纤维制品、其他制造业以及塑料制品业等。最为分散的包括饮料制造、医药制造、食品加工、黑色金属冶炼、食品制造以及非金属制品等。他们也发现人均资本与集中指数显著的负相关,表明劳动密集型的产业更为集中。

Wen(2004)利用全国第二次和第三次工业普查数据,计算了1995年三位数产业及1980、1985、1995年25个两位数产业的基尼系数,发现自改革开放以来中国的制造业有逐渐集中的趋势,同时发现1995年制造业在沿海地区有很强的地理集中,最为集中的产业包括木材及竹材采运业、文教体育用品制造业、电子及通信设备制造业、服装及其他纤维制品制造业、化学纤维制品业以及皮革毛皮羽绒及其制品业等,而最为分散的是有色金属冶炼与压延加工业、食品制造业、饮料制造业、医药制造业以及印刷业记录媒介的复制等。

Bai(2004)等采用Hoover系数计算了1985到1997年中国32个产业的地理集中趋势,指出中国产业在改革开放后,20世纪80年代后期有一定的分散倾向,20世纪90年代之后一直呈现出明显的地理集中趋势。他们采用面板数据模型,发现,在控制其他变量后,产业地理集中程度取决于过去的集中程度,国有企业比重高的产业和利税率高的产业较为分散,说明地方保护主义不利于产业的地理集中;产业内企业平均产出规模越大,在空间上也越集中,企业内部规模经济促进了产业集中。

踪家峰与曹敏(2006)利用专业化与地理集中指数可以衡量其地方的专业化和产业的地理集中度。由于我国没有公布企业员工人数分布的详细统计数据,因此在确定赫芬达尔指数时,主要通过《中国工业经济统计年鉴》提供的企业单位数和全部从业人员平均数来对赫芬达尔指数进行大致测算。

夏智伦(2006)认为,城镇的发展、人口的聚集是产业聚集的结果。产业聚集度的大小主要取决于产业自我调整的能力、吸纳劳动力的能力和向城镇聚集人口的能力，并建立了由产业调整力、产业吸纳力、产业聚集力三个指标组成的产业聚集度评价体系。

张文彬和黄佳金（2007）利用熵指数及其分解法考察我国制造业在 1988 - 2003 年地理集中度的时空演变状况，选择制造业的产值衡量经济活动，结果表明，绝大多数行业地理集中度上升；内地的集中度高于沿海，在对制造业地理集中度提高的贡献中，地区间的贡献在近年来处于主导地位；对外开放程度越高、政府管制程度越低、资本密集度大、地方保护水平低的行业地理集中度及其提高幅度越高、地区间集中度及其提高幅度也越高。中国的制造业将继续集中，并在提高总体效率的同时扩大了区域间的差距。

黄建康（2003）分析了就业区位商可以部分反映了区域某产业集群创造的就业量在区域就业结构中所占的份额，就业区位商=(地区某产业集群就业人数/整个地区就业人数)/(国家同类产业集群就业人数/整个国家就业人数)。分母部分反映了国家该类产业集群创造的就业量在整个国民经济就业结构中所占的份额。当就业区位商值>1 时，意味着某地区的某产业集群不仅有效地吸纳了当地就业人员，而且还具有为产业区外的地方创造就业机会的能力。当就业区位商值<1 时，意味着某地区的某产业集群创造就业机会的能力不足，该集群可能正处在形成阶段或者衰退阶段，政府制定产业政策时应区别对待。当就业区位商值=1 时，意味着某地区的某产业集群为该地区创造的就业量恰好能满足本地区需求，这一现象在现实中极为罕见。

施雯（2007）利用广东省统计数据计算了就业区位商与产业集中度的关系，两者强烈正相关，相关系数为 0.958，因此得出结论，在某一区域产业集聚程度越高，专业化生产能力越强，就能够创造出更多的就业岗位，吸纳更多的劳动力。

2.1.4 对产业集群人才吸引研究的评析

多年来，国内外学者从不同的理论视角对产业集群人才集聚与吸引问题进行了较深入的研究，经典的经济学理论模型也在研究中得到了广泛应用。但是，过去许多研究对资金、技术等的转移，甚至人口的迁移进行了深入研究，但是对人才的向产业集群的流动研究很少。王缉慈（2001）指出：新产业区理论中，尽管强调劳动力流动对产业区良好运作的重要性，但大多只注意了区域内劳动力流动，而忽视了外来人才的引进和技术的转移，产业区形成过程中跨区域形成过程中跨区域的熟练技术劳动力的流动，却被忽略。综合已有产业集群人才吸引的相关研究成果，我们可以得出如下结论：

（1）产业集群的发展过程同时也是人才吸引和集聚的过程，产业集群的形成与发展必然伴随着人才的吸引与集聚现象的出现。产业集群中的人才集聚现象，很早就被马歇尔（1890）、波特（1990）、克鲁格曼（1991）等关注到了，而且都对人才吸引现象进行了部分的定性描述。人才资源的集聚，特别是企业家的集聚，与产业集群的形成发展相辅相成，互相影响，这已经广泛地被国内外专家学者接受，理论界所公认，Bresnahan、Gambardella 和 Saxenian（2001），Feldman（2005）还曾对其进行了研究。人才的集聚与人才的吸引是紧密相关的，产业集群具有较强的资源吸引力，能够吸引人才流入产业集群，人才流入量与其具备的人才吸引力强弱成正比，人才吸引是人才集聚的前提，产业集群的人才集聚是人才吸引流入后产生的必然结果(张洪潮，牛冲槐，2006)。

（2）专家学者在产业集聚的测量上利用已有面板数据，进行宏观层面的比较研究，而且通常使用就业集中度通常会用来作为反映行业集中度的替代指标。如 Kim（1995）、Audretsch 等（1996）、Henderson 等(1997) 计算的区位基尼系数，Ellison 和 Glaeser (1997)计算的集聚指数，Anderson(1994)计算的区位熵等等，都将就业人数作为产业集中度测量的重要指标，甚至是唯一指标。这也说明了产业集聚与人才集聚在许多学者研究中实质上具有对等性，即产业的集聚就意味着人才的集聚，所以用人才的集聚程度就能测量出产业的集聚程度。Fan 和 Scott(2003)利用赫芬代尔系数发现我国省区就业人数比企业数更集聚，两者的相关系数达到 0.73，实质上已经从侧面证实了产业集群更有人才吸引力。Chatterjee(2003)利用洛伦兹曲线描述了就业人数在空间分布上的不均衡，证实随着产业集群经济规模的扩大，商业成本下降，地区吸引力增加，产业进一步繁荣，人员进一步涌入，并指出如果没有集聚经济的存在，就业在空间分布上将更均匀。刘春霞(2006)对此指出，产业地理集中度方法的研究已经取得了很大进展，但现有指标以单一的职工就业人数或产值、增加值来衡量，这就隐含着一个假设：各地区的劳动生产率或技术贡献率是一样的，实际并非如此，因此就业规模与产值规模并不完全吻合，产业地理集中还反映在经济规模上，怎样将就业人数与经济指标相结合将是产业地理集中度方法今后改进的方向之一。

(3)由于共享劳动力市场、知识溢出等因素的存在，产业集群存在着更多的就业与成长机会、较高的薪酬水平和工作报酬，导致了产业集群人才吸引力的产生。特别是马歇尔(1890)对共享劳动力市场、集群氛围等独有特征在人才吸引中的作用进行了分析；波特(1990)机会与成功故事使产业集群产生了人才吸引的强大磁石。而佩鲁（1950）的虹吸作用，陈振汉和厉以宁（1982）、王缉慈等(2001)将产业集群人才吸引力当作了其想当然应该具备的能力，必然产生人才吸引力，却没有深入分析其产生的根本原因。周兵和蒲勇键(2003)、黄坡和陈柳钦(2006)进而从外部性导致向心力的角度分析人才吸引力的产生，而朱杏珍(2002)、张振明(2005)等对人才集聚原因和环境的分析也定性的空泛诊断，康胜(2004)认为市场机会、信任和合作、创新环境是构成集群向心力的基本因素，却没有针对人才吸引力进一步阐述。以上研究，无论是从外部性带来的向心力，还是从集群自身特性上，对于人才吸引和流动的解释力度还不够，也没有专门针对产业集群的人才吸引问题进行定量研究。

(4)产业集群的人才集聚具有自我强化增进的特点，能够不断地吸引到更多人才的流入，形成良性的循环机制。克鲁格曼(1991)提出了人才吸引—人才集聚—人才吸引的累积循环因果模型，吴勤堂(2004)等也都认为产业集群的人才集聚存在循环累积效应，Feldman(2005)研究的产业集群形成过程中企业家也具有跟随扩散作用。朱杏珍(2002)从信息不完全的假设出发，利用"羊群理论"分析产业集群人才的吸引效应，这些研究的显著不足，则是就事论事，循环说明，对人才吸引力的影响因素、产生来源和作用机制并未做出任何解释。

总之，当前国内外关于产业集群人才吸引和集聚问题的研究主要集中在人才集聚的现象描述、原因的定性解释，以及产业人才集聚的宏观定量研究层面，还有部分则是就人才集聚而谈人才集聚，强调循环累积因果和自增强的作用，而缺乏系统的全面的严谨的定量分析及实证检验，对产业集群中究竟是哪些因素在影响与吸引人才的流入，这些因素如何作用，应该如何采取措施提升产业集群的人才吸引力，都没有涉足。从一定意义上讲，产业集群中人才集聚的分析，无论是微观的定性描述，还是宏观的定量研究，都还仅停留在表层的分析上，但是对研究产业集群人才吸引问题有着重要的启示作用。

2.2　人才竞争力

人才竞争力指特定区域内具有的人力资源的数量、质量、开发及效能等方面的综合实力或比较优势，是人才群体在社会经济生活的竞争、博弈、对抗中的总体综合实力。人才竞争力与人才吸引力具有较强的正向关联性，人才竞争力强的区域往往具有更强的经济实力和人才吸引力，而人才吸引力强的区域人才竞争力也会不断增强。华冬萍和徐兰(2007)总结了人才竞争力的研究方法：一类是将其作为国家或城市综合竞争力多种评价指标中的一种指标来定义；另一类是对人才竞争力的独立定义。

2.2.1 综合竞争力研究中的人才竞争力

在国家、区域或城市综合竞争力测评中，人才竞争力通常作为其指标体系中的重要组成指标，特别是近年来城市竞争力的研究成果非常丰富，其中对人才竞争力的研究也取得了不小的成绩。

瑞士洛桑国际管理开发学院（IMD）1991年开始在每年发表的《世界竞争力年鉴》中，构成要素为经济实力、国际化程度、政府作用、金融实力、公共基础设施、企业管理能力、科技实力和国民素质八大要素。其中，科技实力构造了科技投入、科技劳动投入、技术管理、科学环境、知识产权等方面的国际竞争力指标体系，主要测评科学和技术的能力，以及基础研究和应用研究的成功程度；国民素质构造了人口、劳动力、就业、失业、教育结构、生活质量、劳动者态度等方面的国际竞争力，主要测评人力资源的数量与素质。科技实力要素和国民素质要素两类指标体系基本上涵盖了人才竞争力的范围。人大竞争力与评价研究中心（2001）将此八大要素分为三组：核心竞争力，包括企业竞争力、产业竞争力、基本运行和发展竞争力；基础竞争力，包括基本设施、国民素质；环境竞争力，包括国际化、政府管理和金融体系。1999年，IMD在《世界竞争力报告》中，对126个国家国民素质国际竞争力进行了研究，指标体系由7个方面44个指标组成，分为两大部分：一部分反映人力资源数量与结构，另一部分反映人力资源质量状况，被视为最早的国家人才竞争力的研究。

2000年，IMD在《世界竞争力报告》中，在国家和地区吸引力中详细分析了国民素质对国家、地区竞争力的影响，指标体系包括：制造业国民素质、R&D行业国民素质、服务业国民素质。王秉安等（2000）将IMD评价指标体系改造为三个直接竞争力因素和支撑它们的四个间接竞争力因素构成区域竞争力模型，三个直接竞争力因素为产业、企业和涉外竞争力，四个间接竞争力因素是经济综合实力、基础设施、国民素质和科技竞争力。

世界经济论坛(WEF)在《全球竞争力报告》中开发了全球竞争力指标评价体系,从宏观和微观经济角度对影响国家竞争力的因素进行了分析比较,其中2003年报告采用的是增长竞争力指数和微观竞争力指数。由八方面的竞争力要素构成,包括:国际贸易和国际金融的开放程度、政府预算和管理、金融市场发展、基础设施、科学与技术、企业管理、劳动力市场的灵活性、法规和政治体制等。八大要素及其指标赋予不同的权重,1/4的数据来自统计数据,3/4来自调查数据。其中科学与技术、劳动力市场的灵活性与人才国际竞争力有直接的关系。社会科学文献出版社《人才蓝皮书:中国人才发展报告NO.3》认为,WEF测评体系着眼于长期竞争力,与人才资源的作用有着较强的相关性,因此可以把WEF中的总排名视为人才资源国际竞争力的排名。

张为付、吴进红(2002)提出"核心竞争力—基础竞争力—辅助竞争力"三力体系评价区域竞争力,其中核心竞争力包括区域经济实力、科技水平和金融实力,是竞争力强弱的最重要因素;基础竞争力包括基础条件、教育和居民素质,对核心竞争力提高具有支撑作用,是区域经济持续健康发展的保障;辅助竞争力则通过协调核心竞争力和基础竞争力增长的不均衡状态,提升区域竞争力。

王秉安、李闽榕(2004)认为,区域经济综合竞争力为"一个区域对大区域资源的吸引力和对大区域市场的争夺力,也就是一个区域对其区域内外资源的优化配置能力。"并认为,区域综合经济竞争力是由区域的直接性竞争力要素(如企业竞争力等)和间接性竞争力要素(如国民素质竞争力等),物质性竞争力要素(如基础设施竞争力等)和精神性竞争力要素(如知识经济竞争力等)综合而成。

魏敏等(2004)将区域竞争力要素分为初始竞争力、潜在竞争力、现实竞争力三大类,其中初始竞争力包括自然优势力,潜在竞争力包括政府能动力、产业竞争力、企业竞争力、人力竞争力和外界互动力,现实竞争力包括经济实力。

高志刚(2006)将区域竞争力分解为八种竞争力:资源环境竞争力、经济实力竞争力、产业市场竞争力、对外开放竞争力、基础设施竞争力、人力资本竞争力、科技创新竞争力和管理服务竞争力,并指出经济竞争力、产业市场竞争力、人力资本竞争力和科技创新竞争力是区域竞争力的核心。

夏智伦(2006)认为区域竞争力包括企业竞争力、产业竞争力、开放竞争力、经济综合实力竞争力、科学技术竞争力、基础设施竞争力和人力资源竞争力七大因素,其中人力资源竞争力从劳动力素质竞争力和文化素质竞争力两个方面进行分析。劳动力素质竞争力选择从业人员和专业技术人员数两个衡量指标,分别反映一个地区的劳动力投入规模和技术素质;文化素质竞争力选择普通高校在校学生数和平均每万人中普通高校在校生数两个指标反映区域内国民文化素质水平,另用教育经费支出反映区域内为提高居民文化素质而投入到教育事业中去的经费。

李闽榕等(2007)设计的省域经济综合竞争力指标体系中,设计了宏观经济竞争力、产业经济竞争力、可持续发展竞争力、财政金融竞争力、知识经济竞争力、发展环境竞争力、政府作用竞争力、发展水平竞争力八个二级指标,并在可持续发展竞争力属下的三级指标中设计了人力资源竞争力,以人口自然增长率、劳动适龄人口比例、教育情况等四级指标对此进行测量。其数据采集全部来源于国家现行统计体系公开发布的数据,包括历年《中国统计年鉴》、各省历年统计年鉴、各行业历年统计年鉴,以及各部门发布的月度数据、年度数据等。

城市竞争力是近年来竞争力研究的重点,城市竞争力"主要是指一个城市在竞争和发展过程中与其他城市相比较所具有的吸引、争夺、拥有、控制和转化资源,争夺、占领和控制市场,以创造价值,为其居民提供福利的能力。"(倪鹏飞,2002);"是一个城市在国内外市场上与其他城市相比所具有的经济发展、社会发展以及环境发展的能力。"(周敏,2006);城市竞争力由城市活动和场所共同决定,而人力资源是场所中的一个关键特质要素,其内涵包括劳动力的技术熟练程度、劳动力供给情况以及城市和区域的劳动力成本等。Sotarauta和Linnamaa(1998)认为城市竞争力主要由基础设施、企业、人力资源、生活环境质量、制度和政策网络、网络中的成员六要素构成。

Webster(2000)认为城市竞争力是指一个城市能够生产和销售比其他城市更好的产品的能力,提高城市竞争力的主要目的是提高城市居民的生活水平。经济全球化使得国家政策和社会经济状况对城市竞争力的影响重要起来,城市的竞争力由国家政治的稳定程度所决定。决定城市竞争力的要素划分为经济结构、区域性禀赋、人力资源和制度环境四个方面。人力资源指技能水平、适用性和劳动力成本,人力资源价值越来越依赖其所在的环境,在不同的制度环境和工作场所,同样的人力资源会导致巨大差异;在提升城市价值链上,人力资源将决定其所达到的程度,因此提升城市竞争力要求新生的经济部门必须有适宜的人力资本相匹配。Douglas Webster城市竞争力模型突出了国家政策和人力资源对城市竞争力的重要性,制度环境和人力资源对城市竞争力的影响可以成为城市竞争力模型中组成要素的一部分。

李涛(2006)也认为,城市竞争力是一个城市在竞争和发展过程中与其他城市相比较所具有的吸引、争夺和转化资源,占领和控制市场,以创造价值的能力;从经济收益要素投入的角度看,是城市的资源争夺能力、动员能力、整合能力、转化能力;从城市竞争力作用的方向和过程上看,包括引进吸收能力、转化提升能力、输出扩张能力。支撑城市竞争力的两大支柱是产业竞争力和企业竞争力,而产业集群对于企业、产业、城市竞争力的影响尤其重要。

目前国内城市竞争力研究最有影响力的学者应当是倪鹏飞,他对城市竞争力进行的系列研究,引发了国内研究的高潮,而且他也有意识地对城市的人才竞争力进行过部分相对独立的研究。郝寿义和倪鹏飞等(1998)选择综合经济实力、资金实力、开放程度、人才及科技水平、管理水平、基础设施等六个方面21个指标组成了城市竞争力评价指标体系,对上海、北京等城市竞争力进行实证分析。倪鹏飞(2001)在前期研究的基础上,进一步指出,城市竞争力是一个城市在竞争和发展过程中与其他城市相比较所具有的吸引、争夺、拥有、控制和转化资源,争夺、占领和控制市场,以创造价值,为其居民提供服务的能力,主要通过城市产业竞争和增长的绩效表现出来。他首先提出城市竞争力的弓弦模型,即中国城市竞争力(箭)=F(硬竞争力、软竞争力),硬竞争力(弓)=人才竞争力+资本竞争力+科技竞争力+结构竞争力+区位竞争力+设施竞争力+聚集力+环境竞争力;软竞争力(弦)=秩序竞争力+制度竞争力+文化竞争力+管理竞争力+开放竞争力。

倪鹏飞等(2006)主编的《全球城市竞争力报告(2005—2006)》中认为,城市竞争力是一个城市在竞争和发展过程中同其他城市相比较所具有的多快好省地创造财富和价值收益的能力。城市竞争力是城市创造价值的能力,城市的价值是由人、企业、产业和公共部门创造的。人、企业、产业和公共部门创造价值和财富,对内依靠人才、企业、产业和公共部门的自身水平,对外依据其所处的外部环境,外部环境又包括本市的环境、区域环境、本国环境和国际环境。城市综合竞争力,实际上就是城市产业竞争力的综合,包括两部分:一个是本体竞争力,包括人才本体竞争力、企业本体竞争力、产业本体竞争力、公共部门竞争力;一个是环境竞争力,包括与本体竞争力相关的生活环境、商务环境、创新环境和社会环境。人才竞争力指标体系体现在人才本体竞争力以及商务环境竞争力下的要素资源环境竞争力两个方面,人才本体竞争力指标由健康水平指数、知识水平指数、技术水平指数、能力水平指数、价值取向指数、创业精神指数、创新意识指数、交往操守指数8个指标综合而成。要素资源环境竞争力中对城市人才要素指数进行分析,主要考察人才获得的便利性、专业技术人员及人才培训和引进等内容。

2.2.2 独立的人才竞争力研究

部分专家学者也摆脱城市竞争力等综合竞争力研究框架的限制,尝试独立地对人才竞争力进行了研究,主要从人才特有的属性以及在竞争中的作用等方面进行综合描述,可以分为国家、城市或区域、企业三个层面的研究,

黄硕风(1999)认为国家人才竞争力实质上就是科技力、文教力和人才的综合。桂昭明(2002)将人才国际竞争力分成体现人才国际竞争力的内在要素和影响人才国际竞争力的外在要素,内在要素包括人才数量、人才质量和人才创新能力;外在要素包括人才使用效益、人才状态和人才环境。

潘晨光(2006)主编的《人才蓝皮书:中国人才发展报告 NO.3》指出,人才国际竞争力是一个国家人才资源的数量、质量、产生的经济效益和成长环境等各类因素的有机综合和高度凝聚,既是人才这种生产要素的国际比较,同时也是其作用效果和实力的国际比较。借鉴 WEF、IMD 等机构出版的《世界竞争力报告》、《世界竞争力年鉴》、《全球竞争力报告》,联合国开发计划署(UNDP)创建的技术成就指数(TAI,Technology Achievement Index)三家国际权威机构在国际竞争力比较中有关人才竞争力的有价值要素,并结合国内专家有关人才竞争力框架设计的思想,重新构建了一个简化了的人才国际竞争力指标评价体系。该评价体系分为人才队伍、人才投入、人才产出和人才环境四个方面的要素。其中:人才队伍要素包括人才总量、人才供需、人才流动和人才潜力四个子要素;人才投入要素包括 R&D 投入和教育投入两个子要素;人才产出要素包括国内外专利申请件数、发表的科技论文数量和人才对经济增长的贡献等几个子要素;人才环境要素包括工作环境、法治环境、经济环境、科技环境和人文社会环境五个子要素。每个子要素选用不同的指标进行衡

量组成树状结构指标体系，选取美国、日本、德国、俄罗斯、印度五国与中国比较。

潘晨光(2006)还对中国省市区人才竞争力进行了研究，认为它是各省人才资源的数量、质量、结构、比例、流动、环境等各类人才因素，在社会经济生活的竞争、搏杀和对抗中所显现的总体实力，是各类人才因素能量化的有机综合和高度凝聚，是市场经济条件下从宏观角度来衡量人才发展程度的最主要、最有效指标，它从某一侧面反映某一省市区的综合竞争力。依据科学性、系统优化、可比较性、可操作性、灵敏与时效性原则，建立人才竞争力指标体系，目标层由人才规模指标体系、人才素质指标体系、人才投入指标体系、人才产出体系、人才环境指标体系组成。以31个省市区为评价对象，客观数据直接取自2003—2005年《中国科技统计年鉴》、《中国统计年鉴》、《中国教育年鉴》、《中国城市建设统计年鉴》及国家有关部委的专业年鉴和有关城市的统计年鉴，主要采用数据比较分析方法，对选出的指标进行动态集对同一度分析和动态因子分析进行分析评价，求得动态集对同一度的竞争力综合得分。

陶锦莉、郑洁(2007)认为，地区人才竞争力内涵应当包括三个层面：人才本体指标，如人才总量、质量等；人才本体指标相关的客体指标，如经济实力、城市化水平；提升人才本体竞争力的保障体系，如城市居住条件、医疗条件、交通条件等。将区域人才竞争力要素分为宏观环境因素和微观环境因素，宏观环境因素评价指标包括经济实力、城市化水平及人口素质等，微观因素包括保健因素和激励因素。经济实力用人均GDP衡量，城市化水平反映一个地区城市的发展水平，用恩格尔系数衡量；人口文化素质反映一个地区的人文环境，用地区大专以上学历人口占人口总数的比例衡量；保健因素指一个地区的生活质量条件，可分为平均工资、居住条件、医疗服务水平、城市公共交通水平、生活环境等。居住条件用人均住房使用面积衡量；医疗服务水平用每万人拥有医疗机构衡量；城市交通水平用每万人拥有公共绿地面积衡量;激励因素指各地在实施国家统一的人才流动管理政策法规的基础上,根据各地实际情况为增强本地区对人才吸引力所创造的优惠条件,包括:吸引人才的优惠政策、人才的制度化管理和人才的流动机制。

王建强(2005)在结合我国国内各区域经济发展阶段和水平的基础上,设计了区域人才竞争力指标体系,确定出人才总量、结构、比例、流动、效能和环境这6个一级考评指标,下设21个二级考评指标,以及若干个三级考评指标,并对各个一级考评指标的内容和依据作了详细的解释。

刘国新、冯淑华、赵光辉(2005)在进行中部区域人才竞争力评价时,直接以人力资本竞争力来衡量人才竞争力,并将其构成要素分为人力资源数量、质量、配置、需求和潜力这5个方面,设计了15项具体评价指标,综合运用了客观和主客观结合两类指标,并以中部五省的省会城市为样本,对它们的人才竞争力进行了逐项以及总体的比较分析。李晓园、吉宏和舒晓林(2005)认为,人才竞争力指标体系应当围绕人才本体范畴进行,包括:人才总量指标、人才结构指标、人才比例指标、人才动态变化指标、人才投入指标、人才产出指标、人才环境指标。

针对城市人才竞争力,倪鹏飞(2004)在《中国人才发展报告No.1》中认为,城市人才竞争力是指与其他城市相比较的城市人才规模、质量、配置、需求和潜在能力。城市人力资源的数量、流动、质量、适应性及其培养,构成了人才竞争力的主要内容。而创业者数量和适合地方发展的教育体系是从人才方面影响城市发展与竞争力的关键。根据人才竞争力的定义及其对城市综合竞争力的作用,设计城市人才竞争力的指标体系,人力资本竞争力指标由人力资源数量指数、人力资源质量指数、人力资源配置指数、人力资源需求指数和人力资源潜力指数综合而成。倪鹏飞(2007)进一步对城市人才竞争力的内涵进行了探索,认为人才竞争力是与其他城市相比较

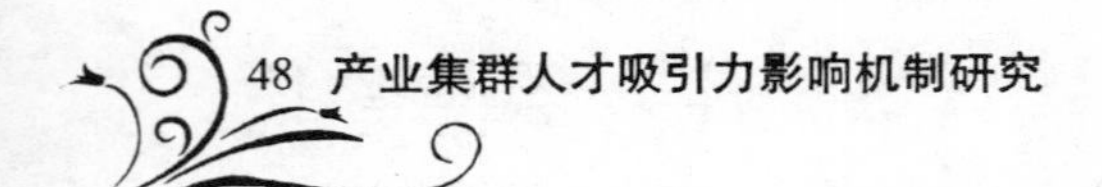

的城市人才规模、质量、配置、需求和潜在能力，人才竞争力指标体系包括：人力资源数量指数、人力资源质量指数、人力资源配置指数、人力资源需求指数和人力资源教育指数。

刘畅和薛薇（2004）按照人口特征、劳动力特征、就业状况、国民教育和生活质量五个方面构建了国民素质竞争力评价指标体系，并通过分析，对北京市国民素质竞争力进行评价分析。丁向阳(2005)在分析中国五大城市的人才竞争力时，虽然没有设计完整详细的指标体系，但他将人才竞争力的构成要素概括为五个方面，即人才资源竞争力、人才资源培养竞争力、人才效益竞争力、人才管理竞争力和人才战略竞争力，并从这几个方面对中国五个大城市的人才竞争力进行了比较分析。戴志伟（2006）建立的人才竞争力的主要评价指标包括：人才总量规模（包括人才结构，描述人才的存量水平和结构状态）、人才效能水平（描述人才使用的效果，反映人才存量的产出水平）以及人才发展环境（描述人才发展水平）。

国内外以上研究都是立足于宏观或中观层面研究国家、城市或区域人才竞争力问题。基于微观企业人才竞争力的研究相对较少。刘秀会（2003）认为，人才竞争力应当以企业为本位，建立在企业竞争能力基础上，但又不同于企业竞争力，应当包括：市场业绩指标和能力指标。其中市场业绩指标包括产品和服务的市场获利能力、市场份额、企业利润率等；能力指标，包括创新能力、团队学习能力。王锡群（2007）认为，企业人才竞争力包括企业人才本身的竞争力和企业在人才工作方面凸显的竞争力，其评价指标体系由人才数量指标、人才比例指标、人才动态指标、人才投入指标、人才效能指标、人才环境指标六个部分组成。李晓园（2004）认为，企业人才竞争力是基于企业人力资源的开发、利用与管理，在有效的人力资源管理机制配合下，整合人力资源而形成的特有的能力，包括组织内部的学习能力、创新能力、应变能力、信息处理能力、领导决策能力等，其指标要素应考虑：市场业绩指标、能力指标两个方面。

2.2.3　对人才竞争力研究的评析

人才竞争力首先是组织对个体竞争力整合结果的表征，而不是个体行为的简单组合；其次，它是个相对的概念，在竞争对手的抗争中得到体现；第三，它是内在因素，可以通过外部因素的测量与评价加以衡量（华冬萍，徐兰，2007）。综合国内外的相关研究成果，我们可以得出以下结论：

（1）人才竞争力与人才吸引力存在较强的关联性，人才竞争力是人才存量与吸引后的增量共同作用的结果，人才吸引力大的国家或地区，甚至企业，能够吸引留住优秀的人才，从而提升人才竞争力，而人才竞争力的提升有助于加强综合竞争力，从而进一步提升人才吸引力。人才吸引力是人才竞争力的体现，有人才竞争力的产业集群必然能够吸引人才的流入；反之，缺乏吸引力的产业集群，由于内部人才流失，外部人才难以流入，必然会导致其竞争力的丧失。许多学者如倪鹏飞（2001，2002）、王秉安和李闽榕（2004）、李涛（2006）等等在界定竞争力时都使用了吸引或吸引力，这反映出竞争力与资源的吸引本身的确是紧密相关的。结合产业集群人才吸引力的研究，我们可以得出下图：

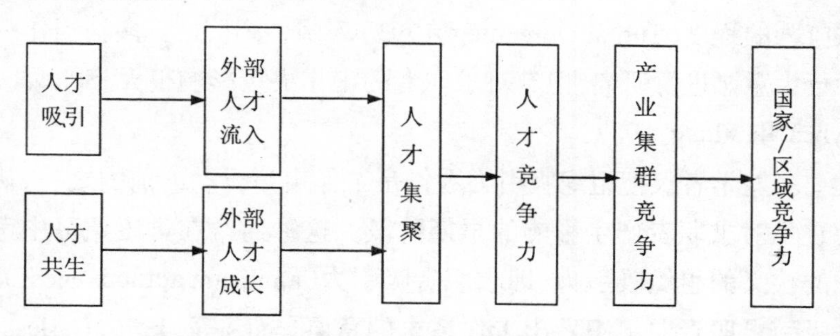

图2-2　产业集群竞争力、人才竞争力与人才吸引等的关系示意图

（2）人才竞争力的研究大多采用面板数据，无论是从宏观层面的国家，还是中观层面的区域或城市，以及微观层面的企业，在构建

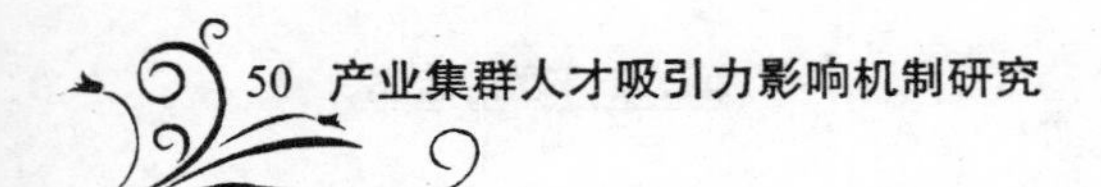

指标体系上多数以客观统计数据为依托。如果无法从有关统计资料中获取，则将其排除在外。在具体评价方法上，通常利用主成分分析或因子分析提炼因素，再利用层次分析等方法进行加权计算。结果主要用于对不同国家、区域或企业组织的对比分析。这些研究思路与方法对产业集群人才吸引力的研究都具有一定的启发作用。

2.3 组织吸引力

2.3.1 组织吸引力的内涵与维度研究

专家学者从多个角度研究了个体如何在面对多个可获工作时，评价与选择工作。组织对于个体有何种程度的吸引力是组织搜寻与选择的文献中必须要面对的中心话题(Harris，1987)。如何吸引具有优秀绩效的求职者是企业招聘活动的关键，也会进而影响到整个组织的绩效表现(Chapman，Uggerslev，Carroll，2004)。Shein 和 Diamante(1988)在研究人与环境的适配性问题时第一次提出了组织吸引力(organizational attraction)的概念；Turban 和 Greening 于 1993 年再次从个体特征与组织匹配的角度提到了组织吸引力（organizational attractiveness)。组织吸引力是指组织本身吸引潜在求职者前往应聘的程度(Turban，Greening，1993)，组织吸引力，更多被当作一种行为意愿进行研究，但其对求职者的工作决策影响很大(Schwab，Rynes 和 Aldag，1987)。

一些学者仅把组织吸引力看作是工作申请行动的前因之一，认为它是对求职者产生影响的早期阶段。这种通常在员工招募中考虑的狭义的组织吸引力，即求职者吸引力(applicant attractiveness)，是吸引求职者向组织发出工作请求的意愿(Saks 等，1996；Carless，Imber，2007)。Baber(1998)将组织人才吸引力从人力资源招募的角度主要可分为三个阶段：第一阶段在于创造求职者或创造工作机会，求职者对该企业的了解有限，仅能依据些许的信息或印象进行初步的筛选，当求职者决定前往公司应征时，表示该企业对求职者具有吸引力;第二阶段在于维持求职动机,求职者透过一些活动(如面试、现场参观等等)获取较为详细的信息,以决定是否参与后续的招募与甄选流程,当求职者愿意参与时,表示该企业对求职者具有吸引力(例如:当某企业给予求职者第二次面谈的机会时,他(她)是否愿意前往面试);第三阶段为让求职者接受雇用,企业通知求职者已获取雇用,而求职者必须选择接受或放弃该雇用机会。上述求职者在接受雇用之前的所有阶段,皆属于组织人才吸引力的范围。

Aiman -Smith 等(2001)、Ziegert 和 Ehrhart(2004)则将组织吸引力定义为一种态度或者总体上对组织正面的印象,把组织看作是一个理想的群体,向往某一组织实体,希望采取行动与其建立进一步关系的积极的意愿,认为组织吸引力概念应该包含个人的心理意向与行为表现两个方面,也即对求职者的一般吸引力(general attractiveness)及其求职意愿(Intentions to pursue)。

Highhouse, Lievens 和 Sinar(2003),则将声望(Prestige)和一般吸引力评价(general attractiveness)、求职意愿(Intentions to pursue)并列为组织吸引力的三个组成成分,并认为组织吸引力的三个组成要素区别明显,能带来对组织选择的更全面认识;他们还根据 Fishbein 和 Ajzen(1975)的理性行为理论研究发现,组织一般吸引力与组织声誉对求职意愿产生积极正向影响,而求职意愿对真正的求职行为或决策产生直接影响。

Berthon、Ewing 和 Hah(2005) 认为组织吸引力是求职者看到的为特定组织工作能带来的预期利益,并从此角度首次系统研究了组织吸引力的维度,设计出包含 32 个项目的雇主吸引力测量量表,便利抽样了 683 名大学生进行调查,归纳出:兴趣价值,包括令人兴奋的工作环境和新颖的工作实践;社会价值,包括愉快的工作环境、融洽的同事关系和团队氛围;经济价值,包括工资、总体薪酬、工作安全性和晋升机会;发展价值,包括认可、自我价值和自我信心、职业发展等;应用价值,包括运用所学知识、教授他人等。在便利抽样

683名大学生的基础上，得出结论：兴趣价值和社会价值为求职者带来心理利益，而发展价值和应用价值为其带来功能性利益。

殷志平(2007) 通过对比初次求职者和再次求职者的雇主吸引力维度呈现出的不同特点，发现初次求职者的雇主吸引力依次为：环境价值、名誉价值、发展价值、经济价值和心理价值；再次求职者的雇主吸引力则包括：社会价值、名誉价值、环境价值、发展价值和心理价值。并指出，为提高雇主吸引力，对不同的应聘者群体要提供不同的有针对性的工作和人力资源产品。

Ziegert 和 Ehrhart（2004）总结了组织吸引力研究的三类元理论：认知过程元理论，研究信息如何处理以影响对吸引力的判断，认为由于不确定性的存在，个体直接或间接依赖于吸引力认知过程中的知识；社会心理元理论，个体对组织吸引力的评价，从社会心理出发，涉及自身的态度和观点；交互主义适配元理论，个人特性与环境特性（如工作、组织）的交互作用或匹配导致吸引。他们还建立了影响吸引力的一般预测因子、产出、调节变量的多水平结构框架，其中一般预测因子分为四类，包括工作特性、组织特性、过程特点，以及个体差异（作为其他三个预测因子和产出两者关系之间的调节变量）。

目前，组织吸引力影响因素的研究主要有：基于组织特性和工作特性的研究、基于个体特性的研究，以及基于两者特性匹配的研究。在研究角度上，无非是客观角度研究组织特性和工作特性对人才的吸引力；主观角度研究个体心理个性特征对组织吸引力感知的差异；主客观匹配角度研究不同特性的组织与不同特性的个体的匹配性与组织吸引力评价间的关系。

2.3.2 组织和工作客观属性的影响

人们选择加入某一组织，或者组织选择雇佣某一人，都是建立在其已有的特性基础上的（Schwab，Rynes，Aldag，1987）。看得见的组织特性充当着组织价值观或其他潜在特性的信号（Rynes，1991；

Cable 与 Judge, 1994)。研究组织和工作的客观特性及其对组织吸引力的影响是过去组织吸引力研究的一个重要分支。

Jurgenson(1978)研究了工作类型、工作保障、晋升、公司、距离对求职意愿的影响。Carless 和 Imber(2007)求职者对工作和组织特性的认知,分为五个因子:挑战性的工作、同事、加薪和晋升机会、声望、地理位置。

Schwab 等(1987)指出,工作和组织属性才是工作搜寻和选择行为的主要决定性因素。具有人才吸引力的组织本身能够快速吸引大量人才前往谋职,并大幅降低招募活动所需成本(Joo, Mclean, 2006)。Laker 和 Gregory(1989)认为,影响选择一项工作的五个最重要因素是:公司对待员工的方式、工作的意义、工作的责任、公司在行业中的声誉、公司的发展潜力,实际上也包括了组织和工作两方面的部分属性。

Rynes, Brez 和 Gerhart(1991)访问了 41 名毕业生写出他们评价适配性的组织维度,发现组织和工作特性:专业、预期工作特色、一般公司形象、对公司产品或服务的态度、晋升机会、地理位置,都是重要的决定因素。

Turban、Forret 和 Hendrickson(1998)建立了组织声誉、组织特性和工作特性等对人才吸引力的综合模型,并通过对 361 名校园招募面试中的求职者在面试前后进行调查,实证检验表明组织声誉、组织特性和工作特性对人才吸引力均产生重要影响。

Sutherland、Torricelli 和 Karg(2002)通过实证研究对员工衡量最佳雇主的标准进行了排序,前五个标准分别是职业发展机会和工作挑战性、培训发展机会、与绩效相关的薪酬、有良好产品的全球化创新性、能提供岗位轮换和差异化。

1)企业形象声望和文化对组织吸引力的影响

企业形象是一个企业在公众中的总体印象,也是影响求职者应征行为的主要因素 (Belt, Paolillo, 1982; Fombrun, Shanley, 1990;

Rynes, 1991)。Belt 和 Paolillo(1982)、Half(1993), Gatewood 等(1993)、Balmer(1998)、Barber (1998)的研究也表明,发现企业形象在人员招募中非常重要,良好的企业形象增强了应聘者进一步接触企业的意愿,对于预测求职者决策具有较高的显著性。在所有其他条件相等的情况下,组织形象越好,求职者越有可能申请。

与形象相比,声望是一个战略性概念,其核心是组织围绕着无数的企业形象和实践建立的长期印象(Fombrunh 和 Shanley, 1990)。企业声望代表对企业"纯粹的"情感或行为反应好或坏、弱或强,即顾客、投资者、员工或普通大众对企业名字的反应。声望高的企业可能会吸引更好的员工(Barber, 1998; Greening 和 Turban 2000)。

Lievens 和 Highhouse (2003) 认为,组织吸引力并非仅由工作的工具性属性决定,它还受到成为特定公司成员的象征性意义的影响。功能性特征包括:薪水、晋升机会、工作稳定性、工作繁忙程度、工作地点和福利;而象征性的特征包括诚挚、创新、能力、声望、健康等五个维度。他们对比利时银行的研究发现,求职者不仅关注工作本身的可视的功能性特征(如工作环境、工作保障),还关注公司现有员工(真诚、自信)象征性因素,如创新性、竞争力等。象征性特征是区别相同行业雇主的主要因素,能将一家公司与其他公司区分开来,也会激发求职者在该特征方面的自我概念。因此,求职会通过选择与自我形象匹配的雇主,来保护或增强自我概念,象征性特征甚至会比薪酬、晋升,更能准确地反映公司吸引力。

梁钧平和李晓红(2005)进一步研究指出,求职者关注雇主象征性因素的原因是不同的雇主具有不同的个性特征,求职者通过选择雇主来进行自我表达,从而满足其自我提升和自我一致性的需要。具体来说,本研究发现,理想自我形象与雇主形象匹配可以预测雇主吸引力,求职者理想自我形象与雇主形象匹配可以预测雇主吸引力;理想自我形象一雇主形象匹配与自我态度之间的交互作用可以预测雇主吸引力,其中,对于具有正面形象的雇主,求职者自我态度与雇主吸引力有正相关关系;对于具有负面形象的雇主,求职者自我态度与雇主吸引力有负相关关系。

也有一些学者进一步研究了企业形象要素中的企业社会责任表现对求职者的影响。Wright 等(1995)发现,具有积极社会行为的公司更能成功地吸引到高素质的求职者。(Fombrun , Shanley, 1990; Berman 等, 1999)企业的社会责任表现会对组织的吸引力产生影响,企业的社会表现好,往往能吸引到数量较多、条件较好的应聘者。Albinger 和 Freman(2000)认为,高素质的求职者,受过更多的教育,拥有更多的技能,有更多的工作可供选择,他们比低素质的求职者更看重组织的社会责任表现,具有良好的社会责任表现有助于吸引到更多高质量的员工。

Turban 和 Greening(1997) 研究了企业社会责任表现与声望对欧洲和北美共 5 所商学院 MBA 学员工作决策的影响,要求学生对在 KLD 社会责任评级体系曾评估过的 189 个企业进行评价, 发现企业社会表现与声望相关,声望与组织的吸引力水平相关;他们采用聚类分析工具, 分析在 MBA 制定工作决策的过程中, 包括企业社会责任标准在内的一系列企业特征对其决策的相对影响力,发现 90%的 MBA 学员宁可牺牲金钱方面的利益,也希望为承担企业社会责任和具有良好道德声望的企业工作。Turban、Forret 和 Hendrickson(1998)再次研究了,企业的社会责任表现和声望对其招聘吸引力产生正向影响。Greening 和 Turban (2000) 进一步扩展了他们前期的研究成果,直接对被调查者测量了公司社会责任表现与吸引力的关系,检验了信息对认知的作用,再次证实了两者的正相关关系。

Backhaus、Stone 和 Heiner(2002)认为公司社会表现对工作选择过程非常重要,并在课堂上对 297 学生调查求职者对公司社会表现重要性的认知, 研究了公司社会表现的 11 个维度对组织吸引力的影响效应,发现环境、社区关系、员工关系、管理多元化和产品事件这些维度对潜在雇主的吸引力有最大的影响。Bauer 和 Aiman-Smith

的(1996)研究也表明,个体受雇主环保形象的影响。Aiman-Smith 等(2001)发现组织的生态评分、解雇政策作为预测组织吸引力的因子,比工资和晋升机会更准确。

O' Reilly Ⅲ等(1991)、Chatman 和 Caldwell(1991)、Cable 和 Judge(1996)、Judge 和 Cable(1997)、Herman 和 Gioia(2001)还研究了组织文化对于组织吸引新员工的重要性,证实了企业文化是影响组织人才吸引力的重要因素。

2)组织特性对组织吸引力的影响

Hannon(1996)对 11060 位日本大学生进行的组织吸引力研究,发现组织的员工规模与组织吸引力正相关,组织的年龄虽然在某种程度上隐含着公司的传统和历史,但对组织吸引力不产生影响。销售量意味着公司规模和实力, 利润额反映出组织的成功和生存能力。对理工科学生而言,销售与组织吸引力正相关,意味着他们更愿意规避风险,偏好工作的稳定性和工作保障。文科生更看重企业的销售和利润,而不是员工人数,表明他们更注重短期和理想的前景,强调为组织和社会的成功贡献力量的意愿,而不是仅仅维持现状。组织中劳动力的规模与组织吸引力存在显著相关性。

Barber 等(1999)以 585 位大学应届毕业生为样本,用问卷方式调查组织规模是否会影响这些潜在求职者的偏好,发现有六成以上的潜在求职者偏好大型企业,并在一开始谋职时,就完全排除了不符合他们规模偏好的组织,愿意去中小型企业应聘。Sheard(1970)、Girnaert(2001)的研究也表明,具规模的公司较吸引人,企业规模与实力与组织吸引力具有相关性。Lievens 和 Decaesteker 等人(2001)针对 395 名应届毕业生进行的研究显示,潜在应征者更容易被较大规模的组织所吸引。

Kolenko、Taylor(1982)发现,组织的获利率越高,越能产生较高的人才吸引力。Rynes(1991)也表示,组织的获利能力对组织形象有正面的影响,具有较高的获利能力的组织将会产生比较高的组织人才吸引力。Olian 和 Rynes(1984)还曾研究过,组织特性如结构、规模和战略等也影响到个体是否去向某特定组织提出求职申请。Wotruba 等(1989)则还研究了公司成长潜力、财务稳健性等特性对人才吸引的影响。

Newburry、William 和 Gardberg 等(2006)分析了 4605 个调查对象对 60 家公司的评价,发现外国总部的公司吸引力较低,然而国际化程度越高的本国公司则越有吸引力,而且发现性别、种族、年龄和教育水平等对这些变量的作用也产生显著影响。

Turban 等(2001)对中国大陆的员工进行了调查,控制了所有制性质、总部的国别、组织描述中对公司的熟悉程度等变量,测量它们对组织吸引力的影响,一般来讲,被调查者认为外企比国有企业更有吸引力,熟悉的公司对不熟悉的公司更有吸引力。

3)工作特性对组织吸引力的影响

Behling 等(1968)认为求职者的工作选择大多依赖于他们对工作属性的评价或工作内容的特性。组织吸引力的一个基础可能就是感兴趣的工作特性,由于工作存在于组织内部,工作特性被视为组织价值观等组织特性的信号。因此,个体对工作特性的评价,不仅决定了他们是否被工作吸引,而且决定了他们是否为组织吸引。Taylor 和 Bergmann(1987)、Barber(1998)、Macan 和 Dipboye(1990)认为,工作特性在整个招聘过程中对吸引人才都产生重要影响,工作属性才是求职者作出最终工作选择的决定性因素。Winter 和 Butters(1999)定义了工作吸引力是当求职者面对通过不同的媒体,包括职位公告、工作描述和组织的招募人员提供的工作机会信息时的反映,并指出积极的反映增加了求职者实际接受工作的可能性。

Jurgensen(1978)研究了 1945 年到 1975 年三十年期间,57000 位明尼苏达瓦斯公司的求职者对事前设定的工作属性进行打分或排序的结果,发现十项工作属性中,男性排序结果依次为:稳定性、发展性、工作性质、工作本身、薪酬、同事、上司、福利、工时及工作环境；而女性排序结果为工作性质、稳定性、同事、发展、上司、薪酬、工作环境、工时和福利，不同性别对工作属性偏好存在一定差异。三十年间，美国求职者，对福利、薪酬、工作性质和工作环境的关注在提高；工作发展与稳定性的重要性则降低；最后，工作性质逐渐取代稳定性成为男性最重要的考虑因素。而求职者与在职员工具有相似的工作属性偏好，但是最重视与最不重视的工作属性正好相反，薪酬及同事是求职者最重视及最不重视的工作属性，而在职员工则最重视同事。

Posner(1981)和 Lacyet 等(1983)指出，个体对不同工作属性的偏好能够预测工作吸引力评价的差异，工作属性偏好与工作选择的关系受性别角色这一中间变量的影响。Wanous, Keon 和 Latack (1983)运用期望理论，研究发现工作属性的效价(valence)和感知到的工作获取这些属性的工具性，对于预测工作吸引力和现实的工作选择非常有用。Barber 和 Roehling(1993)、Aiman-Smith 等(2001)等等提供了工作特性对组织吸引力直接影响的实证检验。Chapman 等(2005)认为求职者对吸引力的感知，可以部分由组织提供工作的特性进行预测。

Lieb (2003)研究 911 事件对求职者工作特性偏好的影响时，设计的工作特性包括：薪酬、福利、晋升机会、工作安全性、声望、良好的硬件环境、良好的同事关系、良好的上下级关系、工作自主性、公司声誉、挑战性的工作、有趣的工作、地理位置、工作压力、工作完整性、权力与影响、与他人工作的机会等等。

胡蓓、翁清雄(2008)曾归纳，工作特性主要包括工作内容和工作环境。工作环境是指工作氛围和条件，它人们考虑是否到一个组织的重要因素，人们总是希望能够到一个具有比较舒适、安全的环境且具有良好文化氛围的企业中工作。Charles 和 James(2003)的研究认为工作安全以及工作环境是人们选择工作的重要因素。Turban, Eyring 和 Campion(1993)在工作吸引力研究中指出，工作是否具有保障以及工作本身的特性是组织吸引人才的重要因素。Simons (2000)认为,对有才能的员工来说,激励性工作环境、合适的工作文化以及工作与生活的平衡比金钱更重要。工作内容有趣、具有挑战性,也会受到求职者的青睐,同时,求职者也会选择自己可以胜任的工作。Kaufman(1974)也认为提供富有挑战性的工作是帮助雇员取得职业发展的有力途径。Ellis (1996)认为工作内容是人们选择工作时考虑的重要因素,而人们更愿意选择富有挑战性的工作。Badawy(1988)、McMeekin和Coombs(1999)、Brown(2001)指出科技人才在选择职业时对工作意义、挑战性、自主性和专业匹配性的要求较高。Ching-Yi Chou 和 Guan-Hong Chen(2004)阐述了专业技术人员在寻找工作时,首先考虑工作的内容是否与他们的专业知识与技能相关,并且具有挑战性和意义;而薪酬位于其次。英国咨询机构 Roffey Park 于 1999 年进行的研究也表明,吸引员工留在企业的最主要因素是工作挑战性,而不是金钱。

2.3.3 组织的管理制度和人力资源活动的影响

1)管理制度对组织吸引力的影响

组织的管理制度也是影响组织吸引力的重要因素(Barber, 1998;Posner,1981)。从人力资源管理的角度,研究企业如何采取措施提高组织吸引力,以使更多的优秀人才应聘自己的职位空缺、强化其求职意愿、产生求职行为动机、接受职位要约,以及保留已有人才,这些也是国外管理学者们研究的热点。根据信号理论,人力资源管理制度释放出的信息与组织吸引力息息相关,当组织传递出求职者所重视的正面信息时,组织人才吸引力也将大为提高(Lievens 等,2001; Turban,Keon, 1993)。

Turban 和 Keon (1993)在研究中以大学生为样本,通过实验设计研究发现以绩效为奖酬发放基础、采用分权化的组织,对组织人才吸引力具有正面影响。Bretz 与 Judge (1994)发现以个人绩效为基础的奖酬制度、采用比赛式的升迁制度(contest mobility system)、以及采用工作生活平衡制度的组织，比较能够吸引求职者。Aiman-Smith 等（2001）、Turban（2001）还探讨过升迁速度与组织人才吸引力的关系。Anthony、Perrewe 与 Kacmar (1996) 调查结果发现学习机会是吸引大学生到公司任职的因素之一。Highhouse、Stierwalt、Bachiochi、Elder 与 Fisher (1999) 研究发现组织采用保护弱势族群与妇女的任用政策、以团队为基础的工作结构、及以个人绩效为基础的薪资政策，对受试者较具有吸引力。

温金丰 (1998) 则由人力资源主管的观点切入，发现内部型的人力资源制度 (包括生涯发展、训练制度及奖金分红等实务)，对组织的人才吸引力比较有正面的影响。Lopus 和 Murray(2001)认为，高水平的员工参与、基于奖励原则的绩效管理、较多的专业能力发展和升迁机会、管理层对员工的真诚和关爱等都是有吸引力的最佳雇主的普遍特征。Herman 和 Gioia (2000)发现职业生涯、学习发展、组织表现、薪酬制度等也与提升组织吸引力有关。Lievens 等 (2001)以 359 位学生为受试对象，调查分权化和薪资结构、以及组织规模、全球化程度组织人才吸引力之影响，结果发现，相对于集权化组织而言，分权化组织较具有组织人才吸引力。此外，也有研究指出组织分权化程度，对组织人才吸引力具有正面的影响 (Chapman 等，200；Lievens 等，2001；Turban 和 Keon，1993)。

张正堂（2006）通过实证研究发现，相对于其他人力资源管理活动而言，只有职业发展、绩效评估与管理、薪酬管理等三个方面受到人才的更多关注，对人才吸引力有显著影响，其中影响程度的大小依次为薪酬管理、职业发展、绩效评估与管理。如果企业的职业发展、绩效评估与管理、薪酬管理推行的越完善，企业对人才吸引力也越大。公平、优厚的工资、奖金以及完善的福利保障制度是组织吸引人才的有力“武器”，给予具有竞争力的薪酬水平可以吸引更多优秀的应聘者；通过培训、职业发展等活动，促进员工的长期发展；通过员工参与以及团队工作，员工享有自主性和决策权，有利于员工技能的发挥。因此，员工参与以及团体工作给予高素质人力资本充分发挥其拥有的技能和知识的机会，也有助于吸引优秀人才。

有些研究探讨单一人力资源管理制度对组织人才吸引力的影响。例如：Williams 与 Bauer (1992) 发现，采用多元化管理政策的组织，对求职者而言较具有吸引力；而 Richey et al. (2001) 研究则发现采用强制执行 (mandatory binding) 的仲裁制度，是求职者最不喜欢的组织型态。Posner(1981)也通过实证证实了教育培训是影响组织人才吸引力的重要因素。Lievens 等 (2001)的研究证实了能够提供较多的学习培训机会的组织对潜在求职者具有较强的吸引力。

当然，薪酬及薪酬制度也是无法忽视的工作特性，是影响工作吸引?和工作选择的重要因素(Rynes，1987；Rynes，Schwab，Heneman ，1983)。组织的薪酬系统对组织吸引力的影响也引起较多的关注，薪酬系统对求职者来说好像一个信号的设计，透过提供求职者看??的组织特性，影响求职者对工作和组织的吸引?(Gerhart，Milkovich，1992；Rynes ，Miller，1983)。企业通过公平、有竞争力的薪酬奖励体系，可以吸引更多优秀的应聘者。Cable 和 Judge(1994) 以主修工程和旅馆管理的大学应届毕业生为样本，经由实验设计方式，依照学生对这些虚构组织的描述来测量这些潜在求职者前往企业谋职的倾向，经由回归分析发现，高的工资水平、弹性福利制度、以个人绩效为基础的薪酬制度，以及变动薪酬比率较低的工资政策对求职者具有较强的吸引力；尽管不同类型的求职者对薪酬体系的偏好存在差异，只要组织知道它们?想的求职者偏好那种薪资政策，就可以在?增加人事成本之下增加组织对求职者的吸引?。

2）招募选拔过程对组织吸引力的影响

Turban 和 Greening(1996)认为，组织需要投注更多的注意力与资源在招募活动上，以提高组织的吸引力，吸引优秀人才。许多学者将组织吸引力，聚焦于求职者吸引力(Applicant Attraction)，研究组织如何改进招募、选择等人力资源环节，以吸引到更多的优秀求职者申请本公司的职位。

Highhouse等(2002)专门研究了招募材料提供信息的方式,在利用统计资料、逸事或不提供证据来介绍公司的价值观三种不同形式中,报纸媒体上介绍的逸事最有说服力,因而认为证据的类型以及媒介形式对材料的说服力都有影响。Barber(1998)认为一般广告或公关活动对求职者对组织的印象具有溢出效应,组织进行产品或公司的广告宣传,可能增加求职者对组织的认知和熟悉。Hoye和Lievens(2005)指出,招募广告和口碑宣传能够提升组织吸引力,而口碑是更可信的信息来源。工作公告(Barber, 1993),宣传手册(Mason, Belt, 1986)都会影响学生对组织不同特性的认知。而Highhouse, Lievens和Sinar(2003),招募宣传手册上某些元素可能影响到一个组织的吸引力,但对组织追逐意愿却没有明显影响(例如,如果组织提供的工作看上去高不可及);阅读杂志上对组织介绍的文章会增加组织的声誉,但对到组织工作的吸引力没有影响。

Coombs和Rosse(1992)指出,越来越多公司正在通过建立与教师和职业服务办公室、派回往届毕业生介绍在公司的经验等方式,建立与招募目标大学更强更近的关系,从而吸引学生,建立申请池。这种早期的招募方式,提供了具体的公司信息以及评价,别人经验的感性认识,从而影响到学生的组织印象;此外,教师和职业服务机构职员由于与特定组织建立了紧密联系,更有可能经常提及这些组织,从而增加了学生对它们的熟悉程度。

Collins和Stevens(1999)认为,在招募过程中,可视性、社会网络以及常规实践显著地影响到求职者对组织的认知度,从而有助于提高组织吸引力。Saks等(1996)招募过程中的真实工作预览(RJP)对吸引求职者及其工作选择的影响,依赖于工作的报酬与其他工作属性。

Turban(2001)调查了9所大学的潜在求职者和其中8所大学的工作人员(教师和就业办公室职员)招募行为、组织特性、对公司的熟悉程度、公司雇主吸引力的社会背景;招募行为通过影响求职者对组织特性的认知而影响到组织吸引力;熟悉公司及其社会背景,与对求职者的吸引力相关;被调查人员是否接受过公司的面试,不会影响其对公司组织属性或吸引力的感知。Collins 和 Stevens (2002)论述了,早期的招募行为通过雇主形象和工作属性的认知,间接地影响求职意愿与决策。

在招募人员的特征,包括个性、行为、人口统计特征(性别、年龄、种族),以及招募人员行为对组织吸引力的作用评价上则同样出现了一些不同观点。最初,Schmitt 和 Coyle(1976)要求毕业生描述他们最近面试中招募人员的行为,发现对招募人员特性的认知与接受工作的可能性存在强的关联性。Harn 和 Thornton(1985)认为,招募人员的咨询行为能够让求职者感受到他们的热情,但并不会影响他们接受提供工作的意愿。Harris 和 Fink(1987)认为,招募人员的人口统计学特征对工作吸引力等没有影响,但招募人员特征或行为作为信号对组织吸引力产生直接影响。Taylor 和 Bergmann (1987)发现,招募人员变量对求职者组织吸引力认知仅在校园面试阶段后产生影响,在其他时段没有作用。

而James、Mulaik、Brett(1982)指出,由于工作和组织属性在工作选择决策中发挥着重要作用,对他们的忽视导致了对招募人员作用的严重夸大。Powell(1984)在剔除工作属性的作用后,发现招募人员的特征对接受工作的可能性没有影响,并总结"过去文献中,强调招募活动例如积极的招募人员工作行为是求职者作出工作选择的决定因素,无疑是言过其实。" Turban 等(1998)、Turban(2001)都推断:招募人员行为对组织吸引力不产生直接影响,但可能通过影响求职者对工作和组织特性的认知间接地影响到其对组织吸引力的评判。Harris 和 Fink(1987)、Powell(1984)、Taylor 和 Bergmann(1987)的现场调查,以及 Rynes 和 Miller(1983)的实验室研究,都同样证实了,工作属性比招募人员对工作选择意愿的影响更强烈,控制工作属性后,招募人员对求职者吸引力和工作选择意愿的影响明显地衰减到没有任何影响。Chapman 等(2004)组织和工作特性、招募人员的行为、对招募过程的认知、主观感知适配性、雇佣预期等都会影响对求职者的吸引力都有预测作用,而招募人员的人口统计学特征则与其无关。

Hausknecht 等(2004)还研究了选拔过程对组织吸引力产生一定影响,如过程公平、分配公平、测试激励、对测试的态度。Carless 和 Imber(2007),面试人员特征,如热情、友好、工作知识、幽默、综合素质,可以显著地减少求职者的焦虑感等消极情绪,它对求职者吸引力和工作选择意愿同时具有直接和间接双重影响。McCarthy 和 Goffin(2004)求职者如果在面试过程中经历了压力和不安,就会降低其对组织吸引力的评价,更不会接受其职位。Truxillo 等(2004)认为,通过公开选拔的程序、提供工作相关测试的信息和解释,使求职者感知人事选拔的公平性,从而提升求职者对组织吸引力的评价。Carless(2003)却认为,组织和工作属性相对于选拔特点,对组织吸引力和工作接受意愿具有更多的预测性,选拔特点和工作、组织属性通过选拔过程对组织吸引力的认知产生影响,但对实际的工作选择并不产生影响,事实上求职者在正式的选拔过程开始之前就已经决定了是否接受工作。

2.3.4 个体特征对组织吸引力的影响

1)人口统计学特征对组织吸引力的影响

个体的人口统计学也会影响不同个体对组织吸引力的评价结果。

不同性别对工作属性的不同偏好源于性别的刻板效应和性别角色的差异,而这些差异是由性别社会化导致的(Konrad, Ritchie, Lieb 等, 2000)。男性更看重收入、晋升和工作保障,女性更关注同事关系和工作时间(Betz, O'Connell, 1989; Centers, Bugental, 1966; Roethlisberger, Dickson, 1975; Schuler, 1975) Winter 和 Butters (1999)

分析了性别对于求职选择的影响，以牙科专业学生学例，虽然其整体上都更倾向于开个体诊所，但女学生相比男生，更愿意先做雇员再成为合伙人的就业模式，因此工作时间更少而且压力更小。

Heckert等（2002）指出尽管女性更关注工作地点和愉悦的工作条件，如灵活的工作时间和上班方便，但在薪酬及津贴、工作的内在品质、晋升因素等方面上与男性的差别却不显著。工作场所的社会化比工作场所之外的性别社会化更关键，如果考虑职业因素，则工作属性偏好的性别差异就消失了(Brief, Aldag, 1975; Brief, Oliver, 1976; Gomez-Mejia, 1990; Lacy, Bokemeier, Shepard, 1983; Saleh, Lalljee, 1969)。

Thomas Wise(1999)还发现性别之外，种族也会影响到求职者对组织与工作因素的关注点不同，从而对组织吸引力的评价也会有差异。例如，针对非裔美国求职者广告宣传团队工作能够提高组织吸引力(Highhouse等，1999)。

2)个性心理特征对组织吸引力的影响

根据认知过程元理论，个体在决定他们对吸引力的整体判断时，可能对不同的工作、组织和过程特性赋予不同的权重。主观适配性作为吸引力的先行，将个体差异作为预测因子与吸引力之间的调节变量。

Adorno等(1950)指出，独裁主义个性的人更偏好与具有类似种族和宗教信仰的人交往。Rentsch和McEwen(2002)也证实了，个人的个性维度、价值观和目标，与组织类似，则容易被其吸引。Rentsch和McEwen(2002)分析了个性特征、价值观和目标与组织吸引力的关系，结论：个人的个性维度、价值观和目标，与组织类似，则容易被其吸引。

高自尊的个体利用对自己的认知指导，偏好选择与他们自身形象一致的工作。Saks和Ashforth(1997)证实自尊和对个体——工作适配性认知的高度相关性，从而为此理论提供了有力支持。Lawler

(1971)认为，低自尊、高神经质的个体更易被高收入的工作吸引。Brockner(1998)的行为塑造理论认为，低自尊的个体更依赖于社会暗示或环境暗示等外部因素，易受其影响。

Bretz、Ash和Dreher(1989)指出，人们会被那些允许他们表达成就需要的环境吸引，而不是归宿的需要；研究人员设计了实验，测量求职者的个性特征，再为他们提供预先设计好的关于组织薪酬系统的描述；高成就需要的求职人员，选择采取个体导向报酬体系的组织。

Turban和Greening(1993)实验研究了，组织特性对个体吸引力的影响因个体的自尊和成就需要不同而异。虽然，总体上而言，求职者更易被分权组织、根据绩效支付工资的组织吸引。但是，低自尊的个体相比高自尊的个体，更看重组织特性反映的组织吸引力，更易被分权的、大型的公司吸引；高个人成就需要的个体喜欢根据绩效付酬的组织，而不是根据资历付酬的组织。

Turban和Keon (1993)针对管理专业的学生，测试他们对不同组织的吸引力判断。不同的组织特性被控制，结果发现高成就需要的人更被提供基于价值的报酬结构（如，按绩效付酬，而不是按资历）的组织吸引。也发现低自尊的人比高自尊的人，更易被分权型组织结构和大公司吸引。结果表明，人们被哪些反映他们个性的组织吸引。

Cable与Judge (1994) 检验了个体个性特征与组织环境和报酬体系的一致，是否会影响工程和酒店管理专业毕业生的工作搜寻决策，让他们评价32个不同的报酬卡片，发现如果报酬体系按照价值观、目标和组织文化分类，个体与报酬体系的匹配程度是其与组织整体匹配度的指示器。个人主义程度愈高、自我效能程度愈高的求职者，愈偏好基于个体绩效和技能导向的报酬制度。上述结果显示，人格特质或许扮演着干扰变量的角色。

Cable和Judge(1996)、Judge和Cable(1997)、Dineen等(2002)研

究发现,不同的个体会被组织或工作某些的与他们自己匹配的不同特征吸引。Judge 和 Bretz(1992)调查了两所美国大学的学生,测量他们的价值观,然后提供了大量的卡片,其中包含了11种组织和价值观变量。询问他们是否选择特定组织提供的工作,发现价值观的匹配与学生的工作选择决策积极相关。Bretz 与 Judge(1994)指出,如果报酬体系符合个人的价值观,则组织的文化和目标,以及个人与报酬体系的匹配性,将成为个人与组织匹配的指示器。还探讨人格特质与奖金制度之交互作用对组织人才吸引力的影响,发现个人主义程度愈高的求职者,其愈偏好个人导向奖金制度。Turban 等(2001)研究发现,个体的差异对于组织性质对组织吸引力的影响具有调节作用,如风险规避倾向而对工资需要更低的人,更容易被国有企业而非外资企业吸引,这一结论也得到非西方背景下个体-组织的适配性角度普遍存在现象的支持。

2.3.5 对组织吸引力相关研究的评析

组织吸引力的研究成果非常丰富,因为具有人才吸引力的组织本身能够快速吸引大量人才前往谋职,并大幅降低招募活动所需成本(Joo, Mclean, 2006),对于产业集群人才吸引力这一特殊组织的研究具有重要参考借鉴价值。

(1)组织吸引力与个体真实的求职行为、组织选择或工作选择决策并不能等同,它们之间存在着很大差别(Saks等,1996;Carless, Imber, 2007)。态度与行为之间的关系比我们通常想象的要微弱(Blumer,1955; LaPiere,1934;Wicker;1969)。对待一家公司的态度,可能辅以影响组织追逐意愿的社会可接受性的信任的补充,个体只有在他们看来被吸引,并且别人相信他们会追求时,才会追逐(Ajzen, Fishbein,1980)。态度的组成及程度,是否影响人们的行为和选择,也被认真地研究过(Pratkanis, Turner, 1994)。通常职业选择过程,受到心理和社会因素,包括性别、种族的影响(Arnold, 1997)。一个个体可能同时被多个组织吸引,而是否采取实际的求职行为则受到许多其他因素的制约(Barber,1998)。而且组织的吸引力与组织为求职者提供的工作的吸引力,有时根本无法区分,因此Turban、Monica与Cheryl (1998)在测量组织吸引力的一般评价时先测量了对组织吸引力的评价,又测量了对工作吸引力的评价,这也反映出组织研究中多层次问题的复杂性。Rentsch和McEwen(2002)在利用卡片进行虚拟组织实验前先假定了工作机会和内容、待遇、地点等情形完全一致,以避免工作吸引力等因素对组织吸引力研究的干扰。

(2)组织吸引力的研究设计,大多通过虚拟组织实验,通过卡片组合或文字表述等形式在微观上进行组织制度和行为等调整,测量潜在求职者前往企业谋职的倾向,了解组织吸引力,如Rynes和Miller(1983)、Bretz, Ash和Dreher(1989),Turban和Keon (1993)、Cabel和Judge(1994)、Turban和Greening(1993)、Highhouse等(1999)。虽然实验室研究,在设计上比较简单,测试方便,但是Aiman-Smith等(2001) 认为在现实条件下影响一个人在某个企业就职或者离职的因素比较多,研究实际的求职申请率和企业的离职率可以直接采用行为观察法。Rynes、Brez和Gerhart(1991),Barber等(1999),Turban、Forret和Hendrickson(1998),Carless和Imber(2007)等则将目标选定为参加校园面试的大学毕业生,Turban、Monica与Cheryl (1998)还对面试前后分别进行了两次测试。虚拟实验毕竟与现实情况存在差异,Highhouse、Lievens和Sinar(2003)指出,最直接的吸引力测量应当是针对真实的申请职位并最终选择它的人;然而到目前为此,也仅有Boudreau和Rynes(1985)等少数人专门针对被录用人员展开过组织吸引力的研究。

(3)研究的样本几乎全部来自于正在寻找工作或计划不久将参与招募过程的大学生或MBA学生。如Highhouse, Lievens和Sinar(2003)选择了五家真实公司的招募宣传材料,对美国中西部某中等规模大学里大学生心理学课上招募的 305 名参与者。Backhaus,

Stone 和 Heiner(2002)是在课堂上对 297 学生调查。Lievens 和 Decaesteker 等人（2001）访问的是应届毕业生，Rynes、Brez 和 Gerhart (1991)等调查的是校园招募中的求职者。Turban 和 Greening(1997) 调查的是欧洲和北美共 5 所商学院的 MBA 学员。Wells (1993) 认为，利用学生对象进行测量，外部效度值得怀疑，由于学生群体的过于简单，代表性并不强，结果的普适性也容人质疑。此外，Calder 等 (1981) 也认为，只有当样本结构上存在多变量关系，而不是单变量关系时，学生作为研究测试的主体才是可接受的。学生群体即使是应届毕业生，也只是现实社会中求职者的一部分，并不能完全反映组织吸引力的全部情况。而殷志平(2007) 的实证研究反映，初次求职者和再次求职者的雇主吸引力维度呈现出的不同特点。Highhouse、Lievens 和 Sinar(2003)认为最直接的吸引力测量应当是针对真实的申请职位并最终选择它的人。因此，Highhouse 等 (1999)不仅研究了 1019 位非裔美籍的学生，还研究了 303 位非裔美籍之在职工作者；Rentsch 和 McEwen(2002) 在大学心理学课堂上调查了 108 位有工作经验的学生；Lievens 和 Highhouse (2003)分别调查了 275 位大四学生和 124 名银行职员；而 Boudreau 和 Rynes(1985)则专门针对被录用人员展开了组织吸引力的研究。

（4）组织吸引力的研究集中于对微观组织的人才吸引力研究，范围涉及到企业、医院、部队，甚至学校，停留在微观层面，仅有国内学者王养成(2006)设计了企业人才吸引力的评价指标体系，从中观层面对不同企业进行了比较研究。组织吸引力研究虽然注重心理测量，取得了许多成果，但是 Berthon ，Ewing 和 Hah(2005)指出组织吸引力可能存在跨文化的差异，因此如果没有更深入的研究，结论不具有跨文化的推广价值。这也反映出，组织吸引力研究中，对宏观环境、文化等因素的关注不够的缺陷。而环境因素在吸引过程中对组织和求职者都具有潜在的影响，如劳动力市场可能会影响到公司提供特定工作特性(如工资、福利)的程度，以及可获的空缺职

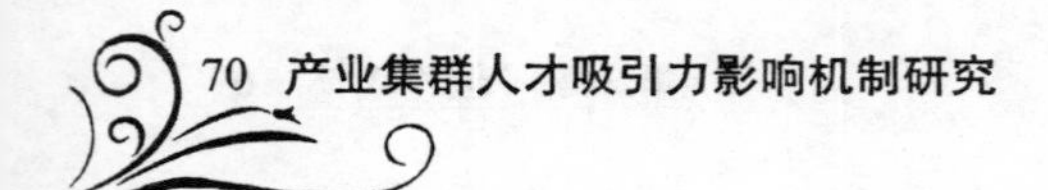

位，也影响到个体的可获工作机会，他们的工作搜寻意愿，及他们对工作机会的感知。

（5）中国学者对组织吸引力的研究关注较少。台湾学者有部分成果，如Ching-Yi Chou和Guan-Hong Chen（2004），仍然是对英国生物产业做的研究；对国内的研究则异常匮乏，本土化设计、实证少，仅有梁钧平和李晓红（2005）、张正堂(2006)、殷志平（2007）、胡蓓和翁清雄（2008）有部分成果。

总体上，组织吸引力研究主要集中于微观层面，没有对中间组织、区域组织等研究。但是，组织吸引力的研究成果仍然对于产业集群人才吸引力研究具有重要参考借鉴价值，特别是其研究方法很有借鉴和启示意义：如对组织和工作特性作用的重视、对人才吸引力的量表设计，以及对访谈对象的选择。

第3章　产业集群人才吸引力的测量与检验

产业集群的形成与发展需要大量人才的集聚，而人才的集聚需要对外部人才的吸引以及对内部已有人才的保持，特别是外部人才的持续流入，为产业集群带来不断发展和创新的动力。产业集群对人才产生的强大吸引力的客观效应很早就引起了学者的关注，并形成共识。波特(1990)曾形象地描述道："对于产业而言，地理集中性就好像一个磁场，会把高级人才和其他关键要素吸引进来。"Markusen(1996)研究产业集群时，分析了不同类型产业集群在员工忠诚方面存在区域、企业的层次关系和强弱差异，在马歇尔型产业集群中员工首先是对区域承诺，而不是对企业承诺。但专门针对产业集群人才吸引力的系统研究、特别是实证研究还没有。

本章首先基于产业集群地理接近性和产业关联性两个基本特征，揭示产业集群人才吸引力效应的理论内涵，确定产业集群人才吸引力效应的研究视角；然后借鉴组织吸引力测量方法，建立产业集群人才吸引力评价测量量表，并选取佛山作为典型样本通过实证分析，定量地比较产业集群与非产业集群的人才吸引力差异，验证产业集群吸引力效应的存在，再对人才吸引力差异的原因进行初步

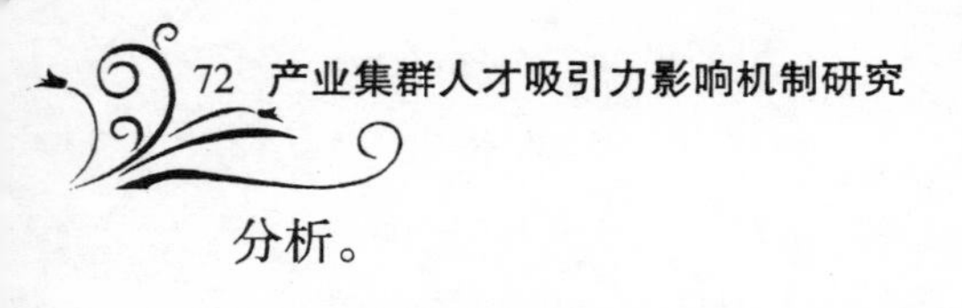

分析。

3.1 产业集群人才吸引力效应理论内涵

产业集群属于中观层面的社会系统的集成现象。波特（1990）把产业集群定义为在某一特定领域内互相联系的、在地理位置上集中的公司和机构集合，包括对竞争起着重要作用的、相互联系的产业和其他实体，向下延伸至销售渠道和客户，侧面扩展到辅助性产品的制造商以及与技能技术或投入相关的产业公司，以及专业化培训、教育、信息研究和技术支持的政府和其他机构。

产业集群是产业关联的不同企业在特定区域集聚的中间性组织，是企业及各类机构的集合，而产业集群人才吸引力是整合了企业和各类机构的人才吸引力集合后的结果，由于受产业集群协同特性的影响，不再只是企业吸引力的简单和，即有 $ICTA \neq \sum OAi$。

由于产业集群的集聚效应与协同整合效应的存在，产业集群人才吸引力得到增强，因此应当比独立的非产业集群要大。下文中以ICTA 表示产业集群人才吸引力，NICTA 表示非产业集群人才吸引力，若产业集群人才吸引力效应存在，则会有产业集群人才吸引力与非产业集群人才吸引力的差异存在，即有

$$\Delta = ICTA - NICTA \quad ①$$

产业集群人才吸引力与独立的分散企业其人才吸引力对比，结果可能存在着以下三种可能：

第一种可能：$\Delta>0$，即，产业集群集成人才吸引力之和，大于独立分散存在企业的人才吸引力，即存在正的产业集群人才吸引力效应；

第二种可能：$\Delta=0$，即 $ICTA=NICTA$ ，产业集群集成人才吸引力之和，等于企业分散存在时的人才吸引力之和，即存在为零的产业集群人才吸引力效应；

第三种可能：$\Delta<0$，即 $ICTA<NICTA$，产业集群集成人才吸引力

之和，小于企业分散存在时的人才吸引力之和，即存在为负的产业集群人才吸引力效应。

虽然目前缺乏专门性的实证验证，但从马歇尔（1890）到波特（1990）对产业集群的理论分析、再到 Fan 和 Scott(2003)、Chatterjee（2003）对产业集聚和就业集中度的定量研究，都表明产业集群人才吸引力效应应当为正。本文认为，产业集群人才吸引力效应如果是客观存在的且为正，则产业集群通过企业的集聚增强了独立企业的人才吸引力，其作用结果是产业集群内的企业能够比集群外独立分散的企业吸引到更多的优秀人才，人才更愿意向产业集群流动，而不是向孤立的企业流动，即使在同一区域内，人才也更愿意留在产业集群工作。体现形式即为产业集群的净人才吸引力应当大于非产业集群的净人才吸引力，即 ICTA>NICTA。因此，产业集群人才吸引力效应，体现为相对于其对比对象，产业集群能够吸引到更多的人才。

现在学界广为接受的波特(1990，1998) 定义的产业集群概念，产业集群的产业结构与空间结构是密切联系的，产业集群边界不仅存在区域倾向，即地理上接近、支持合作与竞争，而且存在着产业倾向，即按照生产活动将生产单位分类（Feser，Bergman，2000；Porter，2000），地理接近性和产业关联性是产业集群的基本特征（Keeble，2000；杨云彦，2004；魏江，2003）。首先，产业集群集中于某个特定地域，地理上的接近是产业集群的基本特征；其次，构成产业集群主体的企业可以是同质的，也可以是异质的，但组成产业集群的企业、机构之间必需有相互之间的关联性，包括分工关系、依附关系、合作关系，甚至是竞争关系等等，集群作为一个整体参与市场竞争；最后，地理接近性和产业关联性两者相互作用，影响着区域经济的发展。产业集群的地理与行业特性也导致其人才吸引力效应作用的结果可能出现两种情形：跨区域人才流动，由于产业集群人才吸引力效应的存在，导致其他区域的人才向本区域流动，即发生相应的人口迁移，以及跨行业人才流动，由于产业集群人才吸引力效应的存在，导致非集群行业的企业人才向产业集群转移，同一区域内人才更愿意在产业集群工作。

在特定时期，我们的研究只能进行横截面的横向对比研究，对比是把两个事物放在一起对照相比而求出异同的一种研究方法，对比对象的选择需要具有可比性。产业集群人才吸引力效应的对比对象应当至少与产业集群，存在一定的共同点，这样才能充分体现出人才的吸引力效应。把握产业集群的地理接近性和产业关联性，在选择对比对象时，我们需要考虑选择的非产业集群至少其与产业集群在同一区域内或者在同一行业内。因此，可以画出表3-1。

表3-1 产业集群人才吸引力对比对象的选择

	同行业	不同行业
同区域	Ⅰ	Ⅲ
不同区域	Ⅱ	Ⅳ

象限Ⅰ，表示产业集群与同行业同区域的独立企业进行对比研究，而客观上，与产业集群并存于某一特定区域中，与其处于同一行业领域，却不与产业集群及其内部任何组织机构发生丝毫产业关联性的独立企业，应当是不存在的，因而也不能作为对比对象；象限Ⅳ中不同行业不同区域的对比对象，无论是产业集群与非集群，与拟研究的产业集群既存在产业差异，又存在区域差异，干扰影响因素过多，异质性太大，也不适合进行对比研究。

在剔除象限Ⅰ、象限Ⅳ两个不适宜进行比较的对象后，产业集群人才吸引力效应，可以从表3-1的Ⅱ、Ⅲ两个象限选择对比对象进行研究，即与同行业不同区域的非产业集群（即分散的企业）进行对比、或者与同区域不同行业的非产业集群进行对比。

象限Ⅱ，表示产业集群与处于同一行业但不同区域的集群外部分散企业进行对比。产业集群与区域外同行业的分散企业面临着同样的产业环境,区域差异和产业集群的集聚能力则是造成两者吸引力差异的主要原因。如果人才吸引力落后地区的产业集群能够比人才吸引力更强区域的分散企业还能吸引人才,那也可以证明产业集群集聚带来的人才吸引力效应的客观存在。

象限Ⅲ表示,同一区域产业集群内部企业与集群外部分散企业的人才吸引力差异。同一区域内产业集群与分散企业享有的外部环境是基本相同的,行业差异和产业集群的集聚能力则是造成吸引力差异的原因。如果产业集群内的企业,对人才,特别是通用型的人才,更有吸引力,也是能够说明产业集群人才吸引力效应的存在的。

为了方便研究,将两者的吸引力差异表示为吸引力差异A和吸引力差异 B。产业集群与非产业集群两者之间吸引力差异的来源是区域差异、行业差异和产业集聚差异的多重叠加,其来源无非是三个渠道:行业吸引力差异、区域吸引力差异和产业集群自身的集群吸引力差异。

行业差异主要来源于行业的现实收益与发展前景。产业集群并非在所有产业出现,成功的产业集群只能在特定产业发生,只有产业产品具备较长的产业价值链、具有可运输性及较低运输成本、最终产品存在较大的差异化空间、产业具备强关联度等等,能为分工、协作、规模经济和创新的实现提供前提条件,才能有效提高产业生产效率,产生更多的产业租金,从而吸引资金、人才等其他生产要素的集聚,促进产业集群的发育(Steinle 和 Schiele,2002)。许庆瑞、毛凯军(2003)通过对国内外十几个典型企业集群的分析提出了产品或服务具有较长的价值链、全球化的市场及知识导向的区域是企业集群形成的核心条件,同时完善的机构和良好的社会资本也是企业集群形成的辅助条件。国家发展改革委工业司综合处(2004)总结了我国产业集群出现的行业特点:纺织等劳动密集型集群与电子信息等智力密集型集群，多数以意大利式集群存在；汽车、石化等资本密集型集群多数以中心卫星式集群形式存在。从行业差异上看，我国的产业集群往往出现在竞争性行业，而各类调研显示，产业集群并不发达垄断性行业，或产业集群还未成熟的新兴行业，由于工资福利待遇水平高、工资增长速度快在各类招聘活动中则是最吸引人的，如中华英才网的中国大学生最佳雇主调查中，电信、快速消费品、耐用消费品、金融、石油化工、电气、能源、建筑房地产、医药等等行业上榜企业位居前列，产业集群与社会平均情况相比，并没有占据行业优势。

区域差异主要由地理环境、社会经济和文化环境差异导致，天然的自然区位优势、优美的生活环境、宜人的气候条件，在对于吸引人才发挥着重要作用。Rosen 等(1985)强调劳动力的流动是因为人们倾向于到收入和地理位置较优越的城市。Graves 和 Linneman (1979)认为：人口迁移中首先要区分可交换商品和不可交换商品，气候、自然条件、社会环境、生活质量等非经济因素都属于不可交换商品，人们为了追求不可交换商品的满足程度，追求高生活质量和舒适程度，才进行迁移。Florida(2006)指出一个城市的自然、休闲和生活娱乐设施在吸引知识型和高精尖人才方面发挥着至关重要作用。我国幅员辽阔，自然条件，如气候、地理，以及森林、矿产、水力资源等千差万别；经济发展程度不均衡，东部地区与中西部地区的经济发展差距显著，东部沿海的以广州、深圳和珠海为中心的珠江三角洲地区、以上海为中心的长江三角洲地区和以北京、天津为中心的环渤海经济区形成了三个中国经济最发达的经济圈和都市圈，产业集群的发展水平和数量也是远远领先于全国其他地区；此外，我国人口的空间分布也是区域差异显著，东南多，西北少，人口迁移主要流向也是从中西部地区流入东部地区。

集群差异源于产业集群的集聚效应。产业集群涵盖了那些在特定区域内建立经济技术联系的所有成员，与传统企业组织相比拥有更大的组织边界，不仅包括依赖并服务于相似市场、具有主导产业的众多企业，还包括相关产业企业和支撑服务机构。产业集群内部劳动力市场效应、中间投入效应和技术溢出效应等集聚效应的存在使集聚企业比分散企业具有经济优势。产业集群作为企业与市场之间的中间性组织，还在企业传统的外部劳动力市场和内部劳动力市场之间，增加了一层共享的集群中间劳动力市场，在产业集聚区域工作中的员工已不再专属于某一个特定的企业组织，人才在企业中工作，但不一定就完全专属于特定企业，而是属于整个集群，他们在专业性的劳动力共享市场中自由的流动组合，企业组织间的边界事实上已经相当模糊了，只有集群的边界才形成对他们流动的约束力(马歇尔，1890)。产业集群的共享劳动力市场形成了容量更大的人才蓄水池，储存了更多的专业性人才，也充斥着各种工作机会和发展机会，成功的故事到处流传，这吸引着集群外的人才源源不断地持续流入(波特，1990)。由于产业集群共享的配套设施、人才市场以及市场网络等因素在特定区域的经济社会环境中的固着特性，企业作为产业集群的子系统，嵌入程度深，因此不断有新增加入，而流出的机会成本较大。产业集群扩大了企业组织的边界，集合了集群内企业的人才供求，企业人才的吸引和保持能力得到协同整合，产生整个产业集群的人才吸引能力，而不再是单个企业对人才的吸引力，人才可能被产业集群所吸引而至。同时，由于集群内部的信息搜寻成本、工作转换成本都非常低，企业间流动的可能性极大的增加，随着人才流动障碍的不断消除，作为一种可流动的生产要素，在产业集群间的激烈竞争中人才流动的活跃度也在增强，离开产业集群内部某一特定企业而不离开产业集群，跳槽到产业集群中的其他企业甚至独立出来自己在当地完成创业活动都容易得多。因此，产业集群共享的劳动力市场、更大的人才蓄水池，提供了更多的就业和发展机会、更大的事业平台和发展空间，对人才有着更大的包容能力和吸引力，人才更容易顺利地成长、成功地创业，体

现为与非产业集群对比中的集聚差异。集聚差异才是产业集群人才吸引力效应的最真实的体现。

取表3-1标识的Ⅱ、Ⅲ两个象限中的对比对象，与产业集群进行对比研究，其吸引力差异可以具体分解为各类差异的总和：

$$\triangle A=ICTA_{a1}-NICTA_{b1}=(RA_a-RA_b)+AGA_{a1} \quad ②$$

$$\triangle B=ICTA_{a1}-NICTA_{a2}=(IA_1-IA_2)+AGA_{a1} \quad ③$$

其中，吸引力差异A和吸引力差异B分别用△A、△B表示；$ICTA_{a1}$表示需要研究的产业集群其人才吸引力，$NICTA_{b1}$、$NICTA_{a2}$分别表示其选择的同行业不同区域的非产业集群、同区域不同行业的非产业集群对比对象的人才吸引力；RA表示区域人才吸引力，下标a、b表示a、b两个不同地区；行业人才吸引力用IA表示，下标1、2表示1、2两个不同行业；AGA表示产业集群组织特性带来的人才吸引力，其所处的区域和行业用下标标注，如无区域和行业差异，则AGA是产业集群人才吸引力效应最核心的组成部分，非产业集群独立企业无法具备这种由产业集聚而产生的人才吸引力。

从我国产业集群发展的区域特点来看，区域经济发展水平与产业集群的发展具有高度相关性，但我国区域经济发展极不平衡，利用不同区域的产业集群或企业对象进行对比研究，即研究人才吸引力差异A是区域差异和集聚差异之和，由于很难排除较大的区域差异的影响，无法充分体现产业集群人才吸引力差异的集聚优势。从我国产业集群发展的行业特点来看，我国的产业集群多集中于竞争性传统制造行业，并不具有行业优势，而垄断性产业具有更高的薪酬水平和社会地位更能吸引人才。因此，本文决定舍弃异质性大的区域差异，在同一区域内选择对象与产业集群进行比较研究，即研究产业集群人才吸引力差异B。虽然△B，可能存在行业差异的影响，但是相对区域优势来说，许多制造行业的人才吸引差异并不特别巨大，人才吸引力差异B如果能够剔除行业差异，则能够最终厘清真正意义上的产业集群人才吸引力效应。

3.2 产业集群人才吸引力评价量表开发

检验产业集群的人才吸引力效应,比较产业集群与非产业集群人才吸引力的差异,必须建立一套统一的检验指标,来判断人才吸引力的强弱。本研究认为产业集群既然是一种特殊的中间组织,就可以借鉴组织吸引力的研究方法,建立一个产业集群人才吸引力评价量表,然后用它对产业集群与非产业集群分别进行测量;如果产业集群人才吸引力评价相比非产业集群更大,则说明其具有更大的人才吸引力,也即验证了产业集群人才吸引力效应的存在且为正。

人才吸引力从组织的角度来看,是一种向心力,是将人才吸引到特定组织工作的能力,具有人才吸引力的组织本身能够快速吸引大量人才前往谋职(Joo, Mclean, 2006)。王崇曦、胡蓓(2007)曾根据产业集群环境的因素从宏观层面建立了吸引人才评价指标体系,并运用该指标体系对全国31省、市的产业集群环境人才吸引力进行了评价与分析,当然由于我国缺乏专门针对产业集群的宏观统计资料,该研究也未能将产业集群与非产业集群分别进行比较以说明产业集群人才吸引力效应的客观存在。本研究则从微观层面人才个人的角度入手,研究人才个体对特定组织人才吸引力的感知差异,正是因为产业集群人才吸引力效应的存在,人才感知到产业集群更具有人才吸引力,才会主动地流动到特定的产业集群集聚。产业集群本身是一种介于纯市场组织与科层组织之间的中间组织,而产业集群的人才吸引力则是组织吸引力在这一特殊组织上的体现,本研究在产业集群人才吸引力的测量上,主要参考国外学者对组织人才吸引力测量的方法和量表。

Vroom(1966)最早研究组织选择问题时,将组织吸引力作为手段认知的一个功能,使用了单变项测量若干虚拟组织对潜在求职者的吸引力,直接询问求职者对其吸引力的评价。其后,Singh(1973)运用信息整合理论研究组织选择问题,也是使用了单一变项测量,根据对应原则，他使用具体的组织选择行为来评价求职者的态度，要求其对接受公司职位的可能性的评价（“你在多大程度上愿意接受公司的工作？”）。

更多学者的研究基本上都整合了 Vroom（1966）和 Singh(1973)两者的思路，提出多项问题对人才吸引力进行测量。如 Schein 和 Diamante (1988)使用了多个问题测量组织吸引力；Lievens 等（2001）从 Schein 和 Diamante (1988)设计的多问项量表中选择了四项，并增加了一项：“我非常愿意为这家公司工作”。Rentsch 和 McEwen（2002）也从 Schein 和 Diamante (1988)设计的多问项量表中选择了三项，然后自己增加了二项，即：“我感到我会适应这个组织”、“我会被具有这些特性的组织吸引”。Rau 和 Hyland（2002）针对组织吸引力测量了五个项目：“我对这家公司提供的求职机会非常感兴趣”、“我会登记参加公司的校园面试”、“我会直接联系公司要求面试”、“我想知道怎样申请公司的职位”、“这正是我个人想为之工作的公司”。

Fisher、Ilgen 和 Hoyer(1979)第一次使用了两个维度测量组织吸引力，他们从一般吸引力评价(general company attractiveness)和行为意向(intentions)两方面向被试提出了四个问题：即：（1）我真的愿意为这家公司工作；（2）我感觉到如果充分了解这家公司我就不会再对它感兴趣；（3）我非常有兴趣向公司提出求职申请；（4）如果公司提供职位我非常愿意接受。其中，（1）（2）是一般的公司吸引力评价，（3）（4）是到公司工作的意愿。

虽然感知到组织吸引力，产生求职意愿，与真正的工作选择还是存在巨大差异的（Rynes，Schwab，Heneman，1983），但根据 Ajzen 与 Fishbein (1980)的理性行为理论，对某行为的态度最好直接询问其对具体行为的态度，因此对行动意愿的直接评价比对态度的评价更能预测个体的行为。Kim 和 Hunter (1993)也用实证研究证实了行为意愿比态度对行为的预测更准确。按照 Highhouse、Lievens 和

Sinar(2003)对“组织吸引力”的研究,只有各类人才对组织吸引力产生认知,才会有流入的意向和实际行为,意愿是关于针对一家公司未来的行为,它超出了公司吸引力的被动性,进而主动参与到对工作的积极追逐,求职意愿比对公司吸引力的态度更主动,因而更可能限定于更小范围的潜在雇员。

从一般吸引力评价和行为意愿两维度进行组织吸引力测量被许多研究广泛采用(如,Fisher, Ilgen, Hoyer,1979;Turban, Keon,1993),并且在实证检验中也具备较高的内部一致性。尽管 Turban 和 Greening(1996) ,Highhouse、Lievens 和 Sinar(2003)曾经在组织吸引力测量维度中增加过声望因素，但是 Barber (1998)、Greening 和 Turban (2000)早已证明声望是影响组织吸引力的重要因素,因此,本文认为声望作为吸引力的影响因素更合适,不能作为吸引力组成的维度,产业集群人才吸引力应当从一般吸引力评价和行为意愿两个方面进行测量,而一般吸引力评价与行为意愿这两个维度都不需要外部的社会参照对象,更能反映个体对组织吸引力的客观真实评价(Highhouse,Lievens,Sinar,2003)。

现有组织吸引力的研究设计,大多通过虚拟组织实验,通过卡片组合或文字表述等形式在微观上进行组织制度和行为等调整,测量潜在求职者前往企业谋职的倾向,研究的样本大多来自于正在寻找工作或计划不久将参与招募过程的大学生或 MBA 学生。而产业集群具有很强的地域特性和行业特性,必须在特定区域集中,具备产业关联性,受区域和产业因素的影响很大,很难脱离现实情况进行虚拟组织设计;此外,学生群体即使是应届毕业生,也只是现实社会中求职者的一部分,产业集群除了吸引各类求职的学生之外,还吸引着许多其他区域的人才和本区域内非集群的工作人员。因此,产业集群人才吸引力评价的主观测量必须针对现实产业集群中的在职人员进行问卷调查,获取其对人才吸引力的评价,再与非产业集群进行横向对比。

综合以上分析，结合产业集群的实际情况，借鉴组织吸引力的测量方法，本研究认为产业集群人才吸引力测量，可以从一般吸引力评价和行为意愿两个方面进行，设计了“对优秀人才有很强的吸引力”、“很多优秀的人才都被吸引到此工作”、“优秀人才愿意在这里工作”、“很多在这里工作的人都不愿意离开”四个问题，前两问题反映人才的一般吸引力评价，后两问题分别反映工作意愿和保持意愿，对人才吸引力进行测量。问项使用五级顺序量表测量，“5”表示“非常符合”，“1”表示“完全不符合”。量表的 Cronbach α 值 0.816，内部一致性效度良好。

3.3 产业集群人才吸引力效应实证检验

产业集群作为特定区域内存在的现象，具有较强的地域特性，很难脱离特定的区域背景进行虚拟；我国幅员辽阔，区域发展极不平衡，产业集群与同一区域内的分散企业的人才吸引力的对比研究更具有现实操作性。因此，$\triangle B$ 如果能够区分出行业差异(IA_1-IA_2)，剩余的 AGA_{a1} 就能够反映出产业集群与非产业集群之间由集聚效应导致的人才吸引力差异程度。

3.3.1 样本选取与问卷发放

本研究考虑产业集群的区域性特征，以及结合中国实际情况，基于便利性原则和样本集中原则，决定选择佛山这一产业集群典型的地区进行集中研究。

佛山市位于中国广东省中南部，地处珠江三角洲腹地，东倚广州，南邻港澳，地理位置优越，辖有禅城区、南海区、顺德区、高明区和三水区。在参选的历届全国经济百强县排名中，佛山的顺德、南海、高明和三水多次上榜，如 2002 年度：顺德名列第一位、南海为第二；2003 年度：顺德第一、南海第六；2004 年度：顺德第二，南海第六；2005 年度：顺德第二，南海第五，三水第二十一，高明第三十六。2003 年全国小城镇综合发展水平 1000 强名单中，佛山共有 38 个镇

(街)入选,其中禅城、南海、顺德、三水所有镇(街)均入选,高明入选镇有两个。2006年国家统计局发布的第二届全国小城镇综合发展水平1000强名单,佛山入选24个镇,其中佛山南海区大沥镇十五名;顺德参评的九个镇(街)全部入围千强镇前三百强:分别是第二十六名容桂,第三十八名乐从,第五十四名陈村,第五十七名勒流,第一百一十三名北窖,第一百一十八名龙江,第一百九十四名伦教,第二百八十三名杏坛,第二百九十九名均安。

改革开放30年来,佛山已成为中国、乃至全球重要的制造业基地之一,"佛山制造"享誉海内外,而佛山成功的经验则在于依托专业镇,培育和打造一批国内外知名的区域品牌,形成各具特色的产业集群集约发展。佛山的工业经济总量中,约有60%~70%来源于各主要产业集群。2005年,佛山共有省级技术创新专业镇26个,占全市镇(街)的64%,占广东省的四分之一强。2005年中国城市竞争力报告中对47个城市产业集群竞争力点评,认为佛山既具有金属、电器等制造业领域的绝对优势,又在皮革、塑料和家具生产方面极具竞争力。2006年佛山顺德区GDP达到1058亿元,成为国内第一个GDP突破千亿元大关的县级经济体,顺德初步建立起家用电器、电子通信、机械装备、纺织服装、金属制品、精细化工、家具制造、印刷包装、医药保健、塑料制品等十个特色产业集群,每个产业集群又由专业镇、特色镇和一大批中小企业支撑起来。中国社科院工业经济研究在北京对外发布了"2008中国百佳产业集群"的获选名单,佛山市顺德区的中国家具产业集群和中国家电产业集群,佛山市南海区的中国金属加工产业集群和中国纺织产业集群,佛山市禅城区的中国建筑卫生陶瓷产业集群均名列其中。目前,南海区西樵镇纺织产业是国家级集群升级示范区,禅城区陶瓷产业、顺德区家电产业、南海区西樵镇纺织产业、南海区大沥镇有色金属产业也是广东省集群升级示范区。

佛山地区的产业集群数量众多,且集中于传统制造领域,与非产业集群对比并无突出的行业优势,但如何能够吸引到更多的人才前往就业,通过对比佛山地区部分产业集群与非产业集群的人才吸引力,可以方便地进行产业集群人才吸引力效应△B 的研究。

本研究一共在佛山地区发放调查问卷 700 份,回收 586 份,其中有效回收问卷 550 份,问卷的发放与回收情况具体见表 3–2。

表 3–2　问卷发放与回收情况统计

所属集群	家电	家具	陶瓷	金属加工	塑料制品	非集群	合计
发放问卷	200	100	100	100	100	100	700
回收问卷	183	84	90	73	76	81	586
有效问卷	169	82	86	67	68	78	550
有效回收率	84.5%	82%	86%	67%	68%	78%	79%

根据我国《公司法》等法律法规相关规定,借鉴国家统计部门基本单位普查的分类标准,本研究将企业性质划分为国有、集体、股份合作、联营、私营、其他内资、港澳台商投资、外商投资八大类。

表 3–3　企业性质分布情况表

	国有	集体	股份制	联营	私营	其他内资	港澳台商投资	外商投资	合计
家电		2	6	1	5			1	15
家具	1	2	2		15				20
陶瓷	2	3	8		11	2	1	1	28
金属加工	2	3	2		9		2	2	20
塑料制品	1		3		10			3	17
非集群	8	4	8		6	2	1	1	30
合计	14	14	29	1	56	4	4	8	130

本文实地问卷调查了,国有企业 6 家、集体企业 10 家、股份合作企业 24 家、联营企业 1 家、私营企业 61 家、其他内资企业 2 家、

港澳台商投资企业 3 家、外商投资企业 7 家，见表 3-3。这一分布情况与佛山地区基本单位普查结果中企业性质的分布情况基本相符，说明企业具有充分的代表性。

3.3.2 样本特征

样本中，男性与女性，以及本地人与外地人的比例基本相当。佛山本地人有 276 人，外地人有 274 人。值得注意的是，本地人 75%是直接在本地就业，25%先在外地工作后又回到佛山；外地人中，57%是初次就业选择到佛山工作的，43%是在其他地方工作后跳槽或调入佛山的。样本的性别和来源分布具体见表 3–4。

表 3–4 样本性别和来源分布情况表

性别	男	281	来源	本地人	276
	女	269		非本地人	274

性别男 281 来源本地人 276 女 269 非本地人 274 样本中 35 岁以下的占据 85.3%；大专与本科学历分别占 34.3%和 31.5%；管理类员工占 68%；44.5%无技术职称，拥有中级职称和初级职称的分别占 26.7%和 18.4%。样本年龄、学历、职务、职称等基本特征的描述性统计结果如表 3–5。

表 3–5 样本基本特征描述

年龄					
25 岁以下	26–30 岁	31–35 岁	36–40 岁	41–50 岁	50 岁以上
126	190	153	61	15	5

学历				
博士	硕士	大学本科	大专	中专[高中]
4	41	173	189	143

职务					
高层管理	中层管理	基层管理	专业技术人员	技师与技术工人	其他
45	187	142	80	30	66

<table>
<tr><td colspan="6">职　称</td></tr>
<tr><td>高级职称</td><td>中级职称</td><td>初级职称</td><td>没有职称</td><td colspan="2">其他</td></tr>
<tr><td>39</td><td>147</td><td>101</td><td>245</td><td colspan="2">18</td></tr>
<tr><td colspan="6">工作年限</td></tr>
<tr><td>1 年以内</td><td>1–3 年</td><td>4–6 年</td><td>7–10 年</td><td>11–20 年</td><td>20 年以上</td></tr>
<tr><td>47</td><td>96</td><td>156</td><td>139</td><td>93</td><td>19</td></tr>
<tr><td colspan="6">本地工作年限</td></tr>
<tr><td>1 年以内</td><td>1–3 年</td><td>4–6 年</td><td>7–10 年</td><td>11–20 年</td><td>20 年以上</td></tr>
<tr><td>57</td><td>158</td><td>162</td><td>95</td><td>69</td><td>9</td></tr>
<tr><td colspan="6">本企业工作年限</td></tr>
<tr><td>1 年以内</td><td>1–3 年</td><td>4–6 年</td><td>7–10 年</td><td>11–20 年</td><td>20 年以上</td></tr>
<tr><td>90</td><td>203</td><td>158</td><td>63</td><td>34</td><td>2</td></tr>
<tr><td colspan="6">在本地换工作次数</td></tr>
<tr><td>0 次</td><td>1 次</td><td>2 次</td><td>3 次</td><td>4 次</td><td>5 次及以上</td></tr>
<tr><td>165</td><td>115</td><td>145</td><td>75</td><td>36</td><td>14</td></tr>
<tr><td colspan="6">换工作情况</td></tr>
<tr><td>未换过工作</td><td>同地区
不同行业</td><td>同集群内</td><td>不同区域
同行业</td><td colspan="2">不同区域
不同行业</td></tr>
<tr><td>165</td><td>104</td><td>186</td><td>55</td><td colspan="2">40</td></tr>
</table>

3.3.3 数据分析

为验证产业集群人才吸引力效应是否存在，本研究需要比较产业集群与非产业集群的人才吸引力差异ΔB，因此将样本分为产业集群与非集群两组，计算各自的吸引力评价得分，再利用ANOVA 方差分析其差异的显著性程度；然后对比两组样本的基本特征差异，寻求行业和个体等样本特征差异对其吸引力评价差异的影响。

1)吸引力评价差异分析

产业集群内部员工对人才吸引力评价的平均得分为 3.82，非产业集群人才吸引力评价的平均得分为 3.46，具体结果如表 3-6 所示。

表 3-6　产业集群与非产业集群的人才吸引力

	样本量	均值	标准差	标准误差	均值值 95%置信区间	
					置信下限	置信上限
产业集群	472	3.82	.67	.03	3.76	3.88
非集群	78	3.46	.98	.11	3.23	3.68
合计	550	3.77	.73	.03	3.71	3.83

ANOVA 方差分析显示，产业集群与非产业集群在人才吸引力评价上得分存在显著差异，F 值为 6.041，而显著性系数为 0.014。

表 3-7　产业集群与非产业集群人才吸引力的方差分析结果

	离差平方和	自由度	均方	F 值	显著性
组间	2.901	1	2.901	6.041	.014
组内	263.167	548	.480		
合计	266.069	549			

2）样本特征差异分析

使用 ANOVA 方差分析检验产业集群与非产业集群样本特征差异，对两者进行对比，发现产业集群与非产业集群样本分布在企业性质、来源地、本地工作年限、本企业工作年限、流入形式、本地换工作类型等方面存在显著差异。ANOVA 方差分析结果见表 3-8。

表 3-8　产业集群与非产业集群样本特征的方差分析结果

		离差平方和	均方	F 值	显著性
企业性质	组间	42.978	42.978	24.693	0.000
	组内	953.795	1.741		
	合计	996.773			
性别	组间	0.222	0.222	0.885	0.347
	组内	137.213	0.250		
	合计	137.435			

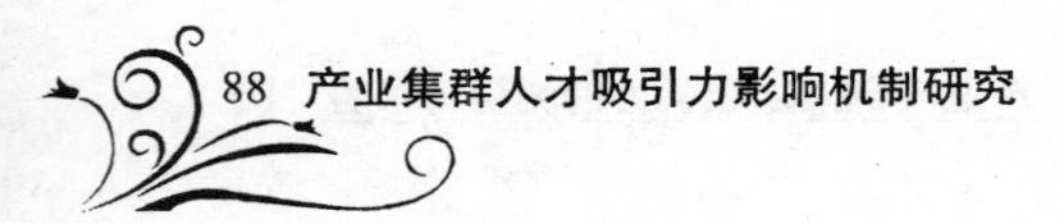

续表 3-8

		离差平方和	均方	*F* 值	显著性
年龄段	组间	2.028	2.028	1.703	0.192
	组内	652.707	1.191		
	合计	654.735			
学历	组间	0.038	0.038	0.042	0.837
	组内	488.006	0.891		
	合计	488.044			
职务岗位	组间	0.168	0.168	0.080	0.778
	组内	1154.067	2.106		
	合计	1154.235			
职称	组间	0.063	0.063	0.056	0.812
	组内	614.235	1.121		
	合计	614.298			
来源地	组间	2.470	2.470	10.024	0.002
	组内	135.028	0.246		
	合计	137.498			
工作年限	组间	4.202	4.202	2.573	0.109
	组内	894.773	1.633		
	合计	898.975			
本地工作年限	组间	11.464	11.464	7.603	0.006
	组内	826.274	1.508		
	合计	837.738			
本企业工作年限	组间	7.826	7.826	6.477	0.011
	组内	662.145	1.208		
	合计	669.971			
流入形式	组间	9.054	9.054	14.165	0.000
	组内	350.264	0.639		
	合计	359.318			

续表 3-8

		离差平方和	均方	F 值	显著性
本地换工作次数	组间	0.329	0.329	0.180	0.671
	组内	1000.514	1.826		
	合计	1000.844			
工作变换情况	组间	9.038	9.038	6.134	0.014
	组内	807.415	1.473		
	合计	816.453			

3)样本特征差异对吸引力评价的影响

为了检验产业集群与非产业集群样本分布在企业性质、来源地、本地工作年限、本企业工作年限、流入形式、本地换工作类型等方面存在的显著差异是否会导致其在人才吸引力评价上的得分差异,进一步进行均值分析和方差检验。而不考虑两组样本无差异的个体特征数据对吸引力评价是否存在影响,因为即便其对吸引力评价产生影响,也是产业集群与非产业集群共同面对的共变量,不能够体现两者的差异。

(1)企业性质对评价的影响

产业集群与非产业集群样本所属企业的性质明显存在差异,利用描述性统计发现,产业集群样本中私营企业占到 57.0%,意味着超过一半以上的样本在私营企业工作,而非产业集群私营企业的样本则为 35.9%,只有 1/3 强;此外,非集群样本中国有企业比重占比为 16.7%,而产业集群中国有企业仅占 1.5%;两者在联营企业、其他内资企业、港澳台投资企业和外商投资企业上的样本数量也存在明显差异,但由于这几类企业的样本量都比较少,不具有普遍代表性。结合佛山地区基本单位普查报告的信息,产业集群由于竞争激烈,企业数量众多,而私营经济相对活跃。

表 3-9 产业集群与非产业集群企业性质分布表

		国有	集体	股份制	联营	私营	其他内资	港澳台投资	外商投资	合计
产业集群	样本量	7	20	156	2	269	3	3	12	472
	占比%	1.5%	4.2%	33.1%	0.4%	57.0%	0.6%	0.6%	2.5%	100%
非集群	样本量	13	5	26	3	28	2	1	0	78
	占比%	16.7%	6.4%	33.3%	3.8%	35.9%	2.6%	1.3%	0%	100%
合计	样本量	20	25	182	5	297	5	4	12	550
	占比%	3.6%	4.5%	33.1%	0.9%	54.0%	0.9%	0.7%	2.2%	100%

不同性质的企业在人才吸引力上的得分有着明显差异（F=5.276，Sig.=0.000），特别是，国有企业在人才吸引力的得分位于第一位，私营企业、联营企业、股份制企业则分列第二、三、四位。

（2）来源地对评价的影响

利用描述性统计发现，产业集群样本中，外地人占据了52.5%，而本地人为47.5%；非产业集群则完全相反，本地人占据了66.7%，外地人则33.3%。这充分说明了，产业集群吸引了更多的外地人才到佛山工作，而佛山地区的非产业集群，包括部分垄断行业的企业，则以本地人为主。

表 3-10 企业性质对人才吸引力评价的影响

	样本量	均值	标准差	标准误差	均值95%置信区间	
					置信下限	置信上限
国有	20	3.975	0.658	0.147	3.667	4.283
集体	25	3.560	0.712	0.142	3.266	3.854
股份制	182	3.692	0.696	0.052	3.591	3.794
联营	5	3.800	0.274	0.122	3.460	4.140
私营	297	3.854	0.745	0.043	3.768	3.939
其他内资	5	3.300	0.837	0.374	2.261	4.339
港澳台投资	4	3.125	0.479	0.239	2.363	3.887
外商投资	12	3.292	0.722	0.208	2.833	3.750
合计	550	3.768	0.730	0.031	3.707	3.829

表3-11　产业集群与非产业集群来源地分布表

		本地人	外地人	合计
产业集群	样本量	224	248	472
	占比%	47.5%	52.5%	100.0%
非集群	样本量	52	26	78
	占比%	66.7%	33.3%	100.0%
合　计	样本量	276	274	550
	占比%	50.2%	49.8%	100.0%

在人才吸引力的评价上，本地人显著高于外地人（F=9.349，Sig.=0.002），这与人口迁移有关理论的研究结论也比较接近，中国人习惯就近迁移，产业集群发达的地区首先能够留住本地人才在此成长与发展，然后才是从外部吸引更多的人才，人才的保留加上人才的吸引才能最终导致人才的集聚。

表3-12　来源地对人才吸引力评价的影响

	样本量	均值	标准差	标准误差	均值95%置信区间	
					置信下限	置信上限
本地人	276	3.808	0.753	0.045	3.719	3.897
非本地人	274	3.542	0.606	0.037	3.470	3.614
合计	550	3.676	0..696	0.030	3.617	3.734

这一结果需要引起关注的是，非产业集群中本地人占据了多数，而本地人对人才吸引力的评价明显高于外地人。因此推断，如果排除人才来源地的影响，非产业集群的人才吸引力的评价将更加低于产业集群。

（3）本地和本企业工作年限对评价的影响

产业集群中人才在本地和本企业的工作年限均相对短于非产业集群。虽然总体趋势上看，本地工作年限越长对人才吸引力的评价也越高（1年以内为3.535，20年以上为4.278），本企业工作年限越长对人才吸引力的评价也越高（1年以内为3.639，20年以上为

4.875),随着本地和本企业工作年限的增加对人才吸引力的评价则略有增加,这与人口迁移理论中年龄越大越倾向于维持稳定的结论基本一致,佛山地区优越的生活条件,使得大量人才在长期于此地工作后,不愿意离开。但本地和本企业的工作年限对人才吸引力评价的影响并不显著,前者的 F=2.061, Sig.=0.069;后者的 F=1.463, Sig.=0.200。

(4)流入形式对评价的影响

在流入形式上,本问卷进行了三种类型的区分,即:本地人本地就业,外地人初次就业流入、再次就业流入。产业集群员工到佛山工作的流入形式上,工作后流入最多,为35.4%;其次是本地人本地就业,为32.6%;初次就业流入的外地人也占了30.9%;三者差别不大。而非产业集群员工,一半以上是本地人在本地就业,占到56.4%;工作后流入占26.9%;初次就业流入的外地人仅占16.7%。

表3-13 产业集群与非产业集群流入形式分布表

		本地人本地就业	工作后流入	初次就业流入	合计
产业集群	样本量	154	167	151	472
	占比%	32.6%	35.4%	32.3%	100.0%
非集群	样本量	50	20	18	78
	占比%	64.1%	25.6%	23.1%	100.0%
合计	样本量	204	187	159	550
	占比%	37.1%	34.0%	28.9%	100.0%

三种不同流入形式对人才吸引力的评价存在显著差异(F=0.562, Sig.=0.000)。本地人在佛山地区就业后,对其人才吸引力的评价最高,而工作后流入的其次,初次就业流入的最低,这与工作后流入的再次就业者对职业目标已经比较清晰,而初次就业时个体对职业目标等不太清晰,需要一定磨合期,不能适应的比较容易流失的情况也相吻合。

这一结果同样需要引起关注的是,非产业集群中本地人本地就业超过半数，而此流入形式对人才吸引力的评价明显高于其他形式。因此推断,如果排除流入形式的影响,非产业集群的人才吸引力的评价将更加低于产业集群。

表3-14　流入形式对人才吸引力评价的影响

流入形式	样本量	均值	标准差	标准误差	最小值	最大值
本地人本地就业	204	3.815	.756	.053	2.00	5.00
工作后流入	187	3.659	.678	.050	1.50	5.00
初次就业流入	159	3.516	.598	.047	1.75	5.00
合计	550	3.676	.696	.030	1.50	5.00

(5)工作变换类型对评价的影响

产业集群的地理与行业特性,导致其人才的工作变换可能会出现以下情形:跨区域人才吸引(包括行业内与行业外)、本区域跨行业的吸引。因此,根据工作变换时的区域和行业变化情况,对工作变换进行了五种类型的区分,即:未换过工作、同一地区不同行业、同地区同行业、不同地区同一行业、不同地区不同行业。非产业集群员工未换过工作的占39.7，说明其工作的稳定性要高于产业集群；而产业集群员工在同地区同行业内变换工作的比重最高，为35%,说明产业集群内部企业间的流动频率非常高。

表3-15　产业集群与非产业集群工作变换类型表

		未换过工作	同一地区不同行业	同地区同行业	不同地区同一行业	不同地区不同行业	合计
产业集群	样本量	134	86	165	51	36	472
	占比%	28.4%	18.2%	35.0%	10.8%	7.6%	100.0%
非集群	样本量	31	18	21	4	4	78
	占比%	39.7%	23.1%	26.9%	5.1%	5.1%	100.0%
合计	样本量	165	104	186	55	40	550
	占比%	30.0%	18.9%	33.8%	10.0%	7.3%	100.0%

虽然不同工作变换类型对人才吸引力评价有所差异，但这种差异并不特别显著，F=2.172，Sig.=0.071。

表 3-16　工作变换类型对人才吸引力评价的影响

	样本量	均值	标准差	标准误差	最小值	最大值
未换过工作	165	3.5924	0.73368	0.05712	1.50	5.00
同一地区不同行业	104	3.8269	0.70459	0.06909	2.00	5.00
同地区同行业	186	3.6976	0.66037	0.04842	2.00	5.00
不同地区同一行业	55	3.6455	0.69003	0.09304	2.00	5.00
不同地区不同行业	40	3.5625	0.64239	0.10157	2.25	5.00
合计	550	3.6755	0.69616	0.02968	1.50	5.00

针对同地区不同行业间的流动，通过分析目前工作的情况发现，流入非产业集群的人有16人，流入产业集群的有88人，从比重上看流入非产业集群的略高于产业集群，一方面两者差距不显著，另一方面没有考虑流出源，因此，只能通过以上分析说明在佛山地区不同行业间流动的人对佛山的人才吸引和保持能力更认同，这与常识完全一致。产业集群内同地区同行业流动人员有165人，即集群内流动的人员为161人。他们对吸引力的评价较高，这说明同一集群内部由于众多企业并存，使得人才有了更多的机会选择，而不必因为跳槽而承担跨地区迁移或跨行业转变的风险。总之，描述性统计和ANOVA分析结果表明，地区内换工作者对人才吸引力的评价高于跨区域流入者的评价。

3.3.4　检验结果

通过实证检验，本研究发现产业集群在人才吸引力评价上的得分显著高于非产业集群，也就是产业集群人才吸引力差异△B的确为正。进一步通过对两者样本特征的分析研究，发现两者在企业性质、来源地、本地工作年限、本企业工作年限、流入形式、本地工作变换情况等样本特征方面存在显著差异，但本地工作年限、本企业工作年限、工作变换类型对人才吸引力的评价没有产生影响。

在企业性质上，产业集群中私营企业样本占据了绝大多数，非产业集群样本中国有企业比重相对较高，而国有企业员工对人才吸引力的评价最高；在来源地上，非产业集群中本地人占据了 2/3，而本地人对人才吸引力的评价明显高于外地人；在流入形式上，本地人本地就业对人才吸引力的评价最高，而非产业集群中这种流入形式占据了一半以上。因此，如果剔除行业、企业性质、来源地和流入形式的影响，产业集群所得的人才吸引力评价将更加高于非产业集群。

根据产业集群人才吸引力效应 $\triangle B$ 的公式③，由于 $ICTA_{a1} > NICTA_{a2}$，即 $\triangle B > 0$，因此本文可以得出结论，产业集群人才吸引力的确高于非产业集群；需要关注的是此时的 $IA_1 < IA_2$，因此必然推导出 $AGA_{a1} > 0$，产业集群人才吸引力的正效应的确存在，也就是说，产业集群这种组织形式使得其较非产业集群具有更高的人才吸引力；产业集群人才吸引力效应 $\triangle B$ 如果扣除行业差异后的正效应应当更大。这也是第一次用实证的方式证实了产业集群人才吸引力的纯效应为正，实现了对以往的相关研究的微观层面的定量验证。

此外，这也说明产业集群人才吸引力之所以大于非产业集群，产业集群人才吸引力效应之所以存在，应当在产业集群这种独特的产业组织形式自身的特性上寻找原因，而不是由于行业或者企业性质等外部因素作用的结果。

3.4　本章小结

产业集群人才吸引力效应是产业集群能够吸引大量人才实现人才集聚，维持自身竞争优势的前提。本章对产业集群人才吸引

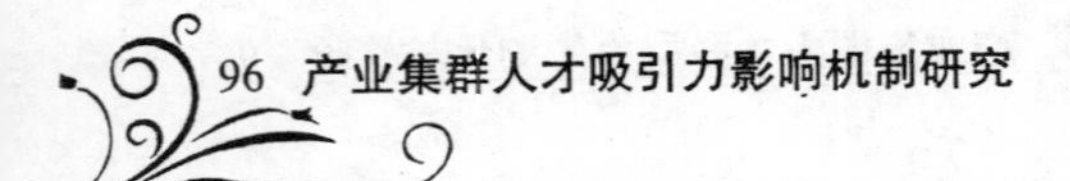

力效应进行了理论分析和实证检验，对前人的研究进行了详细地补充。

本章首先指出产业集群人才吸引力是整合了企业和各类机构人才吸引力的集合，产业集群人才吸引力效应是产业集群与其他参照对象的人才吸引力的差异，对其进行了理论解释。

然后，根据产业集群的地理接近性和产业关联性两个最基本特征，对产业集群人才吸引力效应研究的视角进行了区分，并对产业集群人才吸引力效应研究对比对象的选择进行了剖析，分析了吸引力差异的组成结构中，包括了区域差异、行业差异以及集聚程度差异三种来源，只有剔除区域差异和行业差异等的影响，才能真正地反映出产业集群这种组织形式自身特性对人才吸引力的作用，然后在对我国产业集群的区域和行业特点进行分析的基础上，决定选择在某一特定区域对产业集群与非产业集群进行对比，研究吸引力差异ΔB。

最后，基于组织吸引力的研究视角，开发了人才吸引力的测量量表，选择佛山地区作为典型样本对部分产业集群和非产业集群的从业人才进行了实际测量，实证检验了人才吸引力差异 B 的存在，证实了产业集群的确比非产业集群更有人才吸引力，而根据样本特征差异分析发现，非产业集群无论是从企业性质、来源地，还是从流入形式等方面，都更有利于获得更高的人才吸引力评价得分，而实际上产业集群获得的评分却更高， 利用 ANOVA 方差分析得出结论，剔除区域和行业差异后的产业集群人才吸引力的纯效应必然为正，即由于产业集群独特的组织形式带来的集聚差异是产业集群能够比非产业集群吸引到更多人才的根本原因。

第4章　产业集群人才吸引力的多层次模型

第三章产业集群人才吸引力效应的理论和实证分析证实了产业集群人才吸引力正效应的客观存在，并且产业集群的人才吸引与集聚的原因，是来自于产业集群这一独特组织形式自身，而不是外部行业优势等因素。马歇尔（1890）、克鲁格曼（2000）、波特（2003）等产业集群研究的大师，以及国内外众多的专家学者也对产业集群人才吸引力产生的原因和影响因素进行过诸多零星的论述，然而系统全面的研究还比较缺乏，此外实证调查和定量分析尚未展开。

本章首先将回顾产业集群研究中的多层次理论方法，确立产业集群人才吸引力影响因素分析的纵向结构分层思路，然后从宏观、中观和微观三个层面对产业集群人才吸引力相关的区域人口迁移、产业集群人才集聚和组织吸引力的文献进行梳理，构建了一个系统全面的人才吸引力影响因素指标体系，最后在佛山地区的产业集群实地调研基础上进行定量的统计研究，运用因子分析方法提炼出产业集群人才吸引力的多层次影响因素。

4.1 产业集群研究中的多层次理论

4.1.1 组织研究的多层次理论

组织中员工的行为是在广泛的组织情境中产生的,员工行为不但受到其个人因素的影响,而且也受到其所处的组织情境的影响,并且组织情境往往通过与个人因素发生交互作用的形式对员工行为产生影响,组织现象中的嵌套和相互作用关系非常复杂。因此,只要是关于组织的研究都会遇到层次的问题(Klein, 1994)。Behling(1978)就指出,"心理学研究个体层次现象,社会学研究群体和组织层次现象,人类学研究社会层次的现象,组织则需要将各个不同层次的研究整合起来,使之成为一个整体",并提出组织研究的多层次框架,包含了个体、群体、组织和社会四个层次,其间存在12个相互关系。多层次模型反映了组织行为内在的嵌套本性,忽视即存的多层次嵌套结构将导致错误的研究结论(Klein, Dansereau, Hall, 1994; Rousseau, 1985)。

Klein 和 Kozlowski(2000)正式建立了组织研究的多层次理论,指出由于微观的现象渗透在宏观的现象中,而宏观的现象则由微观元素通过交互作用形成,必须将宏观和微观层面结合起来。组织研究者想要描述和解释的变量可以存在于多个层次:个体层次模型中,研究者感兴趣和想要解释的变量都是个体层次的变量,这些变量的关系也是在个体层次中产生和发展的;群体层次模型中,研究者感兴趣和描述的变量都是群体层次的变量,这些变量的关系也是在群体层次中产生和发展的;然而这些变量的关系往往跨层次的,这种研究模型就是涉及到两个或两个以上层次的多层次模型。

组织多层次模型包括三种类型:多层次决定模型(Mixed—determinant models),其中自变量是多层次的,而因变量是单个层次的;多层次效果模型(Mixed—effect models),其中自变量是单层次的,因变量是多层次的,在实践中还无法验证;跨层次调节模型(Cross—

level moderator models)，其中更低层次的两个变量间的关系受到更高层次变量的调节。

多层次决定模型是分析组织情境下个体行为成因的重要方法，在组织研究中被广泛地应用，如组织承诺、组织公民行为、离职行为等等，研究者通常会在多个层面同时寻找影响因素。

组织承诺是比工作满意感更重要的影响离职的决定性因素，而组织承诺正是调节离职意向和离职率之间关系的核心变量，但是单纯的组织承诺研究还无法解释IT企业员工离职的主要原因。Morrow等（1983）提出了影响工作承诺的五个因素，分别包括员工对组织、对工作、对职业、对团队和对工作价值的承诺，开辟了从多层次看待承诺问题的新思路。唐琳琳和段锦云（2006）研究了IT企业员工的多层次承诺（组织承诺、团队承诺和职业承诺）及其离职意向的关系，发现组织承诺是影响离职意向的重要因素，而团队承诺和职业承诺是组织承诺影响离职意向的缓冲变量；团队承诺越高，组织承诺对离职意向的影响就越大；而职业承诺越低，组织承诺对离职意向的影响就越大。

曾秀芹和车宏生（2007）对组织公民行为的多层次理论和研究中存在的问题进行讨论，总结了组织公民行为的三种理论层次模型：个体层次模型、群体层次模型、跨层次模型，并认为，多层次决定模型是最完整的模型，它能够最清楚地揭示组织公民行为在不同层次上的影响因素。

员工离职问题研究中多层次理论的运用更频繁更常见。Naresh等（2001）认为引起离职因素包括个体因素、可控因素（工作、组织因素）和不可控因素（社会因素），发现男性比女性、管理人员比非管理人员的离职意向高，收入、组织承诺与离职意向有负相关关系，任期与离职意向显著正相关，而年龄、受教育程度、工作性质、分配的公平性以及员工感觉到的其他可选工作机会等因素均与离职意向关系不大。陈壁辉和李庆（1997）建立的离职系统模型把影响离职的因素从宏观到微观分为经济、组织、个体三个层次，这三方面因素分别影响到个体的市场知觉、组织态度以及期望和价值，使个体产生离职意愿、寻职等行为，最终导致离职行为的发生。陈景秋、王垒和马淑婕(2004)提出了离职原因三层次模型，从社会、组织和个体三个层面分析影响员工离职的各种因素，并在实证研究中发现企业的发展和管理现状、领导素质和管理的公平性、个人的职业发展、工作的安稳性、交通状况和企业规模这些个体和组织方面的因素对离职有影响，但研究结果并没有反映社会因素对离职的影响。曾坤生与徐旭辉(2004)、商应传与胡乐天(2005)、沙良昌(2005)、邵春玲(2006)、张庆瑜与井润田(2006)等在分析离职问题以及建立离职原因模型时，都把影响离职的因素从宏观到微观分为社会、组织、个体三个层次。

申跃和孟芊(2005)在研究留学选择中的大学吸引力时，进行问卷调查，运用因素分析的方法，通过实证研究，提出了由学校教育、社会声望、地区特点和文化氛围构成的大学吸引力四因子模型，也具有一定的多层次理论思想。

4.1.2　产业集群研究中多层次理论的运用

产业集群的概念出现后，其研究中的多层次思想便也与之俱生。在对集群概念的澄清过程中，Hoen (1997)按照层次划分的思想，将集群的概念分为微观层(企业群)、中观层和宏观层(产业集群)。Martin(2003)也从国家、区域和地方三个不同的层次区分了三类集群的概念：在贸易相互依赖方面有强烈产业联系的国家集群，分散在一个国家的几个不同的地方，没有明显的主要集中区位；在一个高度空间限制区域内的相关产业的临近企业组成的地方集群；以及两者之间的区域集群。

波特(1990,1998)的产业集群概念逐渐被国内外学者接纳为主流思想后，区域集群，即通常意义上的产业集群，成为研究的重点。产业集群的分析层次可以分为宏观(国家)、中观(产业)和微观(企业）三个层次：宏观层次从国家层面侧重于分析产业关联度，重点是区域产业集群如何建立更广泛的经济结构、国家和地区的专业化模式、产品和工艺升级和创新；中观层次从产业层面重点分析产品链上产业内部和外部的联接、产业SWOT分析、产业创新需求等；而微观层则重点研究企业间关联网络结构和关系（陈剑峰，唐振鹏，2002）。

表4-1　产业集群不同层次的分析方法

分析层次	集群概念	分析重点
宏观层次(国家)	在全部经济结构中产业关联度	国家/地区的专业化模式；大量的产品和工艺升级和创新
中观层次(产业)	在相似最终产品的产品链上不同阶段的产业内和产业间关联度	产业的SWOT分析和基准分析；探索创新的需求；创新支持
微观层(企业)	企业间关联：专业供应商集中在一个或几个核心企业周围	战略性业务发展；价值链的分析与管理；合作创新项目开发

资料引自：陈剑峰，唐振鹏．国外产业集群研究综述．外国经济与管理，2002，(8):22-27

吴波(2007)还基于产业集群多层次理论，将产业集群的多层次研究状况划分了三个阶段：早期，学者主要从宏观层面分析产业集群对区域经济发展的影响，即"产业集群—区域经济发展"的研究思路，深入探讨了产业层面变量对区域经济发展的影响机制；后来，一些学者开始打开产业集群这一黑箱，分析产业集群系统的内部结构，研究产业集群演进、产业集群竞争优势等问题，即在中观层面对"产业集群"系统的研究；20世纪90年代以后，一些学者开始强调对微观层面的集群企业成长进行研究。

除了在研究产业集群概念，以及研究区域产业集群的总体思路上，大量研究成果体现出多层次思想外，在研究产业集群具体问题时，基于多层次理论的成果也遍地开花。如在分析产业集群形成的影响因素时，王立军(2007)从宏观、中观和微观三个方面提出了三维度影响因素设想：集群的成长是宏观—经济社会环境、中观—产业发展和微观—集群内企业主体三个维度相互作用的结果，任何一个维度的缺失或者不正常都将影响集群的形成，体现出一种分层研究的思想。

在产业集群网络研究中，蔡宁和吴结兵(2006)也将集群网络划分为三个层次，即微观层次、企业网络层次和集群层次。微观层次是基于集群内个体企业或机构的分析；企业网络层次是基于集群网络核心层次特征探讨其与集群整体的竞争优势的作用机制；集群层次主要停留在对集群整体的功能分析层面，没有深入集群网络体系及其结构的分析和刻画。集群网络体系有多种形态，但核心网络是集群内企业间联系所构成的企业网络。

在产业集群创新环境研究时，陈赤平（2006）将其影响因素划分为四个层次：产业或部门层次的外部环境，这个层次创新活动的主体是成员企业，它们通过合作开发制造产品或使用特定部门的技术，彼此关联并形成协作竞争的网络关系；区域层次的外部环境，是区域内的产业集群、研究机构或高校，在区域性的制度安排、文化习俗影响下所形成的区域性创新系统；国家层次的外部环境，是一国境内的政府机构、研究机构、大学、公共企业、私营企业及其他组织方式(如集群、联盟等)之间彼此相互作用，形成促进科学技术发展的国家创新系统；国际层次的外部环境，在技术和创新的全球化发展当中，要形成外向型产业集群的国际化创新系统，在全球范围内充分利用创新资源，就必须使跨国公司成为这个系统的重要参与者。

当然，在所有产业集群具体问题的研究中，产业集群竞争力的研究最能够充分地体现多层次决定模型的思想，特别是纵向结构分层思想，将产业集群竞争力的研究层面定义为三个，分别为企业、集群、国家：企业层面(firm level)的竞争力来源于所有企业及其之间的关系作用，主要考察企业提供产品和服务的能力、营运能力、资本利用能力、创新能力、发展能力；集群层面(cluster level)来自于集群的组织管理、联合行动、相互信任、经济外部性等，主要考察集群协作程度的高低、网络关系结构是否健全、集体效率的高低以及企业的地域集中程度等方面；国家层面(country level) 来自于集群所能利用的宏观经济、政府支持行为、政策体系等，主要考察政府是否提供有利于集群发展的相关政策支持和鼓励，是否注重基础设施等方面的政策，是否提供开放的环境有利于投资和大型企业的进入，是否形成良好的市场氛围规避无序竞争等方面(刘恒江,陈继祥,2004)。Radosevic(2002)也认为产业集群的竞争力取决于国家层次、行业层次、区域层面和微观层面四类创新系统要素的动员能力，培育企业网络和网络组织者是提高产业集群竞争力的关键。J? rg (2003)将产业集群竞争力扩展为四个层次：微观层次、中观层次、宏观层次和兆观层次，前三个层次的竞争力与前述划分类似，而兆观层次的竞争力主要表现在集群面对全球竞争的区域品牌、应对外部竞争等方面的竞争力。国内学者们对产业集群竞争力的纵向分层思想也广为接受，如傅京燕(2003)运用竞争优势理论来分析集聚效应，在此基础上从国家、集群、企业三个层次全面分析影响中小企业集群竞争力的决定因素。龚双红(2007)也认为产业集群作为一种较为特殊的经济系统，其竞争力是宏观维度(政府层面) 、中观维度(集群层面)与微观维度(企业层面) 这三个维度各方面因素相互作用的结果；任何一个维度的变化、缺失或者不正常，都将影响集群的成长与发展，从而导致集群竞争力的起伏变化。潘慧明、李荣华和李必强(2006)还按产业集群竞争力纵向结构观点，将产业集群竞争力评价指标设为集群层面竞争力、企业层面竞争力、政府层面竞争力三个一级指标，建立了三层次的评价体系，并提出利用蜘蛛图原理计算扇形面积总和反映集群竞争力的方法。纵向结构观点将产业集群竞争力看作是多个层面的组合，强调了产业集群的关系导向和产业集群竞

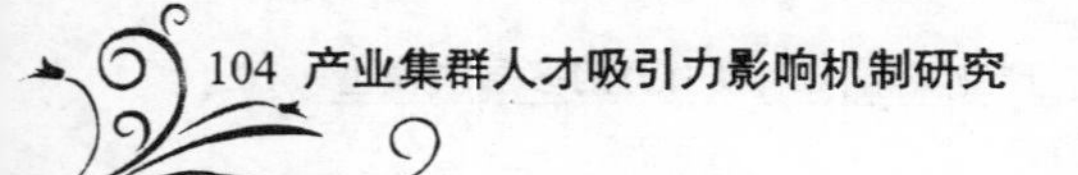

争力由内到外、由低级到高级变化的动态过程（田志友，奚俊芳，王浣尘，2005），充分地体现了多层次理论在产业集群竞争力研究中的重要贡献。

郭曦和郝蕾(2005)虽然未完全按照纵向结构思想，从宏观到微观对产业集群竞争力进行分解，而是将集群竞争力影响因素归结为外围层、嵌入层、网络层、节点层四个层面，但是他们认为，这四个层次的影响因素对产业集群的影响是依据从外至内的方向依次传递的，一个层面的影响因素通过比其更内部的层次才能发挥其作用。对于一个集群系统，外围层因素（政策等）首先影响到嵌入层，外围层的因素的优劣决定着能否吸引更多的资金和技术。而资金和技术只有通过良好的网络才能够在整个集群中扩散，取得溢出性。以上因素最终都会影响到集群中的微观主体—企业。所以，四个层面的影响因素之间有由外至内的传递关系。同时，四个层次之间又有由内至外的依赖关系，只有内部层面因素发挥作用，外部层面的因素才有可能对集群产生正面的影响，整个集群才会对其层面的创新做出正反馈。他们的研究仍然具有多层次决定模型的思想。

产业集群的概念代表一种思考国家和城镇经济体的新方式，产业集群的出现，意味着许多竞争优势来自企业外部、甚至产业的外部，而非该事业单位所在的地点（波特，1998）。在产业集群以往的相关研究中，不管是有意识，还是无意识，运用多层次理论开展研究的成果丰富，而且无论是产业集群竞争力，还是产业集群的形成原因，以及创新能力的构建，绝大多数成果实质上也是采用的多层次因素决定模型的研究范式，这为产业集群人才吸引力影响因素的多层次分析提供了参考，也明确了本文研究的切入方向。

4.2 产业集群人才吸引力的多层次影响因素

从前述分析可知，无论是在与人才吸引相对应的组织离职行为的研究中，还是产业集群的相关研究中，学者们都使用过大量的多层次因素决定模型,这为建立产业集群人才吸引力的多层次影响因素模型提供了借鉴。

首先,人才吸引和集聚本身是个多层次因素影响的问题。王奋和杨波(2006)依据布朗芬布的生态系统论思路,认为吸引人才区域集聚的因素包括宏观、中观、微观三个层面,宏观层面因素包括区域的经济环境、文化环境等;中观层面因素包括区域高校、科研机构以及企业的知名度等;微观层面因素包括心理因素、个人发展因素、家庭因素等。王学义(2006)也认为吸引人才区域聚集的因素包括宏观、中观、微观三个层面:宏观层面因素包括社会经济文化(如科技政策、制度创新系统等制度因素),以及科技人力资源组成的一些非正式组织等,它们影响了人才流动的社会成本,改变了其流动的收益预期;组织层面因素主要是组织承诺,包括工作岗位、薪酬、工作环境等承诺,企业组织都在千方百计吸引、培养、保留、激励人才,以获得人才集聚的最大效应;微观层面因素指人才个体本身具有自发集聚的意愿,都愿意到相关专业人才集聚、知识更新较快、竞争压力较大、科技成果转化更快、组织承诺效率更好的环境工作,而工作满意程度是人才吸引和集聚的主要影响因素。

其次, 产业集群就是处于市场和企业之间的一种中间层次组织,自身具有多层次影响的特性。马歇尔(1890)认为组织是一种生产要素,并提出四种组织形式:作为企业的组织、产业内企业间的组织、相关产业间的组织和国家组织。威廉姆森(Williamson,1975)指出在企业和市场这两种基本的制度形式之间,还存在着第三种组织活动的基本形式,即“组织间协调”或“中间性体制”。根据不确定性、交易重复的频率和资产专用性这三个交易特性高低程度差异,相应匹配的制度形式也不同。当这三个变量都处于较低水平时,对应的制度形式是体现古典契约关系的市场;当这三个变量较高时,对应的制度形式则是企业。而介于市场与企业之间,还存在着大量的“第三方”的中间组织形式,中小企业单个的规模小、实力弱,无法与大企业抗衡,但可以通过结成"中间性体制",获得外部经济效果和集体竞争优势,以整体力量与大企业竞争,产业集群便是其中的一种。产业集群是一群既独立自主又相互关联的企业与机构通过分工协作在特定区域内形成的聚集体,是一种介于纯市场组织"看不见的手"与科层组织"看得见的手"之间的"握手",它综合了市场和宏观组织体的功能,综合了技术创新和组织设计的因素,比市场稳定,比层级灵活,自身是一个动态的、复杂的、自律的结构,在整合力、竞争力、吸引力、影响力等方面又超乎于纯市场和政府之上,显示出强大的功能(仇保兴,1999;陈光和杨红燕,2004;吴德进,2004;方澜,2005;毛枳鑫,2005)。

产业集群的人才自身也存在多层次的嵌入关系。产业集群作为由众多同类企业和相关支持企业与机构共同组成的中间组织,企业嵌入于产业集群,产业集群以进一步嵌入于区域。依据纵向结构思想,区域是产业集群所处的外部环境,对产业集群人才吸引产生重要的影响;产业集群是一种介于市场与企业之间的中间性组织,集群独特的区域品牌优势和产业"氛围",吸引着特定性产业要素的流入;产业集群内部包含了大量产业联系紧密的企业及相关机构等组织,这些组织为吸纳就业提供了最终的工作岗位,组织特性对人才吸引力也会产生重要的影响。产业集群的工作嵌入企业或相关机构组织,因此人才嵌入于特定的企业组织,由此也嵌入于产业集群和区域环境。产业集群之所以能够吸引大量的人才,就在于多层次人才吸引因素的累积叠加的引力场聚合效应。因此,本文认为产业集群的人才吸引力具有层次性特征,是宏观(区域)、中观(产业集群)、微观(企业)多个层次影响因素的作用共同聚合而成的引力场(见图4-1)。

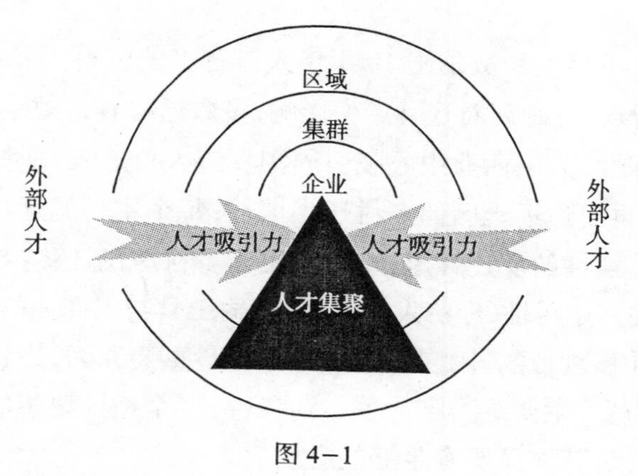

图 4-1

4.2.1 区域层次

产业集群具有地理接近性,产业集群必须在一定的区域相对聚集,地理上的集聚是产业集群的一个重要基本特征(韦伯,1909;波特,1990;Keeble,2000;王缉慈,2001;魏江,2003;杨云彦,2004),故而,区域构成了产业集群存在与发展的基本外部环境。波特(2000)指出,一个国家、一个地区某种产业能在全球市场上获得持久的竞争优势,往往离不开当地独特的地理环境。北京大学王缉慈教授(2001)进一步指出,"认真检视那些公认的成功故事,就会发现一个国家、一个地区某种产业能在全球市场上获得持久的竞争优势,往往离不开当地独特的地理环境。这里的地理环境的含义已经超越了古老的地理决定论中所包含的自然环境的狭隘含义。在这里人文环境与自然环境是相互作用的,本地企业与当地产业环境关系如同自然界的生物与周围环境的关系一样,处在不断的物质、能量与信息交流中。"

产业集群在区域上存在地理集中的基本特性,也使得产业集群对集群外人才的吸引通常会不可避免地涉及人口的跨区域迁移行为,而在人口迁移理论中对人口跨区域迁移行为的影响因素研究已经产生了丰硕的成果可供借鉴。最早,英国人口统计学家Ravenstein(1885)对人口的区际转移进行了开创性的研究,其《人口迁移法则》

一书使用英格兰和威尔士1881年人口普查的资料，总结了人口迁移的一般规律：距离对迁移产生影响，多数迁移者是短距离迁移；迁移呈阶梯性，大工商业中心吸引周围乡镇人口迁入，使城市郊区出现空缺，再由边远地区的乡村迁来填补；每个主要的迁移流都会产生一个补偿性的反迁移流；城市居民比乡村居民迁移少；短距离迁移中女性多于男性；经济发展、交通运输工具与工商业的发展，增加了人口迁移量；经济因素是人口迁移的最重要原因，人口迁移以经济动机为主，主要是为了改善生活条件，一个地区要想吸引到移民最关键的是其本身要有足够的吸引力。

Bogue(1959,1969)等人提出的人口迁移推拉理论，进一步对人口迁移的原因作出了详细解释，该理论认为在市场经济和人口自由流动的情况下，人口迁移是一系列推力和拉力因素综合作用的结果，人们希望通过流动就业改善生活条件是最根本的原因。迁入地较多的就业机会、更高收入、适宜的气候、职业发展的机遇、家庭关系、较好的生活水平、较好的受教育机会、文化设施和交通条件等积极的因素构成了目的地吸引人才流入的拉力，是人口迁移最主要的动力，这种"拉力"实质上就是一个地区对外地人口的吸引力。推拉理论从一般意义上对影响劳动力流动的社会、经济及制度因素进行了综合，强调区域综合环境因素在迁移中的作用。

而经济学家对迁移原因的分析中，则集中于经济因素的推拉作用，强调经济收入、就业机会、生活成本等经济动机是促成人口迁移的重要动机(Hicks, Richard, 1932)；而地理学家和社会学家还关注到，迁移距离上升会增加交通成本、弱化社会网络关系和目的地的就业信息，减少迁移者的收益预期，因此会降低迁移的发生概率。后来学者对区域其他因素也进行了关注，如Rosen等(1985)、Graves和Linneman(1979)、Florida(2006)对地理位置、气候、自然条件、社会环境、休闲和生活娱乐设施、生活质量等非经济因素，在人口迁移方面发挥的重要作用也进行了论述。

对于中国在20世纪80年代后的大规模人口迁移现象的原因，国内外学者做了许多的专业研究。王桂新(1996)曾研究了区域经济因素中经济收入与经济规模对省际人口迁移的影响特征，发现：经济收入主要表现为人才吸引作用，较高的经济收入具有迁移的激发作用，对人口迁移的流向及其分布模式具有重要的导引、定型作用，经济较发达、收入较高地区对迁出地人口形成正向吸引，即迁出人口基本都是选择迁向经济发展水平较高的迁入目的地，存在显著的"吸引作用效应"；经济规模因素对人口迁移的影响虽然较大，但是主要体现为影响人口的迁出，决定着迁出人口的供给及迁移量的大小。李树茁(1994)分析了经济水平与经济结构的差异、距离与迁移率之间的关系；张善余(1992)、李荣时(1996)、蔡昉(1998)、Davin(1999)、丁金宏、刘振宇和程丹明等人(2005)指出寻找就业机会、寻求较高期望收入是迁移的主要原因。其他学者也研究人口迁移中的其他区域因素，如Yang(1993)和Chan、Li(1999)研究了户口政策对人口迁移的影响，马洪康(2005)指出经济发展情况、城市管理水平和教育水平是影响迁移的重要因素，而环境、资源、气候所占权重较小。

关于产业集群的人才吸引，陈振汉和厉以宁(1982)指出，人才对于工作区域的社交生活、科学与文化生活、家庭生活的便利程度、子女受教育的环境等收入以外的条件，也会更加关注，越是经济发达的地区相应的条件也越成熟，因此也越能吸引到更多人才。本研究在顺德的前期访谈中，有许多被访者都将到顺德工作的原因归结为区域良好的经济社会文化环境，如万和的刘部长就说："顺德的人文环境，居住环境很好；深圳给人没有根的感觉，广州的竞争太激烈。在这里，同事间关系比较好处，压力主要来自于企业的市场压力。""顺德的经济环境、地理环境优越，地处珠三角的腹地，离广州，深圳，港澳等广州中心城市比较近，交通方便，出行非常方便，顺德气候宜人，适合居住。而且与珠三角其他地方相比，楼价、物价比较

便宜。”“从文化上来说，顺德当地人对外地人的包容性也很强，外地人很容易就能融入到新的环境中。”这些都成为集群吸引人才留住人才的重要因素。

综合以上研究成果，本文认为：区域是产业集群形成和发展的基本外部环境因素，区域的经济发展状况、经济收入水平和就业机会等经济因素、生活环境、文化因素等等对于人才的吸引至关重要，所以研究产业集群人才吸引力，区域是不能忽视的重要影响因素。但是，区域环境是产业集群的外部资源，是集群与非集群共同享有的资源，如交通运输设施、医疗卫生设施等等生活服务配套公共资源，或者任何企业都可以在相同的机会下通过市场来获取的资源，如一般商务服务、人事代理服务等等。因此，不能仅仅停留在对表面区域因素的研究上，还需要进一步深入研究产业集群，分析其内部资源带来的独有特性在影响产业集群人才吸引力中的作用，寻找到影响产业集群人才吸引力效应的产生根源。

4.2.2 集群层次

从资源观的角度来分析，产业集群是一种资源的集合体，其特性源于其所拥有的独特资源。资源，从广义上讲包含了一系列个人、社会和组织的现象（Combs, Ketchen, 1999）。可以划分为物质资本资源、人力资本资源和组织资本资源三类：物质资本资源包括组织所拥有的硬技术、机器厂房设备、地理区位及原材料获取途径等；人力资本资源包括培训、经验、判断、智力、关系及管理者和员工的真知灼见等；组织资本资源包括正式和非正式的分工协作、控制和协调系统等，以及组织内部或组织与周边环境的各类联系（Barney, 1991）。

产业集群作为一种界于市场与企业之间的企业自组织体，独特的组织形式使它拥有了其他组织不具备的独特组织资源，其长期累积产生的集群内部资源，附着在整个产业集群内部，不为任何企业独占，在组织间不可流动且难以复制，供集群内部企业共享，而集群外部企业无法享有和利用。这种异质性资源是其吸引大量人才的基础,决定了产业集群人才吸引力的差异。这些有价值的、稀缺的、难以模仿和难以替代的资源,形成产业集群的独有特性,最终转变成产业集群静态的资源吸引优势,才形成真正的产业集群人才吸引力效应。

高度的专业化与精细的分工,激励的竞争与紧密的协作使聚集区域内各组成部分形成网络关系,知识和技术溢出效应形成高效率的劳动力市场、创新效应、规模经济等,而规模经济、外部性的存在、基于竞争与合作的创新优势、自然优势聚集力、人文凝聚力等是产业空间聚集的内在动力(杨云彦,2004)。黄坡和陈柳钦(2006)也认为,产业集群因地理接近性形成了独特的生产组织方式而获得集群效应,聚集产生经济外部性,而外部性产生了产业集聚的主要向心力。组织特性才是吸引人才的主导因素(Rynes,1991),在集群特性对人才吸引力的影响上,马歇尔(1890)认为产业集群为具有专业化技能的工人提供了集中的市场,形成一个供需畅通的劳动力市场,共享劳动力池中拥有更多的就业机会,劳动力流动性得到加强;另外,集群形成了独特的学习和创新的产业“氛围(air)”,信息、知识、技术的扩散和传播更容易,这些资源既是集群内企业外部经济的主要来源,也是吸引人才等资源流入的主要因素。波特(1990)也认为,产业集群中的就业和发展机会,以及四处流传的成功故事都是吸引优秀人才迁移到产业集群的重要因素。李刚和牛芳(2005)进而指出,人才交易成本的降低、信息成本的降低、科研教育水平的提高、人才集聚效应的反馈作用是吸引人才向产业集群集聚的原因。孙建波(2006)认为,产业集群特别强调集群参与主体之间的信息和知识的交流与溢出、所信奉的商业文化与竞争理念、诚信与信用网络等人文环境;这种社会文化环境氛围促使集群内部形成一种相互信赖关系,使企业之间的分工以及协调与沟通容易进行。刘芹和陈继祥(2006)认为,产业集群内部成员通过一定时期的互相影响、

积淀、整合而形成优良的集群文化氛围，相互竞争、相互合作、相互启发、促进创新，将集群的竞争优势发挥得淋漓尽致，从而利于各主体的发展和集群的可持续发展，形成良性循环。

克鲁格曼（Krugman，1991，1995）还指出，虽然某公司在某地开始可能是由于历史与偶然因素，但一旦启动，就会产生大量的就业机会、发展机会和较高的劳动报酬，形成对劳动力的巨大吸引力；而经过训练的有专业知识和技术的工人的大量集聚，又为其他企业寻找劳动力提供了便利，大量的劳动力供给与需求在此得到结合，也成为早期企业"扎堆"的源泉；同一产业企业在某个地区集聚，进而促进产业区域的增长；随后由于路径依赖和累积因果效应，产生良性循环，又促进了人才集聚和企业集聚。产业集群一经形成，就会通过其优势将有直接联系的物资、技术、人力资源和各种配套服务机构等吸引过来，尤其是吸引特定性生产要素。而后，基于路径依赖形成的"集群—资源吸引—集群扩张—加速资源吸引"的循环累积过程，增强了产业集群的资源获取优势(郑胜利，周丽群，朱有国，2004)。

胡蓓教授课题组（2006）负责的《顺德产业集群人才资源聚集效应调研报告》，分析结果表明，产业集群的成长速度、规模、平均薪酬、文化环境等特性对人才吸引力都产生作用，影响到人才的流入情况；发达的社会网络联接也产生积极作用，吸引许多外地的员工从湖北、湖南、四川、广西等主要流入区不断涌入的，招聘中老乡等裙带关系严重，熟练工带新手来到以后，还会带新手做工，直到生手变成熟手，员工在产业集群内部流动频繁。

综合以上研究成果，影响产业集群人才吸引力的产业集群特性，源于产业集群共享性资源。集群雄厚的产业实力、浓厚的产业氛围、发达的社会网络以及难以言传的缄默知识等等系列资源要素，都属于产业集群内部共享资源，既不同于单体企业的内部资源，又不同于市场上等待交易的外部资源或共有的公共资源，它们存在于特定集群与集群企业之间,不为任何单体企业所有,也无法通过买卖实现其所有权的变更,而相对非集群来说,又是独有的、异质的、不完全流动性的资源,对产业集群的人才吸引发挥了不可替代的深刻影响。

4.2.3　企业层次

产业集群内部包含了大量产业联系紧密的企业及相关机构等组织,这些微观组织才是吸纳就业的最终落脚点,具体来讲,就是企业为人才提供的工作岗位。企业人才吸引力是产业集群人才吸引力的核心组成部分。企业对员工流动产生影响的因素,包括与工作相关的因素、与组织及其特征相关的因素。胡蓓、翁清雄等(2008)对全国十所名牌大学的应届毕业生进行了调查,运用层次分析方法计算出组织人才吸引力的评价模型,结论表明,影响组织吸引力的最主要指标是组织特性,其次是职业发展,再次为报酬制度;而与组织及其特征相关因素包括企业的组织文化、管理风格与管理机制、企业的人际关系、组织内部公平性以及薪酬和培训及再学习机会等等。这也再一次验证了,企业组织本身就是人才求职前考虑的重要因素(Belt, Paolillo, 1982)。陈洪浪(2006)也认为,影响企业吸引人才的企业内部因素相比外部因素更多,也更加重要;内部因素主要有企业品牌(企业在人才市场的知名度和美誉度)、企业发展前景、薪酬水平、领导力和人力资源管理体系完善程度,相对于外部的地点、当地政策和法规、行业前景、人才市场发达程度等因素影响更大。组织吸引力研究重点是组织特性,如组织规模、组织文化等(Turban, Greening, 1996)。因此,本文研究中为将视角集中于分析中观层次因素,特别是产业集群以及企业组织的作用,忽略微观层面的工作相关因素以及人口统计学等个体特征差异因素,也防止因个性化原因,影响研究结论的普适性。

在组织吸引力的研究中, Turban 与 Keon (1993)探讨了组织规模及公司地理位置对求职者的吸引力。Turban 等人(1998)建立了组织形象、组织特性等对人才吸引力的模型，并通过对361次校园招募面试中的求职者在面试前后的调查，实证检验表明组织特性对人才吸引力产生积极的正向影响，组织形象对求职者对组织特性及招募者行为的认知有积极影响，但对组织吸引力则产生直接的消极影响。Turban等人(2001)还调研了中国企业组织特性及组织-人员匹配对吸引人才的影响，企业性质和对企业的熟悉程度会影响到求职者对其的吸引力评价，认为一般而言外资企业和熟悉的企业对求职者更有吸引力。Barber等人(1999)以585位大学应届毕业生为样本进行问卷调查结果表明，发现60%以上的求职者偏好大型企业，而不愿意去中小型企业求职。Geirnaert(2001)在一项针对395名应届毕业生进行的研究中显示，潜在求职者更容易被大规模、分权及跨国性的组织所吸引。同样地，Lievens等 (2001) 以359位学生为受试对象，调查分权化和薪资结构等两项人力资源管理制度、以及组织规模、全球化程度组织人才吸引力之影响，结果发现，相对于集权化组织而言，分权化组织较具有组织人才吸引力。Spitzmuller等(2002)研究了良好的企业声誉、企业文化、绩效管理、培训与发展体系，以及劳动力市场上的知名度和美誉度，产生了劳动力市场上直观的人才吸引力。Ching-Yi Chou和Guan-Hong Chen(2004)阐述了良好的公司形象、内部提升制度、邻近著名大学或大企业的区位等都能吸引科技人才。Rynes(1989)、Turban和Greening(1996)、Chapman和Uggerslev等(2004)、Lievens和Hoye等(2005)都证实了，组织形象、组织特性(如工作环境等)对组织人才吸引力有显著影响，直接影响着求职人员的工作选择意愿。

人力资源管理制度释放出的信息可以使人才感受到组织对于人力资源的重视，如果能满足个人的需求和期待，组织人才吸引力也将获得提高(Lievens等，2001；Turban和Keon，1993)。从人力资源管理的角度，研究企业如何采取措施提高组织吸引力，以使更多的优秀人才应聘自己的职位空缺、强化其求职意愿、产生求职行为动机、接受职位要约，以及保留已有人才，也是国外管理学者们研究的热点。Turban 和 Keon(1993)、Bretz 与 Judge(1994)、Lopus 和 Murray(2001)、张正堂(2006)等等都研究了企业绩效管理制度、奖酬制度、培训与发展体系、升迁制度等系列人力资源管理制度对组织的人才吸引力具有正面的影响，前文已进行过详细论述。程玉莲(2005)还指出，在人才争夺的初期阶段，靠薪水、住房、分红等利益因素确实能起到吸引人才的目的，但是要真正的留住人心，还要靠企业文化等无形因素，企业在生产经营中，要学会塑造以尊重人、关心人、信任人、培养人为核心的企业文化，使员工感受到强烈的归属感和自豪感，形成一股强劲的企业凝聚力，对员工产生感召作用和融合作用，为企业的长期发展提供强大支持。

2002 年年底，《财富》中文版邀请 3000 位人力资源经理评选 20 位"最佳雇主"，通过对人力资源经理的深度访问，提炼出最佳雇主的企业必须具有的特点：公司实力：最佳雇主要有较高的知名度，其产品或服务在市场上有很强的竞争力，企业的持续发展能力强；管理水平：最佳雇主都有比较完善的管理制度和科学的管理工具；对人力资源的重视：在战略层面，最佳雇主都将人力资源战略贯穿于企业经营过程的方方面面，旗帜鲜明的强调人力资源，真正将人作为一种资源来经营；企业文化：最佳雇主不是把"以人为本"挂在嘴上，而是身体力行，不同的企业文化特征差异很大，但对人的尊重是所有最佳雇主文化的基本点。

中华英才网在中国大学生最佳雇主调查中，2005 年初步提出了一个最佳雇主 CBC 模型(Compensation-Brand-Culture Model)，认为大学生是从"全面薪酬"、"品牌实力"、"公司文化" 三个维度对雇主进行评价的。在 2006 年的调查中，中华英才网在微调的基础上对模型进行了验证性的因子分析。在 2007 年的调查中，结合前两年的数据累积和分析，中华英才网对模型进行了补充和调整，提出了新的 CBCD 模型，即"薪酬福利"(Compensation)、"品牌实力"

(Brand)、"公司文化"(Culture)、"职业发展"(Development)。

针对产业集群中企业的人才吸引问题,胡蓓教授课题组(2006)对顺德家具产业集群中的部分企业人才进行了深度访谈,得出结论:顺德机会多,大气候好,比较重视人才,所以一般管理人员都是从深圳过来的,而且顺德的经济发展也很好,其他地区也有部分同行的人慕名而来。工作环境好、企业知名度高、管理正规,以及工资高、发放准时且每年增长、人性化管理,老板很注意和所有的员工沟通,如每个月会开会等等,都是吸引员工到顺德企业工作的重要原因。工资制度以前是月薪加年终奖,后改为年薪制,对员工都有很大的吸引力。

综合以上研究成果,产业集群内部企业的特性对人才的吸引力也会产生重要的影响,企业的实力、声誉、企业的文化与管理等等都是研究产业集群人才吸引力必须要考虑的因素。

4.3 产业集群人才吸引力多层次模型实证研究

4.3.1 量表设计

在区域层面,王崇曦、胡蓓(2007)将产业集群外部环境具体划分为:市政建设和基础设施建设环境、法律环境、政策环境、人文环境、生活环境五大环境因素,并利用《2005年中国统计年鉴》,对全国31个省市产业集群环境人才吸引力进行了评价和分析,根据产业集群环境人才吸引力的评价指标体系,通过对产业集群环境与人才吸引力的相互关系的实证,得出了产业集群环境对人才吸引的影响规律。王顺(2004)建立了我国城市人才环境综合评价指标体系,将人才环境分为人才市场环境、经济环境、文化环境、社会环境、生活环境和自然环境等6个子目标。查奇芬(2002)的人才环境综合评价体系包括了经济发展状况、人才企业和保障状况、城市发展状况、社会服务及保障状况、人才中介服务状况等指标。马进(2003)的区域人才环境评价指标体系包括了经济状况、创业和发展保障状况、城市发展状况、社会服务及保障状况、中介服务状况等因素。在区域层次，本研究考虑了经济环境、生活环境、文化环境、政策环境四个变量。

在集群层面上，依据关键资源的三个评判标准：有价值、稀缺性、不可模仿和难以替代性(Barney, 1991)，从有形资源和无形资源两个方面综合考虑集群实力、集群氛围因素。集群实力参考了蔡宁和吴结兵(2002)等的研究将其分解为集群规模、集群品牌、行业潜力等；当然另一方面，马歇尔(1890)、波特(1990)、王秉安(2005)、孙建波(2006)等提到的共享劳动力市场、知识溢出、社会网络、竞争与协作等集群的软氛围因素也是产业集群独有的软实力，属于产业集群所有、内部企业共享的无形或高层的资源和能力，对产业集群人才吸引力效应的产生起到非常重要的影响。在集群层次，本研究设计了集群氛围和集群实力两个变量。

在企业层面上，Laker 和 Gregory(1989)认为影响选择一项工作的最重要企业因素包括：公司对待员工的方式、公司在行业中的声誉、公司的发展潜力。Turban 等(1998)、Chou 和 Chen(2004)、Spitzmuller 等(2002)、Chapman 和 Uggerslev 等(2004)、Lievens 和 Hoye 等(2005)认为，企业声誉和形象、企业规模与实力、企业文化、人力资源管理制度都是影响组织人才吸引力的重要因素。邓建清、尹涛和周柳(2001)认为，从企业角度看，吸引和保留保留人才的因素主要包括良好的工作环境、高工资福利、平等发展机会、提供个人创业机会、成就与晋升等。但是，以往人才吸引力研究基本都局限于微观企业组织内部。王养成(2006)则在中观层面建立了企业人才吸引力评价指标体系，包括：企业实力(企业规模、企业获利、企业地位)、企业特征(企业性质、行业特点、生命周期、产业特征)、企业声誉(品牌形象、广告宣传、社会价值)、人员管理(薪酬水平、晋升机会、培训开发、激励机制)、企业文化(企业理念、制度、领导、管理风格)五个方面。在企业层次，本文综合以上研究，设计了企业声誉和

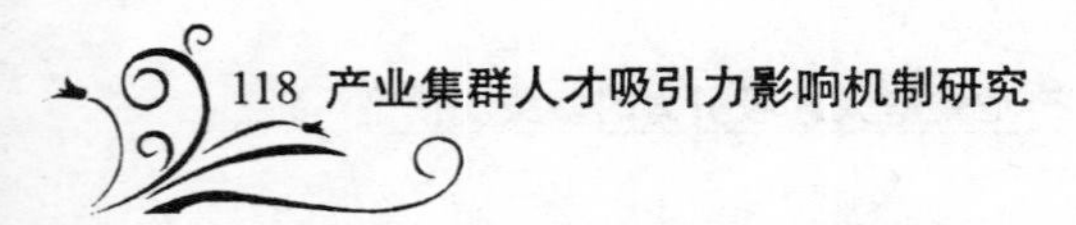

实力、企业文化、人员管理三个变量。

最后,建立了一个三层次九个因素的产业集群人才吸引力指标体系，具体参见表 4–2。每个因素再用二到八个具体指标进行测量,问卷设计涵盖了四十一个指标。测量采取顺序量表,“5”表示“非常吸引人”,“1”表示“完全不吸引人”。

表 4–2　产业集群人才吸引力影响因素指标体系

三个层次	九个因子	四十一个指标	主要参考文献
区域	经济环境	地理区位、经济发展水平、企业经营环境、人才市场环境	王崇曦、胡蓓(2007);王顺(2004)
	生活环境	居住条件、交通条件、饮食条件、休闲娱乐设施、治安环境、文化教育设施、子女教育条件、医疗卫生设施	查奇芬(2002); 马进(2003)
	文化环境	价值取向、交往操守、创业精神、创新氛围	倪鹏飞(2001); 王顺(2004)
	政策环境	户籍政策、人事代理制度、优秀人才奖励、创业资助、科研资助、出国审批手续、社会保障政策	查奇芬(2002); 马进(2003)
集群	集群实力	集群规模、集群品牌、行业潜力	蔡宁,吴结兵(2002)
	集群氛围	共享劳动力市场、知识溢出、社会网络、竞争与协作	克鲁格曼(1991); 孙建波(2006)
企业	企业声誉实力	企业声誉、工作条件设施、企业发展前景、科研创新	Laker, Gregory(1989); Turban, Forret, Hendrickson(1998)
	企业文化	雇主作风、企业家欲望、员工精神	倪鹏飞(2001)
	人员管理	人才观念、绩效考核体系、培训发展体系、薪酬体系	王养成(2006)

4.3.2　探索性因子分析

1)试调查

根据《2005 中国城市竞争力报告》，佛山是我国产业集群比较发达的地区之一,已经在陶瓷、电器制造、家具产业上形成了较强的竞争力，调研选取佛山的陶瓷、家电、家具、金属加工、塑料制品等产业集群进行重点调查，出于研究涵盖面的需要也调研了少量其他产业集群样本。

为了保证正式调查所得结果的真实性与可靠性，本文首先进行了试调查，指定专人负责发放了 50 份问卷，问卷选项除了样本的个人基本信息和企业基本信息采用填空题、选择题形式外，其他选项均采用 Likert 五级量表设计。然后利用 SPSS13.0 对顺利回收 50 份试调查问卷进行信度检验。

Cronbach's α系数是常用的评估被调查者对所有测项反应的内部一致性程度的指标。Ten Berge 和 Zegers(1978)指出，由于 Cronbach's α系数是估计内部一致性信度的下限，它很可能低估信度，以 Cronbach's α系数做信度判断比其他信度判断更加稳健。本研究也使用 Cronbach' s α系数进行问卷测量量表的信度检验。问卷整体的 Cronbach's α系数值为 0.905，大于 0.9；分项信度检验中绝大多数因子的 Cronbach's α系数值都在 0.8 以上，分项信度最低值也大于 0.5。Nunnally 和 Berntein(1994)认为测量工具的 Cronbach's a 系数最好高于 0.7，但是如果测量工具中的项目个数少于 6 个，Cronbach's α系数值大于 0.6，也表明数据质量可靠；在探索性研究中 Cronbach's α系数值可以小于 0.6，但应大于 0.5。因此，本问卷整体上的内在信度十分高；作为探索性研究，分项信度也可以接受。

表 4-3　试调查的信度检验结果

	Cronbach α值	测项数		Cronbach α值	测项数
问卷整体信度	0.905	41	集群实力	0.699	3
经济环境	0.593	4	集群氛围	0.846	4
生活环境	0.887	8	企业实力	0.841	4
文化环境	0.808	4	企业文化	0.715	3
政策环境	0.840	7	人员管理	0.843	4

而对项总计统计量分析，发现居住条件指标在“校正的项总计相关性”上低于0.4，指标集中性略差，且项删除后 Cronbach α值有0.014的提高。根据 Chuechill(1979)提出的项总计相关性小于0.4，且删除测项后Cronbach α值会增加者删除，决定对新开发的问卷测项进行纯化，删除“居住条件”一个项目。

2)因子分析

根据一般要求，样本量要大于最多测量题项数5倍，或者不少于100(Boomsma, 1982)。问卷指标为40个，将回收的有效问卷中取200份进行探索性因子分析。利用 SPSS13.0 对回收的有效问卷进行因子分析：抽样适当性参数KMO值为0.912，高于0.9；Bartlett's 球形检验统计量的观测值为4723.414，相应的概率P为0，故认为相关系数矩阵不太可能是单位矩阵，变量适合进行因子分析。

表 4-4　KMO 与 Bartlett 检验结果

KMO值		0.912
Bartlett 球形检验	近似卡方分布	4723.414
	自由度	780
	显著性	0.000

运用主成分法，以特征值大于1的标准截取数据。共同度提取上最低的指标也达到0.509，说明问卷设置的测评指标对人才吸引力的影响是显著的，因子平均共同度达到了0.667。问卷指标的设计整体上是可信合理的，不需要做调整。

表 4-5　指标提取的共同度

指　标	共同度	指　标	共同度	指　标	共同度
薪酬体系	0.635	共享劳动力市场	0.588	创新氛围	0.675
培训与发展体系	0.658	集群规模	0.439	交通条件	0.657
人才观念	0.724	行业潜力	0.602	休闲娱乐设施	0.722
绩效考核体系	0.637	集群品牌	0.687	饮食条件	0.736

续表 4-5

指　标	共同度	指　标	共同度	指　标	共同度
企业家欲望	0.641	户籍政策	0.738	医疗卫生设施	0.715
雇主作风	0.670	人事代理服务制度	0.562	治安条件	0.742
员工精神	0.631	优秀人才奖励政策	0.684	文化教育设施	0.754
企业前景	0.674	创业资助政策	0.677	子女教育条件	0.706
工作条件	0.649	科研资助政策	0.719	地理区位	0.574
科研创新	0.620	出国手续政策	0.688	经济发展水平	0.762
企业声誉	0.635	社会保障服务	0.624	企业经营环境	0.754
竞争与协作	0.721	价值取向	0.669	人才市场环境	0.628
知识溢出	0.685	交往操守	0.724		
社会网络	0.663	创业精神	0.742		

社会网络 0.663 创业精神 0.742 因子特征根值大于 1 的因子共有 8 个，其累计方差贡献率 63.697%。所以提取 8 个因子可以解释原有变量的大部分信息。

表 4-6　因子的方差贡献率

成分	因子载荷平方和			旋转因子载荷平方和		
	合计	方差贡献率	累计方差贡献率	合计	方差贡献率	累计方差贡献率
1	15.130	36.902	36.902	15.130	36.902	36.902
2	2.492	6.079	42.981	2.492	6.079	42.981
3	1.881	4.588	47.569	1.881	4.588	47.569
4	1.597	3.895	51.464	1.597	3.895	51.464
5	1.445	3.525	54.988	1.445	3.525	54.988
6	1.274	3.107	58.096	1.274	3.107	58.096
7	1.200	2.926	61.021	1.200	2.926	61.021
8	1.097	2.675	63.697	1.097	2.675	63.697

然后，通过方差最大法对因子载荷矩阵实施正交旋转以使因子具有命名解释性。在经过10次迭代后，旋转收敛，旋转后的因子成分矩阵见表4-7。

表4-7 旋转后的因子成分矩阵

	1	2	3	4	5	6	7	8
绩效考核体系	0.746	0.101	0.109	0.061	-0.011	0.159	0.142	0.192
培训发展体系	0.739	0.107	0.159	-0.012	0.212	0.222	0.044	0.075
薪酬体系	0.722	0.124	0.162	0.053	0.228	0.221	0.009	−0.171
人才观念	0.639	0.156	0.189	0.151	0.158	0.171	0.149	0.029
雇主作风	0.492	0.066	0.221	0.210	0.019	0.471	0.257	0.273
员工精神	0.481	0.104	0.070	0.198	0.114	0.433	0.174	0.300
企业家欲望	0.469	0.071	0.156	0.108	0.051	0.409	−0.002	0.386
地理区位	0.051	0.731	0.145	0.123	0.130	0.113	0.049	0.024
企业经营环境	0.149	0.708	0.171	0.195	-0.003	0.126	0.154	0.004
经济发展水平	0.086	0.650	0.233	0.254	0.056	0.156	0.088	−0.181
人才市场环境	0.372	0.429	0.248	0.170	0.325	0.142	0.197	0.135
文化教育设施	0.169	0.049	0.694	0.100	0.324	0.038	0.082	0.262
治安条件	0.253	0.188	0.666	0.242	0.046	0.038	0.081	−0.283
医疗卫生设施	0.119	0.130	0.612	0.132	0.442	0.091	0.144	0.132
子女教育条件	0.065	0.033	0.606	0.103	0.313	0.120	0.205	−0.066
休闲娱乐设施	0.263	0.333	0.600	0.059	0.027	0.100	0.026	0.218
饮食条件	0.196	0.386	0.599	0.200	−0.181	0.150	0.089	0.013
交通条件	0.325	0.307	0.410	−0.086	0.091	0.197	0.077	0.203
集群品牌	0.098	0.174	0.143	0.743	0.170	0.174	0.016	0.179
集群规模	0.040	0.190	0.085	0.716	0.312	0.087	-0.085	−0.032
行业潜力	0.049	0.236	0.176	0.699	0.022	0.190	0.129	−0.178
知识溢出	0.322	0.280	0.071	0.617	−0.097	0.077	0.219	0.339
竞争与协作	0.285	0.259	0.184	0.521	−0.103	0.156	0.300	0.374
社会网络	0.269	0.204	0.299	0.468	0.135	0.011	0.120	0.060
共享劳动力市场	0.388	0.228	0.106	0.463	0.233	0.067	0.002	0.128
社会保障服务	0.062	0.065	0.280	0.156	0.733	0.113	0.115	−0.050
户籍政策	0.175	0.093	0.063	0.071	0.632	0.201	0.056	0.075

	1	2	3	4	5	6	7	8
人事代理服务制度	0.360	0.135	0.081	0.057	0.493	0.154	0.319	0.255
优秀人才奖励政策	0.311	0.121	0.154	0.165	0.480	0.166	0.244	−0.069
企业声誉	0.163	0.201	−0.032	0.094	0.209	0.738	0.096	−0.091
科研创新	0.168	0.129	0.052	0.052	0.267	0.708	0.209	0.136
企业发展前景	0.146	0.186	0.288	0.177	0.003	0.658	0.026	0.081
工作条件设施	0.334	0.042	0.095	0.207	0.258	0.480	0.241	0.079
科研资助政策	0.121	0.152	0.128	0.008	0.138	0.198	0.804	−0.027
创业资助政策	0.106	0.103	0.157	0.044	0.174	0.130	0.749	0.161
出国手续政策	0.239	0.059	0.114	0.153	0.476	0.094	0.526	−0.230
价值取向	0.194	0.252	−0.020	0.199	0.180	0.191	−0.026	0.589
创业精神	0.403	0.320	0.159	0.324	0.164	−0.046	0.106	0.459
创新氛围	0.330	0.175	0.179	0.246	0.109	0.029	0.269	0.431
交往操守	0.306	0.283	0.345	-0.004	0.347	0.082	0.171	0.372

绩效考核体系、培训发展体系、薪酬体系、人才观念、雇主作风、员工精神、企业家欲望在第一个因子上有较高载荷，第一个因子基本综合了企业人员管理和企业文化两个方面，反映了企业文化特征及其对应的人员管理方式等特性。企业文化作为一种无形资源，就是要塑造具有共同理想信念、明确的价值取向、高尚道德境界的企业工作群体，是在人力资源管理工作中经过长期的潜移默化培养起来的，企业的管理者把自己的经营理念、价值取向、行为方式等整合到员工管理中去（高月娟，2007）。企业文化对人力资源管理具有导向功能，招聘中要将企业的价值观念与用人标准结合，在培训中要将企业文化的要求贯彻，在员工绩效考核时注入企业价值观念，薪酬体系也建立在核心价值观和企业原则基础上，人力资源管理也属于企业的管理制度文化层，因此将第一个因子命名为“企业管理”。

地理区位、企业经营环境、经济发展水平、人才市场环境在第二个因子上具有较高的载荷，与原设计完成一致，命名为“经济环境”。

文化教育设施、治安条件、医疗卫生设施、子女教育条件、休闲娱乐设施、饮食条件、交通条件在第三个因子上具有较高载荷,基本反映出原设计的区域生活配套环境的内容,命名为“生活环境”。

集群品牌、集群规模、行业潜力、知识溢出、竞争与协作、社会网络、共享劳动力市场在第四个因子上有较高载荷,囊括了集群实力与集群氛围的基本指标,说明集群的实力与文化氛围是紧密联系的,将其命名为“集群特性”。

社会保障服务、户籍政策、人事代理服务制度、优秀人才奖励政策在第五个因子上具有较高的载荷,主要解释地方政府在人力资源引进方面的基本配套政策,命名为区域“人才引进政策”。

企业声誉、科研创新、企业发展前景、工作条件设施在第六个因子上具有较高的载荷,反映了企业声誉与实力方面的特点,命名为“企业声誉与实力”。企业文化的三个指标虽然在第六个因子上也有高于0.4的负载,可以说明企业文化对企业声誉等产生影响,有些研究中对在两个及以上因子中同时具有0.4载荷且差距小于0.1的指标统统删除,本文考虑研究的完整性仍以其最高负载为准,将其与人员管理聚合为一个因子。

科研资助政策、创业资助政策、出国手续政策在第七个因子上具有较高的载荷,反映了地方政府对人才使用过程中的政策资助与支持力度,命名为“人才成长支持政策”。

社会保障服务、户籍政策、人事代理服务制度、优秀人才奖励政策在第五个因子上具有较高的载荷,主要解释地方政府在人力资源引进方面的基本配套政策,命名为区域“人才引进政策”。

企业声誉、科研创新、企业发展前景、工作条件设施在第六个因子上具有较高的载荷,反映了企业声誉与实力方面的特点,命名为“企业声誉与实力”。企业文化的三个指标虽然在第六个因子上也有高于0.4的负载,可以说明企业文化对企业声誉等产生影响,有些研究中对在两个及以上因子中同时具有0.4载荷且差距小于0.1

的指标统统删除，本文考虑研究的完整性仍以其最高负载为准，将其与人员管理聚合为一个因子。

科研资助政策、创业资助政策、出国手续政策在第七个因子上具有较高的载荷，反映了地方政府对人才使用过程中的政策资助与支持力度，命名为“人才成长支持政策”。

价值取向、创新氛围、创业精神、交往操守在第八个因子上具有较高的载荷，与原设计相同，命名为“文化环境”。

原设计的九个吸引力因素被聚合为八个因子，利用 Cronbach α 系数测度各因子变量的内在信度，均大于 0.6，具体见表 4-8。测项可信，检验顺利通过。

表 4-8　因子的信度检测结果

变量	Cronbach's α值	测项数	变量	Cronbach's α值	测项数
企业管理	0.891	7	人才引进政策	0.744	4
经济环境	0.675	4	企业声誉实力	0.813	4
生活环境	0.865	7	人才成长支持政策	0.720	3
集群特性	0.770	7	文化环境	0.826	4

4.3.3 实证结论

根据因子分析结果，产业集群的人才吸引力来源于区域、集群、企业三个层次，受企业管理、经济环境、生活环境、集群特性、人才引进政策、企业声誉实力、人才成长支持政策、文化环境八个因素的影响。其中：企业管理涵盖了企业文化以及由文化映射出来的人员管理方式，也深刻地影响着人才吸引力；良好的经济环境和生活环境对人才也产生着强烈的吸引力，在人口迁移上则体现出人才向发达地区流动；而区域人才政策环境分解为了人才引进政策和人才使用政策，地方政府在区域人才政策制定中除了需要注意消除人才流动障碍，加大人才引进力度之外，还需要注重对已有人才使用和成长的支持，为人才的成长营造一个适宜的环境，以利于人才施展自己的才华，能够脱颖而出；企业声誉与实力对人才吸引力也发挥着重要作用；集群实力和集群氛围合为了集群特性，它们对人才吸引的作用也不容忽视，但是产业集群中的企业在实力有限的情况下，应当利用集群资源间接提高企业人才吸引能力；文化环境是区域软环境的重要组成部分，注重公平竞争，强调诚信与协作，鼓励创业与创新的文化对人才也有着一定吸引力。

根据因子分析结果，建立了产业集群人才吸引力影响因素的多层次模型，如图 4-2 所示。

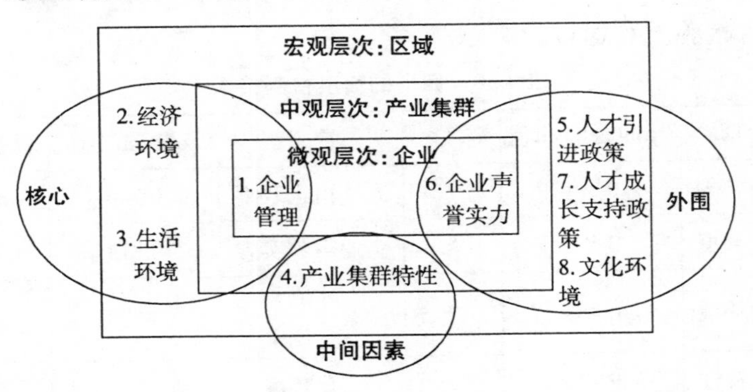

图 4-2　产业集群人才吸引力影响因素的多层次模型

注：图中序号按因子的方差贡献率排序

产业集群人才吸引力影响因素的多层次模型清楚地表明产业集群人才吸引力受到多层次多因素的影响，但各层次因素影响作用的大小交错出现，并非简单的分层作用，以产业集群特性为标志，企业管理、经济环境和生活环境，无论是在组织吸引力研究，还是在人才流动、人口迁移理论研究中，都属于关键的影响因素，因此称其为核心因素，能为人才带来现实的物质收益，是硬条件要素；产业集群本身是个中间性组织，在因子分析结果中其方差贡献为正好居中，因此认为其是中间因素；人才引进政策、企业声誉实力、人才成长支持政策、文化环境的方差贡献相对要小，并且体现为外部的影响作用，因此属于外围因素，它们更多地体现为文化、制度因素对人才的影响，是软实力要素。

4.4　本章小结

产业集群是一种界于市场与企业之间的中间组织形式，决定了产业集群人才吸引力效应是多层面多种因素综合作用的结果。本章在文献综述的基础上，整合了区域人口迁移、产业集群人才集聚和企业组织吸引力的研究成果，系统地归纳了产业集群人才吸引力的影响因素，并进行了实证研究。

本章首先全面地回顾了组织研究和产业集群研究中的多层次理论，特别与产业集群人才吸引力紧密相关的组织离职问题和产业集群竞争力研究中的多层次理论的运用，然后剖析了产业集群人才吸引力影响因素的多层次特性，明确了运用多层次理论中的多层次决定模型和产业集群竞争力研究中的纵向结构分层思想研究产业集群人才吸引力的基本路径。

然后按多层次理论和纵向结构思想，全面地整合了区域人口迁移、产业集群人才集聚和企业组织吸引力等产业集群人才吸引力相关的研究成果，参考了大量文献资料，总结了区域层、产业集群层以及企业组织层各种因素对人才吸引的影响作用。

最后，建立了一个三层次九个因子四十一指标的产业集群人才吸引力影响因素测量指标体系，选取佛山的陶瓷、家电、家具、金属加工、塑料制品等产业集群进行实地问卷调查，利用调研数据，进行因子分析，对产业集群人才吸引力的影响因素量表进行了检验，提炼出企业管理、经济环境、生活环境、集群特性、人才引进政策、企业声誉和实力、人才成长支持政策、文化环境八个关键因子，建立了产业集群人才吸引力多层次影响因素模型。

第5章 各层次因素对产业集群人才吸引力的影响

多层次理论揭示了大量不同层次相互联系的规律(Kozlowski, Klein, 2000; Simon, 1973)。任何组织本身都可以视为一个多层次系统,例如,个体嵌套于群体中,个体是群体中的个体,群体又嵌套于组织中,群体是组织内的群体,个体、群体和组织之间存在逐层嵌套的关系,考虑层间的交错关系,实际上会使某一层的分析发生巨大的甚至是方向性的变化(Raudenbush, Bryk, 2002)。对于产业集群而言,产业集群嵌套于特定区域当中,产业集群本身的特性也会受到特定区域外围经济社会环境的影响,而企业组织则是嵌套于产业集群内部的,也受到环境因素和产业集群特性的制约和影响;企业、产业集群、区域环境存在多层次的嵌入关系。同样,产业集群的人才也存在多层次的嵌入关系,人才不仅嵌入于特定的企业组织,还嵌入于产业集群和区域环境。第四章因子分析结果表明,产业集群人才吸引的确受到区域、集群、企业三个不同层面多因素的影响,各层面因素的影响并不是简单的则交错显现。

本章将在充分考虑三层次因素之间的复杂的非线性层层嵌套关系的基础上,进一步剖析产业集群人才吸引力影响因素的作用机制。“机制”应该是比较稳定的构成方式和作用规律。Klein 和 Kozlowski(2000)指出组织行为的多层次嵌入的特征,组织中的微观现象通常嵌套于宏观情境,渗透在宏观的现象中,而宏观现象经常由微观元素发生交互作用的形式出现,组织行为研究变量的关系往往跨层次的,必须将宏观和微观层面结合起来考查。产业集群人才吸引力影响因素的作用机制也是一种跨层次的作用机制,本章将采用由外而内逐层分析的方法,先从最外围的宏观区域环境进行分析,然后再分析产业集群特性,最后分析企业因素,并分析它们各层次对低层次以及人才吸引力的影响,即研究“区域—产业集群—集群企业”人才吸引力作用机制。

5.1 区域因素对人才吸引力的影响

区域是产业集群人才吸引研究必须考虑的基本外部环境要素。波特(1990)曾特别强调:在某一特定领域内互相联系的公司和机构,在地理位置上的相对集中从而形成了产业集群,“地域上的产业集中”对发动钻石体系至关重要,“它活泼了钻石体系内部各要素之间的互动”。

产业集群是一个特定区域内存在的复杂性的开放系统,是由产业经济系统、社会系统和自然生态系统构成的相互作用的有机整体,区域首先直接影响当地的生产要素、需求条件及相关与支持性产业的形成和发展,区域的政策环境和相关配套等对于产业集群的形成发展以及竞争力的提升都至关重要,产业集群通过工业生产活动和自然生态系统发生着紧密的物质、能量、信息交流(李刚,2005)。产业集群嵌入于区域社会、文化以及政治制度的网络系统之中,集群的各种经济行为和社会行为都深深地嵌入于当地社会关系、制度结构和文化土壤之中(鲁开垠,2006)。产业集群人才吸引力研究中,区域的经济环境、生活环境、文化环境,以及人才政策环境等都是重要的影响因素,除了直接影响到区域的人才吸引力,区域环境还会对产业集群产生影响，与生产有关的当地文化、制度和基础设施等软硬件设施会使得集群作为一个整体与区域环境产生互动，从而形成一种结构性的嵌入（张宇，蔡秀玲，2006），同时也制约着区域和集群内企业的相关行为，对人才吸引产生间接影响。因此，研究产业集群人才吸引问题中区域因素的作用需要综合考虑其对集群、企业和人才三个层次的影响。

5.1.1 区域经济环境

区域的经济环境在人口的跨区域迁移中是非常重要的影响因素，在早期的人口迁移理论研究中已经成为共识，尤其是兴起于第二次世界大战后的发展经济学更着重突出了经济因素在迁移中的推拉作用，也被称为迁移理论中的“经济推拉观”。经济发展水平高意味着就业人员的收入水平相应提高，经济发达会增加求职者的收入预期，如果流入地的平均收入超过流出地的平均收入加上流动过程中的其他支出，则人才会选择流动，否则人们就不会流动。

我国地域广阔，相对于农业可耕地资源的人口压力沉重，各地的自然条件、经济发展水平和部门结构等存在巨大差异，由此引起的劳动力供需的地区差异。由于我国目前的经济还比较落后，人们生活水平较低，生存问题是人们迁移首先考虑的问题，经济条件好和管理较好的地方对人才的吸引力较大，引导人才向有较多就业机会及较高预期收入的地区迁移（马洪康，2005）。王桂新与刘建波(2007)也曾比较分析了长三角与珠三角两地区的历史传统、经济结构、产业模式及社会文化背景不同，对省际迁入人口的吸引力各有特点，珠三角地区主要表现为获取更高经济收入为目的的经济吸引力。近年来，我国人口的迁移流动主要是从中西部地区流向东部地区，从农村地区流向城镇密集的大中城市，珠江三角洲、长江三角洲和环渤海地带，具有先天的地理位置优势、良好的自然气候和生活条件，在经济发展上也处于改革开放的前沿，企业经营环境完善、人才市场发达等，经济迅速崛起，成为吸引迁移人口的热点地区。1995

年人口抽样调查结果显示，广东、江苏、上海、北京、山东等沿海省市迁入人口占我国全部迁入人口比例高居前5位，合计占全国总量的45.82%，其中广东为18.04%，约占全国1/5。2000年人口普查资料显示，中部地区的迁移人口大都迁往经济较发达的沿海省份，其中比较集中的是广东、浙江、江苏、上海、福建和北京，迁往这六个省（直辖市）的人口占中部地区全部迁移人口的81.3%。鲍曙明、时安卿和侯维忠（2005）根据1990—1995年和1995—2000年的迁移偏好指数变化，计算出迁入偏好指数增加的省份有浙江、福建、广东等省份，其人才吸引力在上升，中国迁移人口已经初步形成了以北京、上海和广东为中心的迁移人口吸引带；尤其广东省的吸引力及其吸引区域和吸引的迁移人口长期领先、冠居全国，这与其宏观的经济环境紧密相关。

区域的地理位置、经济发展水平、商业环境质量、人才市场环境等对于产业集群和企业也具有显著的影响作用。改革开放初期的珠江三角洲，经济基础和社会服务体系都很薄弱，但珠江三角洲充分利用临近港澳、东南亚的区位优势，依靠自身广泛的海外华侨华裔和港澳同胞关系，与国际市场建立了相对密切的联系，营造出宽松的经济发展环境，为企业创造一个优良的经营环境，依托中小企业集群，引进外资、技术和管理人员，聚集经济社会资源，发展外向型经济，大力发展人才市场，繁荣人才中介，为引进人才创造条件，推动了产业的集群式发展，众多的企业也在激烈的竞争中不断成长、成熟，赢得较强的竞争能力和良好的品牌声誉，在参与国际竞争的过程中企业的管理也逐步走向规范。

H1a：区域经济环境对产业集群特性产生正向影响；

H1b：区域经济环境对企业的实力与声誉产生正向影响；

H1c：区域经济环境对企业的管理产生正向影响；

H1d：区域经济环境对人才吸引力产生正向影响。

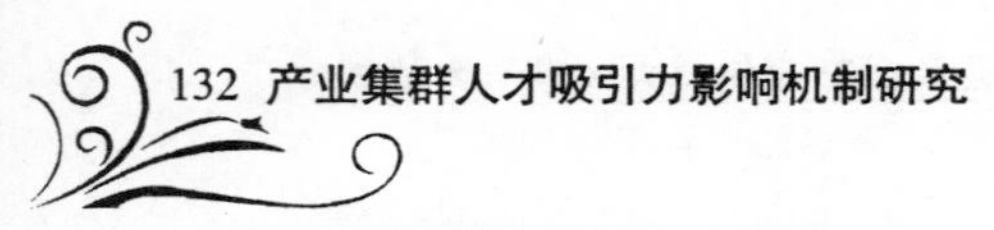

5.1.2 区域文化环境

文化是人们在长期历史实践中逐步形成并传承下来的思想意识。区域文化环境以人们认同的生活方式及体现在每个人身上的文化素质的外在表现所形成的价值判断构成产业集群的外部文化氛围。这种文化氛围通过认同或排斥的方式为产业集群发展营造一个外在环境，刺激或限制产业集群的产生与发展（王芹，2006）。以格兰诺维特（Granovettor，1985）为代表的新经济社会学则强调了社会文化环境在产业集群形成中的重要性，经济行为根植于社会网络与社会制度之中，而社会网络与社会制度又与社会结构以及社会文化紧密相关，蕴藏于社会结构以及社会文化之中。产业集群作为一个群落或者网络，其参与者不仅仅有企业，还包括政府、科研机构等支撑部门，在利用社会网络与外部连接时，产业集群深深地嵌入在当地的文化环境之中，根植于当地的社会文化土壤，促进了其整体发育。文化是产业集群发展的精神源泉，集群必须扎根于当地的社会文化，有活力的社会文化环境保证了集群经济活动和技术创新的持续发展。马歇尔（1890）在分析工业集聚中，提出区域的无形的创新的氛围（air）是区域能够产生工业创新，最终形成集聚的关键原因。

产业集群中企业的空间接近性使成员间具有了相似的文化背景，相似的文化背景发展了共同的路径、概念和标准以及共同的以集群文化为基础的行为规则、一致的语言和集群内的隐性知识，这些都培育了集群成员间的信任关系（蔡宁，吴结兵，2005）。文化一旦形成，又会具有相对而言的稳定性，影响和制约着人们的行动。区域文化环境影响着企业家的行为规范，人们交往中的相互信任、竞争合作是产业集群形成的前提；产业集群特别强调集群参与主体之间的信息和知识的交流与溢出、所信奉的商业文化与竞争理念、诚信与信用网络等人文环境；这种社会文化环境氛围促使集群内部形成一种相互信赖关系，使企业之间的分工以及协调与沟通容易进行(孙建波,2006)。文化也决定了集群内部企业生产运营的文化环境,影响到企业微观层面人力资源管理方面的基本价值观念,对企业管理风格与企业文化也会产生重要影响。广东和浙江地理位置相对偏远,远离内地传统主流政治文化的笼罩,海上交通便利,陆路交通阻塞,自古就具有浓厚的经商文化传统,有着浓郁的重商氛围,人们行为上具有更强的经济理性,不尚空谈,具有灵活务实、敢想敢做、自强不息、坚韧不拔的自主创业意识和创业意志,善于学习、勤于思考、敢闯敢冒的创新精神和竞争意识,形成鼓励冒险、宽容失败的创新环境,对人才的使用与管理也更加灵活,注重实效,尚贤用能等用人理念,也吸引着大批外地优秀人才流入(于亮,2008)。在浙江的"无为政府"和"草根文化"下,当地个体私营经济凭借坚韧不拔的创业精神,以"小商品、大市场"顽强地生长形成了众多的内生型中小企业集群。钟朋荣 1995 年 12 月在调研时,将温州精神概括为"白手起家、艰苦奋斗的创业精神;不等不靠、依靠自己的自立精神;闯荡天下、四海为家的开拓精神;敢于创新、善于创新的创新精神。"

每个区域的历史传统、民情风俗、整体文化水平等都不相同,文化背景差异通过经济活动的方式、规模、层次曲折地反映出来,不同特色的产业集群总是体现出不同类型区域文化环境的影响。区域经济差异是区域人口迁移的主要原动力,而社会文化背景的差异是克服人口迁移障碍的重要因素。人口迁移行为并不完全受到经济的影响,迁移者还需要克服很多障碍,这些障碍就包括社会、文化因素。因此,处于相同或近似地域文化圈内,人口迁移就很容易发生,例如在广东的迁移者中,由于同属于泛岭南文化圈,比较容易克服语言、生活习惯、社会关系等社会文化障碍,广西、湖南、海南的迁入人口居多。

H2a:区域文化环境对产业集群特性产生正向影响;

H2b:区域文化环境对产业集群内部企业的管理产生正向影响;

H2c:区域文化环境对人才吸引力产生正向影响。

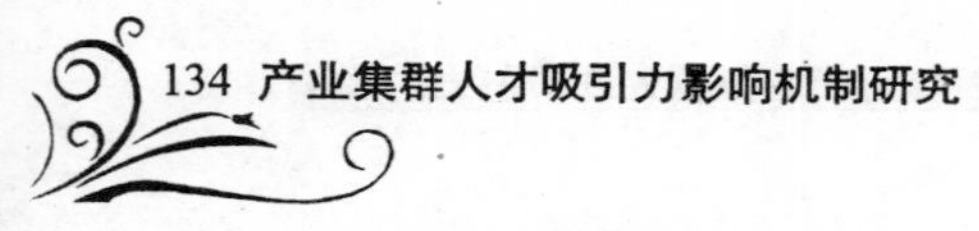

5.1.3 区域生活环境

饮食起居、文化教育、交通治安，以及子女的读书等问题，是关系到个体切身利益的事情，良好的生活环境与完善的生活服务配套设施可以提高和改善人才的生活水平和生活质量。人口迁移理论揭示了，在人才流动目的地中，能使移民改善生活条件的各种生活环境因素是人才吸引的重要影响因素。市场经济条件下，人才的自由流动有利于人力资源的合理配置，也利于人力资源通过流动就业的方式改善生活条件，因此人才对工作地区的收入以外的生活环境也非常关注（陈振汉，厉以宁，1982）。区域的生活环境包括教育条件、居住条件、交通条件、休闲娱乐条件、饮食条件、治安环境、购物环境、子女教育环境等方面，不仅是决定了区域和集群的人才吸引力，也是影响人力资源保持和人才发挥作用的重要因素。倪鹏飞(2002)选取中国部分城市的样本指标数据，利用主成份分析方法，构造城市竞争力和基础设施竞争力指数，运用模糊曲线分析方法，对理论假说进行了初步的检验分析；结果显示：基础设施是城市竞争力重要的构成或影响力量；现代交通、通讯、信息等技术性基础设施比基本基础设施和社会基础设施对城市竞争力贡献更大，文化基础设施比卫生基础设施对城市竞争力的贡献更大。池仁勇和葛传斌（2004）分析了英国生物技术企业集群形成与发展的支撑体系中，生活的高质量、秀丽的风景和国际化的大都市都是其吸引国际人才的重要因素。优美的生活环境作为重要的地方公共产品，其有效供给是集群环境吸引人才的重要条件（符正平，2002）。马洪康(2005)对我国四个直辖市的城市吸引力进行研究，经济发展情况、城市管理水平和教育水平是人们考虑较多的迁移因素，三者在1999、2000、2002三年的总排序中均占总权重的65%以上，其中，经济发展水平所占权重逐年下降，而随着社会竞争日益激烈，教育等生活配套环境所占权重却逐年增加，人们对此越来越重视。

H3a：区域生活环境对人才吸引力产生正向影响。

5.1.4　区域人才引进政策

政府政策也是产业集群发展中不可缺少的软环境因素，我国政府的政策对人口迁移和人才引进所起的作用相当大。在计划经济时代，人口的迁移和人才的引进完全由中央政府统一规划决定：特别是建国初期，我国政府实际上实施的是一种人口分布均衡的政策，为了加快内地和边疆建设，平衡生产力布局，国家有组织地从东部沿海一带调动工人、技术人员前往内地和边疆进行建设，动员大批复员转业军人和城市知识青年赴黑龙江、内蒙古、新疆、云南、广西、海南、江西等省、区垦荒种地，建设国营农场。改革开放以后，人才迁移的自由度有所提高，但是中国特色的户籍制度将人们的户口分为农村户口和城市户口，限制了农村人口向城市的移动，也限制了人口的跨区域流动，户口越来越成为劳动力自由流动的绊脚石，制约着我国劳动力的区际迁移(Fan, Huang, 1998; Fan, 2002)。1980年代苏南地区为解决农村剩余劳动力的出路，针对当时城市紧缺工业品情况，大量兴办乡镇企业，为解决技术力量匮乏问题，当时乡镇企业流行向上海"借脑"，到星期六下午就邀请上海工厂企业的技术人员来担任技术指导，工作一天后再返回上海，在两地形成了"户口不动、技术流动"的"星期日工程师"这种特殊的人才利用模式。随着经济的不断发展，对人才需求的渴望促使许多地方政府逐步调整户口政策，不仅为被引进的人才解决户口，还可随迁配偶和未成年子女等等，扫除人才引进的障碍因素(Yang, 1993; Chan, Li, 1999)。广东、浙江、北京中关村等地相继出台"居住证"或"工作寄住证"制度，使企业中户口和人事关系仍在外省市的专业技术人员，在评定职称、工资、福利、社会保障等方面享受与本地人才同等待遇。地方政府还出台了系列优秀人才奖励政策，提供流动人员档案管理、职称申报、挂靠组织关系、户粮关系等人事代理服务，完善社会保障服务体系，对于减少人才流动障碍，降低人才引进成本，消除人才的后顾之忧，吸引更多外部人才的平滑流入也起到非常重要的作用。如广州市出台的“引高控低”的人才引进新政策,主要内容包括:第一,引进博士后到广州就业,并从市博士后工作专项经费中拨给5万元安家费;已婚博士、博士后,其配偶随迁、随调的,由接收单位或人才交流服务机构优先解决。第二,引进非广州生源的紧缺专业毕业研究生,实行先落户后工作政策。第三,实行非广州生源的本科毕业生就业准入制度。这系列政策可以减少企业人才引进成本,营造良好的环境氛围,升级企业用人理念,指引企业人才资源结构调整方向,推动企业创新人才管理机制,影响了企业人力资源管理活动,也增强企业的实力和人才集聚能力。池仁勇和葛传斌(2004)分析了,在英国生物技术企业集群形成与发展过程中,开放的劳动力市场、低个人所得税,以及完善的股权激励制度,也是其能从美国吸引生物技术人才大量回国工作的重要原因。区域政府完善人才政策和法规,提高其系统性、权威性,营造优于人才原地的政策环境,落实吸引人才的务实政策,也体现了区域政府在人才引进与人才培养使用过程中对企业的基本服务职能,消除了企业人才引进的制度性障碍,为企业引进与使用人才提供各种政策方便,也增强了企业实力,提高了企业在人才市场上的声誉,改善了企业管理水平和意识。

H4a:区域人才引进政策对产业集群内企业实力声誉产生正向影响;

H4b:区域人才引进政策对产业集群内企业的管理产生正向影响

H4c:区域人才引进政策对人才吸引力产生正向影响。

5.1.5 区域人才成长支持政策

相比物质待遇,人才更看重个人成长,人才注重的前四个因素及比重依次为:个体成长(33.74%)、工作自主(30.51%),业务成就(28.69%)、金钱财富(7.07%),(Tampoe,1988)。武晓楠(2005)以马斯洛的“需求层次论”、麦克利兰的“成就激励理论”为基础,经过实证研究发现,与其他类型的员工相比,知识型员工对知识、对个体和事业的成长有着持续不断的追求，要求给予自主权，使之能够以自己认为有效的方式进行工作并完成其任务。张望军和彭剑锋（2001）、郑超和黄枚立（2001）、文魁和吴冬梅（2003）等的研究也都表明，人才对个人的成长与发展的重视程度远远高于一般性员工。因此，区域除了重视人才引进障碍的消除，加大力度引进人才之外，对已有人才提供成长支持政策也非常关键，给他们广阔的个人成长空间，让他们感受到挑战，保持创造激情，不厌倦。如，《浙江省实行引进人才居住证制度暂行规定》明确规定，持有《居住证》的人才在浙江投资创办企业、科技成果转化、职称评审、出入境管理以及其他商务活动等方面与本省当地居民享有同等待遇。北京中关村也提供了许多优惠政策，鼓励全国各地区专业技术人员技术投资、技术转让、技术入股、技术承包，鼓励留学人员携带科技成果来从事高新技术产品开发和生产，还不断建立新的留学人员创业园区，坚持"支持留学、鼓励回国、来去自由"方针，为人才提供再出国学习、交流的机会，使之不断追踪、了解、掌握国际先进科学技术。

宏观的人才成长支持政策，鼓励外来人才创业，进行优秀人才奖励、创业资助、研究资助等都反映出政策对人才成长与使用的重视程度，营造出人才工作发展和学习交流的良好氛围，打开了人才成长的空间，成为一个地区稳定人才、挖掘人才潜能、使人尽其才的根本保证和前提条件，既能吸引外部人才的流入，也能避免已有人才外流，同时也为产业集群内部企业的管理提供了挑战和机遇。

H5a：区域人才成长支持政策对产业集群内企业管理产生正向的影响；

H5b：区域人才成长支持政策对人才吸引力产生正向影响。

5.2　集群因素对人才吸引力的影响

Schneider（1987）提出了面向个人的组织行为研究 ASA(Attraction-Selection- Attrition)模型，认为不同的个体被组织吸引是基于某种个体与组织的匹配特征，人与组织因他们之间的相似性而互相吸引，组织吸引与其具有相似特质的员工，选择他们进入组织工作；同样，随着时间的推移，在组织内部的力量左右下，组织总是吸引、选择和保留和组织特性相似的员工，而不相似的或有冲突的员工就会选择离开组织，从而导致组织的同质性逐渐增加，异质性逐渐降低。产业集群作为一种特殊的中间组织，其人才吸引力效应，反映出产业集群能够比非产业集群组织具有更高的人才吸引力，而这种人才吸引力的根本差异也源于产业集群组织自身特性因素的影响。

5.2.1 产业集群特性的间接影响

产业集群是围绕某个特定领域和产业形成的企业集合，是一种界于市场与企业之间的企业自组织体，它有着企业间的紧密合作、弹性制造技术、更大的专业化劳动力池、外部规模经济等独有特性(Harrison ，1992)，产业集群彻底改变了传统的企业竞争方式，企业的规模经济和范围经济不再局限于单个企业内部，产业集群内部，许多单个的、与大企业相比毫无竞争力的小企业一旦用发达的区域分工协作网络联系起来，其表现出来的竞争能力就不再是单个企业的竞争力，而是一种比所有单个企业竞争力简单叠加起来更加具有优势的全新的集群竞争力，集群使得许多本来不具有市场生存能力的中小企业，由于参与到了集群里面，不但生存了下来，而且还增强了集群的整体竞争力（周兵，蒲勇键，2003；陈柳钦，2005）。产业集群内部企业嵌套于产业集群中，其特性必然受到产业集群特性的影响和制约，产业集群特性对内部企业的管理和文化等各方面都发挥着重要的影响，同时吸引着其他地区企业的迁入，由此进而通过企业间接地影响人才吸引力。

（1）产业集群的资源共享增强了企业实力。产业集群集聚经济本身是一种外部性，由于知识外部性、中间投入品共享、交易成本降低、风险分担、基础设施共享以及其他不可分性的存在，会在产业层面形成规模报酬递增，降低了产业集群的平均成本和产业集群中单个企业的平均成本,从而获得更高的生产率,增强了企业竞争能力。产业集群通过地理空间上的邻近,企业集聚在一起,建立具有一定规模的内部交易市场,节省了产业链上下游成员之间在交易上、运输甚至包装等物流上的成本,企业能够共享现代化的基础设施、便利的交通通讯设施、配套的生产服务设施、劳动力市场、公共服务和其他组织机构服务等诸多有形产业要素。产业集群还创造出大量的专有技术与隐性知识、专业化制度、声誉等集体财富,地理接近性克服了距离带来的高昂交易成本和沟通障碍,实现了对知识、信息、技术和技能等无形资源的共享。产业集群有形资源和无形资源共享行为,不仅使企业可以直接利用自身占有的资源,还能间接利用更多的非自有资源,从而降低整体生产成本,提高劳动生产率,带来的外部经济效应,产生一种集群的"结构竞争力"(刘运材,2007)。

(2)产业集群的分工协作增强了企业实力。产业集群内部企业之间形成高度专业化分工的生产方式,企业的专业化程度提高,分工更为细化深化,单个企业往往只生产某一类型的配件或某一道加工工序,企业的协作共同打造出相对完整且规模庞大产业链条。通过专业化分工协作,企业实行标准化管理,提高产品质量,创造自主品牌,形成规模化生产,提高了生产率;促进了技术进步和扩散,使得每一个企业都能及时更新设备、采用新工艺,调整要素投入组合,能够普遍提高企业的生产率和产出量(Beaudry, Swann, 2001)。产业集群分工协作也使产业链上不同环节的企业之间联系紧密,互通有无,增加了企业之间的技术合作和其他的非正式互动关系,知识流动和有效传递降低新产品开发和技术创新的成本,激励着企业的技术创新和规模扩张刺激了企业创新和企业衍生。一般而言产业集群规模越大,外部效应越明显,产业链越趋于合理,产业内要素市场发育越完善,企业原料成本越低,也更容易获得市场的信息,创业越容易成功。对于区域经济而言,产业集群就是重要的创新体系,不仅有利于企业创新,而且形成了新的创新模式—集群式创新,能加速技术进步，不断为经济增长提供原动力（Audretsch，Feldman，1996）。

（3）产业集群内部激烈的竞争合作提升了企业实力和管理水平。产业集群内产业链上同一环节上的同类企业集聚形成激烈的竞争环境以及完善的地方配套体系，由于创业门槛低，创业氛围浓厚，企业的衍生活动非常频繁，产业集群内部的竞争自强化机制在集群内形成“优胜劣汰”的自然选择机制，可能暂时降低了集群的整体利润，但却提升企业的竞争能力，相对于其他地方的企业却建立了竞争优势。产业集群大量同类企业的聚集，产生了对专业技术人才更大的劳动力需求，共享的专业性劳动力市场也为其提供了更多的选择机会，企业间激烈的人才争夺，使人才在集群内部的流动更为频繁（毛冠凤，2008）。企业之间竞争激烈，合作频繁，信任度增加，关系逐渐稳定，基于正式契约的经济网络和基于非正式契约的社会网络相互嵌套，相互促进，当集群内部的组织之间具有较强的关系资产和非贸易的相互依存关系时，企业的管理方式也会受到影响（臧旭恒，何青松，2007）。

（4）产业集群复杂的社会网络改进了企业的人员管理。产业集群是融于巨大的社会系统中的网络组织，集群内自由流动的开放的社会风气鼓励创业、竞争及合作的社会环境，使企业成员间相互依存、相互依赖（郭利平，2007）。美国学者 Saxenian(1994)认为基于非正式化组织网络中的中小企业群体造就了硅谷的创新浪潮和繁荣局面，硅谷的创业文化深深扎根于硅谷人几十年来形成的非正式化网络组织社会体系中，形形色色的交流场所传递着信息、情报，也传播着职位信息和招聘信息，人们通过非正式网络快速的转换工作岗位，被广为认同，人们在同一家公司工作的平均年限为两年。由于人们不断地在硅谷的公司之间流动，他们的关系在不断变化，同事可能成为顾客或对手，今天的老板可能就成了明天的下属，这种持续不断的改组却加强了个人关系和非正式组织的价值，加强了硅谷工程师相互的信任感。频繁的人才流动使硅谷人对他们所献身的科技事业，比对他们所属的公司有着更高的忠诚度。当科学家和工程师们为寻找更好的机会和更为刺激的研究任务时，他们往往留在硅谷，他们设法使自己的非正式组织保持活跃，这能帮助他们共同解决技术问题。这一管理模式的特点是对个人能力的充分信任、极高程度的专业化自主性和优厚的福利。公司内部不再分为雇主和雇员，通过股权分配和分散化的非正式组织使得大家为共同的利益而努力，形成了能够激发创新精神、进取精神和协作精神的以人为本的管理模式，有助于形成更为开放和积极参与的文化氛围，从而与非正式化社会组织相协调（谢宏，吴添祖，2001）。

H6a：产业集群特性对产业集群内企业声誉实力产生正向影响；

H6b：产业集群特性对产业集群内企业管理产生正向影响。

5.2.2　产业集群特性的直接影响

产业集群对于个人而言，能够增加收入、有更多更安全的就业岗位可以选择、增加创业机会和创业动机、获得更有效的教育和培训、有更好更和谐的生活环境（王缉慈，2006），人才的联系更加紧密，激烈的人才竞争，广泛的人才合作，频繁的人才流动，也激发了身处其中的人的求知欲望，激励人才的成长，吸引人才流入产业集群，不愿意轻易离开。

（1）产业集群规模实力对人才吸引力产生影响。产业集群的规模与实力给予人才更多的就业机会和安全感。面对不确定的外部因素，一个企业难免会遭遇种种风险，相比于一个企业，产业集群的规模更大，抗风险能力更强，这样对于很多人才来说在一个大的产业集群里他会更有安全感。就像物理学中物体质量越大万有引力越大，产业集群规模越大也越能够吸引更多的人才加入。课题组调研中万和的刘部长讲，他们很多人来顺德的原因是因为“这里经济发达，每年有 600-700 个亿的产值，给他们一种厚重、踏实的感觉”。由于众多企业的集聚，人才有更多的发展机会，通过在不同企业间的快速流动,可以不断地突破单个企业的“玻璃天花板”,拥有更大的事业平台和成长空间。对创业者来说,产业集群规模的扩大,降低了创业成本。在调研中有些调查对象特别是企业家和高级管理人员在谈到来顺德原因时都把易于创业作为一个重要指标。万和的刘部长就说“顺德是全国小家电最集中的地方,因此就业机会多,并且如果有一个新的想法的话,比较容易翻身做老板。

(2)区域产业品牌对人才吸引力产生影响。由于大批同类和相关企业集聚使所在的区域成为在大区域中的该产业高度集中区位,必然产生出“区位品牌”效应,产生出集群的形象竞争力;集群形象竞争力是单个企业无法获得的,只有集群才能具有的竞争力(王秉安,2005)。我们在对顺德产业集群调研中,了解到很多到顺德的人才都是慕名而来,很多人来顺德前对单个的企业并不了解,只是知道顺德在某个产业的工厂比较多,发展的比较好,机会比较多。

(3)共享专业化劳动力市场对人才吸引力产生影响。产业集群为集群内的企业增强了一层次的共享的集群劳动力市场,形成了庞大的同类企业人才需求和专业人才聚集的劳动力蓄水池。拥有专业性人力资本的人才,其专用性知识技能只能应用于某个专业领域,人力资本存量越高,专业性越强,技术资产的通用性就越低,就业范围也越窄,而集群共享劳动力市场,使人才和企业的分散决策、一对一的相见方式得到改观,事业风险也会大大减低,减少了不必要的摩擦性失业。共享性的集群劳动力市场,对专业人才的总体需求相对较高,使其失业概率降低,如果在一个企业内找不到满意的工作,可以在同一个集群内的其他企业找到自己的位置。产业集群减少了就业机会与人才资源之间的不对称分布,工作空缺信息可以通过非正式渠道大量传播,大大节约搜寻成本,降低了工作转换的迁移成本和心理成本,人才很容易流动到同一产业集群中的其他公司。劳动力市场的共享提高了产业集群劳动力市场的效率,也在一定程度上能够实现劳动市场的区域性匀质化,有利于人才资源的合理配置，当人们对他们的技术能确保他们找到工作具有信心时，他们更愿意呆在产业集聚的区域(尹柳营，邓斌，周霞，2003)。在课题组的访谈中，大多数员工都认为，在顺德，即使自己工作的企业出现了问题，还可以在最短的时间内(信息的取得较为便利)、以最低的成本(如不必承担搬到另一个城市的搬迁成本)跳槽到别的企业。产业集群提高了劳动力市场的效率，促进了企业间员工的流动，优化了人力资源配置。由于劳动力市场共享机制和劳动力的专业化发展，产业集群对人才吸引供给产生积极的作用(张耀辉，周轶昆，2003)。

(4)社会网络联接优势对人才吸引力产生影响。产业集群的人才吸引和流入往往意味着跨县，甚至跨省的迁移，较大的迁移距离增加了交通成本、弱化了目的地的就业信息。中国社会存在严重的信息非规范化和集中化，非正式的信息和信息获取渠道以及信息集中在少数人手中，与就业有关的信息和机会并不只是通过劳动力市场来流动和传递，更多的是通过人们的社会关系网络传递(陈凌1998)；而在信任结构上 中国是一个特殊主义的信任原则，信任主要适用于内部人或“熟人”，对于外部人或“生人”则严重缺乏信任(李新春，2005)。人口在地区间的迁移活动中，迁移存量扮演着社会网络的作用，先前的迁移能够为后来者提供信息和其他方面的帮助，减少迁移风险，从而对后期的迁移产生影响，受到距离所反映出的社会网络强弱的限制造成了我国迁移流向是一个从县内流向县外、从省内向省外的渐进过程，亲友等社会网络则是迁移者获得就业信息的主要方式，75.8%的省内迁移者、82.4%的跨省迁移者的就业信息获得是通过住在城里或在城里找到工作的亲戚、老乡、朋友获得的(蔡昉，1999，2003)。产业集群是一定自然地域上形成的社会地域生产综合体，人们和企业具有密切的关联和共同的社会背景，其间存在着异常发达的社会网络，这种社会网络不仅包括本地化网络，也就是区域内行为主体间的正式合作联系以及他们在长期交往中所发生的相对稳定的非正式交流的关系，使得人才对于集群的工作嵌入程度更高；也包括延伸到外地的同乡网络、同学网络和同行业网络等等，通过密集的社会网络和个人联系等非正式途径，将产业集群的就业信息传递出去，社会网络有助于解决劳动力市场中的信息不对称问题，促进信息流动，帮助个人获得就业的信息和机会（Tassier, Menczer, 2008），在许多情况下对于人才的吸引起着决定性作用。

（5）产业集群中知识溢出、竞争协作对人才吸引力也产生影响。产业集群发达的社会网络，快速的人才流动，以及频繁的正式和非正式交流，促进了不同属性知识的溢出。虽然先进的信息技术已打破地域性界限，并大大降低了信息沟通的成本，但知识溢出具有空间局限性，知识与技能的传递，特别是缄默性知识与技能的传递，面对面的沟通与交流仍然具有信息技术无法替代的优势。知识溢出在地理上相互靠近的地区内更容易发生，随着偏离知识源地距离的增加，知识溢出强度迅速下降（Marjolein, Verspagen, 2001；王铮等，2003）。产业集群聚集了大量的编码化和未编码知识，形成良好的产业氛围，人才对该产业的知识与信息保持高度的敏感性，知识交换与扩散、技术共享等使得专业技术人才在创新中不断成长，人才与具有更高技能和知识的劳动者接近，受到"溢出"知识和信息的熏陶，逐渐提升自身的素质，增强了获取知识与信息的能力，同时也获得了更多的个体的成长机会。马歇尔(1890)指出，集群人才的集聚使得行业的秘密不再成为秘密，而似乎是公开了，孩子们不知不觉地也学到许多秘密。钟朋荣（2005）曾举浙江嵊州为例，由于一个县集中了近千家领带企业，十多万人从事领带及相关产业的生产，大家在汽车上谈领带，在咖啡厅谈领带，甚至在大街上也谈领带，就是一个外行，在这样的地方呆上一两年，也会成为领带专家。

H6c：产业集群特性对人才吸引力产生正向影响。

5.3 企业因素对人才吸引力的影响

产业集群吸引的人才最终要进入具体的机构和企业完成就业行为。Belt 和 Paolillo(1982)认为,求职者在求职前考虑的因素,除了奖励福利、工作职务、资格条件外,还有企业组织本身。具有人才吸引力的企业,本身就能够快速地吸引到大量人才前往求职,因而大大地减少招募活动所需的成本(Herman, Gioia,2000)。

Maskell (2001)指出集群理论研究应该遵循企业主导的研究方法,加强对作为产业集群微观基础的集群企业的研究,分析集群企业如何依托产业集群来实现企业成长。Caniels 和 Romijn (2003)认为中观层面的研究如果没有微观层面集群企业行为研究的支持,就难以具有逻辑上的说服力。同理,产业集群如何依托内部企业实现人才吸引也成为微观层面产业集群人才吸引力研究的核心问题。

5.3.1 企业实力与声誉

企业实力是影响企业对人才的吸引力的主要影响因素。实力雄厚的企业,对于求职者而言,往往意味着更高的管理水平、抗风险能力、薪酬待遇等等。一般来说,实力雄厚的企业,规模更大,管理更规范,内部晋升流动机会也更多,工资待遇也较高,还能够使人才产生更多的心理优越感。Mobley(1982)的抽样调查显示,美国雇员少于250人的企业平均每月员工流失率为2.2%,而拥有2500名及以上员工的企业员工的流失率最低,约为1.3%。

企业声誉依据 Spence (1974) 的信号理论更多的是为求职者提供一种信号,求职者在实际进入组织工作前,求职者和组织之间存在信息不对称的现象,求职者想要获得关于工作各方面更多的真实信息非常困难,于是会利用已经获取的组织相关信息作为解释组织特征的信号,而企业声誉通常会成为其决策的信息依据(Rynes, 1991)。企业美誉度与知名度的提高对于增强企业的人才吸引力也很关键,Turban 和 Greening(1996)、Turban(2001)指出,知名度高的企业,人才的熟悉程度也高,与此正相关的是组织吸引力也高;不知名的企业,可能管理水平很好,很有前景,薪酬也不低,但是高素质的应聘人员一般觉得风险很大,不太愿意进入。此外,企业声誉还具有一定表征意义,好的企业声誉使外界人羡慕、向往,企业品牌能使团队成员产生自豪感,增强员工对企业认同感和归属感,产生向心力、凝聚力,在实力雄厚、声誉卓著、社会形象良好的企业工作,通常还会被人才当作自身素质和实力的有力证明。

H7a:企业的声誉和实力对人才吸引力产生正向影响。

5.3.2 企业文化与人员管理

企业文化是以企业在长期生产经营过程中逐步形成与发展的、带有本企业特征的企业经营哲学,是以价值观念和思维方式为核心所生成的企业行为规范、道德准则、风俗习惯和传统意识的有机统一,是全体员工认同的共同价值观。企业文化是一种"软性"的协调力和粘合剂,通过在组织中建立共同的价值观来强化组织成员之间的合作、信任和团结,培养亲近感、信任感和归属感。课题组在顺德访谈的5家知名企业的流动率远远低于其他企业,只有美的集团达到20%外,其他4家企业均不超过10%;而美的集团的数据是源于整体流动率的计算,含工人的流动率,而其管理层的流动率很低;这一现象跟集群形成的企业文化有很大关系,顺德企业在发展过程中,非常注重营造和谐,团结,务实,包容,重才惜才的文化,为人才营造了一个良好的工作环境,促使他们在企业内扎下根来。比如顺德志达公司注重人性化的管理,员工生日时会举办生日庆祝会,并且提供无息的购车贷款;如万和集团的企业文化为"和"文化,吸引了许多认同此观念的人才并长期为之服务;美的集团将"六十年代用北滘人,七十年代用顺德人,八十年代用广东人,九十年代用全中国人,二十世纪用世界人"作为企业人才的战略,重才惜才,积极为各级员工搭建施展才华的舞台,每年还拿几百万元重奖科技人才。

良好的企业文化是建立在人之上的,与人力资源管理是一种互相推动、互相制约的关系（高月娟，2007）。企业微观的人力资源管理体系是实现企业所有的战略构想不可缺少的基础保障。课题组在顺德调研时，也发现当地企业非常注意利用较高的收入和待遇来吸引留住人才，如访谈的美的集团、万和集团薪酬水平在行业内都属于中上水平，加上顺德地区整体物价水平在珠三角地区并不高，这样人才的收入满意度就较高。因此，企业想提高人才势差，吸引高级人才，就要舍得支付高的人工成本，提高人才收入水平是一个重要的手段。但是薪酬水平只是一个方面，薪酬体系中反映的企业管理理念，透露的价值信号，有时可能对于人才的吸引与保留更为重要。人才还看重企业能不能提供持续的培训，培训不仅会使人才获得工作所需的技能，真正融入组织，更是人才获得个人发展和组织承认的重要途径，能使其职业竞争力持续提升；绩效考核是企业对人才工作业绩认可的重要途径，科学合理的绩效考核体系对人才的贡献有公平的回报和承认，利于优秀人才的脱颖而出；高素质的企业管理团队能够使企业沿正确的方向发展，将人才凝聚在组织周围，使人才同企业一起成长；灵活的用人机制则是人岗适配、人才快速成长的保证。

H8a：企业的管理对人才吸引力产生正向影响。

5.4　不同层次因素对产业集群人才吸引力影响的实证

正式调查回收的有效问卷，在因子分析后还剩余 350 份，全部是由产业集群员工填写的，本研究将其用于结构方程分析，以剖析产业集群人才吸引力影响因素的作用机制。

对于结构方程而言，一个潜变量应该至少由 3 个观测变量来解释，样本量要是模型中变量数的 5~10 倍，针对的是数据正态分布非常好的情况 5 倍即可，而数据正态分布性越差，样本量需要得越多，最好是观测变量的 10 倍。一般认为，如果观察变项与因素的比值是 3 或者 4，样本容量应该大于 100；比值是 6 以上，则 50 个小样本也足够使相关矩阵比较稳定，进而使结构方程的信度提高。本研究

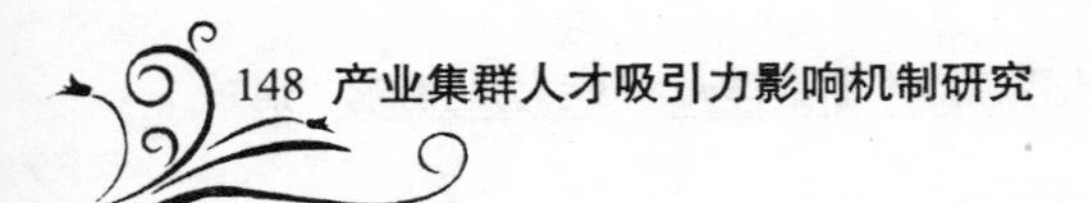

的观测的外生变量和内生变量的测量变量共计44个,样本量为350个,符合结构方程的样本量要求。

5.4.1 测量模型

本研究利用验证性因子分析来检验设定模型的测量模型(即外部模型),检验正式研究的信度和效度。复平方相关系数(Squared Multiple Correlations),即R2,通常被用来作为检验信度的指标。本研究结构方程的复平方相关系数结果见表4−9。各测量变量与潜变量的复平方相关系数值也在0.2-0.7之间,参见表5−2。

表5−1 结构方程的复平方相关系数

内生潜变量	ICTA	EM	ERS	ICC
R^2	0.497	0.817	0.798	0.665

进一步通过因子载荷情况来检验测量模型的效度。结果表明,各个观测变量在相应的潜变量上的标准化载荷系数均在0.45以上,因子载荷的t值在7到16之间,在P<0.001的水平上显著,全部通过了t检验。这说明本研究的各变量具有充分的收敛效度。验证性因子分析的变量载荷情况见表5−2。表中,ICTA表示产业集群人才吸引力,EM表示企业管理,ERS表示企业实力声誉,ICC表示产业集群特性,RTI表示区域人才引进政策,RTD表示区域人才成长支持政策,RC表示区域文化环境,RL表示区域生活环境,RE表示区域经济环境。

表5−2 测量模型的验证性因子分析结果

内生潜变量	测量变量	R^2	标准化的因子载荷	T值	外生潜变量	测量变量	R^2	标准化的因子载荷	T值
ICTA	icta1	0.21	0.46	−	RTI	rti1	0.23	0.49	8.88
	icta2	0.53	0.73	7.52		rti2	0.46	0.72	13.99
	icta3	0.60	0.78	7.63		rti3	0.40	0.67	12.75
	icta4	0.39	0.62	7.09		rti4	0.27	0.56	10.38

续表 5-2

内生潜变量	测量变量	R^2	标准化的因子载荷	T 值	外生潜变量	测量变量	R^2	标准化的因子载荷	T 值
EM	em1	0.41	0.64	-	RTD	rtd1	0.46	0.68	12.88
	em2	0.50	0.71	11.04		rtd2	0.63	0.79	15.19
	em3	0.42	0.65	10.41		rtd3	0.44	0.67	12.54
	em4	0.48	0.71	11.00	RC	rc1	0.31	0.55	10.42
	em5	0.30	0.54	8.74		rc2	0.41	0.65	12.81
	em6	0.54	0.72	11.22		rc3	0.56	0.75	15.38
	em7	0.50	0.69	10.85		rc4	0.43	0.65	12.87
ERS	ers1	0.28	0.59	—	RL	rl1	0.24	0.38	6.77
	ers2	0.54	0.67	8.59		rl2	0.33	0.58	10.87
	ers3	0.40	0.21	3.27		rl3	0.47	0.69	13.50
	ers4	0.45	0.70	8.72		rl4	0.35	0.58	11.06
ICC	icc1	0.40	0.62	—		rl5	0.37	0.61	11.66
	icc2	0.56	0.74	10.99		rl6	0.34	0.58	10.96
	icc3	0.33	0.58	9.17		rl7	0.38	0.62	11.92
	icc4	0.47	0.69	10.47	RE	re1	0.38	0.59	11.26
	icc5	0.30	0.55	8.75		re2	0.46	0.66	12.87
	icc6	0.33	0.57	9.02		re3	0.47	0.66	12.91
	icc7	0.45	0.67	10.30		re4	0.47	0.71	14.25

通过结构模型分析，可以评价理论设定模型的合理性，考察各个潜变量之间的相互关系，探讨其他竞争模型存在的可能性，并通过各个模型之间的比较来确定最终模型。通过路径分析及相应的 t 检验可以判定各个潜变量之间的相互关系，检验假定模型中各假设成立与否。各个潜变量之间结构关系的标准化路径系数和理论假设检验结果见表 5-3。结果显示，大部分路径的标准化路径系数

均通过显著性检验，相应的理论假设均得到了实证数据的支持。

表 5-3　设定模型的标准化路径系数、假设检验和拟合优度

理论假设和路径关系	参数	标准化路径系数	t 值	结论
H1a: RE→ICC	γ11	0.21**	1.98	支持
H1b: RE→ERS	γ12	0.20	1.15	不支持
H1c: RE→EM	γ13	0.45***	3.19	支持
H1d RE→ICTA	γ14	0.69**	2.14	支持
H2a: RC→ICC	γ21	0.65****	4.77	支持
H2b: RC→EM	γ22	0.59****	3.33	支持
H2c: RC→ICTA	γ23	0.08	0.03	不支持
H3:RL→ICTA	γ31	0.47****	3.38	支持
H4a:RTI→ERS	γ41	0.81****	7.50	支持
H4b:RTI→EM	γ42	0.70****	5.83	支持
H4c:RTI→ICTA	γ43	0.15	1.16	不支持
H5a:RTD→EM	γ51	0.17*	1.92	支持
H5b: RTD→ICTA	γ52	0.41**	2.37	支持
H6a:ICC→ERS	β11	0.34***	3.28	支持
H6b:ICC→EM	β12	0.21**	1.96	支持
H6c:ICC→ICTA	β13	−0.04	−0.27	不支持
H7a:ERS→ICTA	β21	0.15	1.20	不支持
H8a:EM→ICTA	β31	0.73**	2.13	支持

注：*表示显著性水平为 0.10；**表示显著性水平为 0.05；***表示显著性水平为 0.01；****表示显著性水平为 0.001。

拟合优度统计指标反映了结构模型整体的可接受程度，本文对模型的拟合水平进行检验，结果见表 5-4。一般认为卡方值与自由度之比绝对拟合指数在 2 到 3 之间是可以接受的，本模型达到理想水平区间；近似误差均方根 RMSEA 是比较理论模式与完美契合之饱和模式的差异程度，数值越小表示假设模型的契合度越好，等于或小于 0.05 为良好适配，但是一般学者认为只要小于 0.08，便可以

接受，本模型小于0.08；拟合优度指数GFI和AGFI、标准拟合指数NFI和非正态化拟合指数NNFI均达到了理想水平0.9；相对拟合指数CFI也大于0.9；简约的拟合优度指数PGFI、简约规范拟合指数PNFI也超过了基本要求。

表5-4 设定模型拟合度检测结果

拟合指数	x^2/d_f	P	RMSEA	NFI	NNFI	PNFI	CFI	IFI	RFI	SRMR	GFI	AGFI	PGFI
指标值	2.94	0	0.079	0.90	0.93	0.83	0.93	0.93	0.89	0.075	0.729	0.694	0.646
评判标准	2<<3	0	<0.08	0.9<	0.9<	0.8<	0.9<	0.9<	0.9<	<0.08	0.9<	0.8<	0.5<

对于包含较多变量的模型来说，完全达到一般认定的拟和优度是比较困难的。本模型包含了10个潜变量、44个测量变量，从分析结果可以看出，大部分拟合指数都表明模型拟合结果较好，虽有少数拟和优度指标未能达到良好标准，但也差距不大，因此，可以判定理论模型与样本数据拟合较好，理论模型的结构较为合理。

5.4.3 模型修正

通常为了探究更优模型存在的可能性，要依据设定模型的检验结果和修正指数对理论设定模型进行了逐步修正和检验，以便最终获得一个最优拟合模型。但需要指出的是：模型的修正不能单纯是为了追求检验指标，在一定条件下还要照顾到理论的完整性以及可解释性。

本文首先删除RC对ICTA的路径，得到修正模型M1；然后删除ICC对ICTA的路径，得到修正模型M2；再删除RE对ERS的路径，得到修正模型M3。在删除了设定模型中的不显著路径后，依据逐步推进的原则，的数值减少不再显著为止，同时保证在新构建模型的修正指数中没有突出的大数值。按拟合指数计算结果显示，同设定模型相比，最终模型的各项拟合指标都有了明显的改善：绝对拟合指数和近似误差均方根RMSEA的数值都明显降低，而其他的拟合指数都相应地提高。同时,最终模型中的修正指数 MI 中已不存在突出的大数值,再增加路径时,值不再显著减少。此时,最终模型中也不存在不显著路径,结合各种拟合优度指标综合判断,本文认定该模型为本研究的最优模型。最终模型的相关检验结果见表 5-5,模型拟合度见表 5-6。

表 5-5 最终模型的标准化路径系数、假设检验和拟合优度

理论假设和路径关系	参数	标准化路径系数	t 值	结论
H1a: RE→ICC	γ11	0.18*	1.71	支持
H1c: RE→EM	γ13	0.40***	3.08	支持
H1d RE→ICTA	γ14	0.22*	1.94	支持
H2a: RC→ICC	γ21	0.65****	4.94	支持
H2b: RC→EM	γ22	0.58****	3.37	支持
H3:RL→ICTA	γ31	0.41***	3.24	支持
H4a:RTI→ERS	γ41	0.83****	7.65	支持
H4b:RTI→EM	γ42	0.65****	5.89	支持
H4c: RTI→ICTA	γ12	0.21**	2.00	支持
H5a:RTD→EM	γ51	0.14*	1.72	支持
H5b: RTD→ICTA	γ52	0.21**	2.08	支持
H6a:ICC→ERS	β11	0.35****	3.51	支持
H6b:ICC→EM	β12	0.19*	1.79	支持
H7a:ERS→ICTA	β21	0.61*	1.72	支持
H8a:EM→ICTA	β31	0.32**	2.13	支持

注:*表示显著性水平为 0.10;**表示显著性水平为 0.05;***表示显著性水平为 0.01;****表示显著性水平为 0.001。

拟合指数	x^2/d_j	P	RMSEA	NFI	NNFI	PNFI	CFI	IFI	RFI	SRMR	GFI	AGFI	PGFI
指标值	2.85	0	0.076	0.90	0.93	0.83	0.93	0.93	0.89	0.073	0.73	0.70	0.65

5.4.4 实证结论

区域层面的经济环境、生活环境、人才成长支持政策,以及企业层面的实力声誉、企业管理等对产业集群的人才吸引力具有直接的显著影响;而区域人才引进政策、文化环境和产业集群特性对产业集群人才吸引力的直接影响并不显著,但它们通过影响企业的实力声誉与企业的管理,间接地影响产业集群的人才吸引力。主要有如下发现:

(1)生活环境对人才的吸引力产生重要的直接影响,在区域层面它甚至比经济环境和人才政策的直接影响更显著;

(2)经济环境对产业集群特性、企业管理以及人才吸引力都产生显著影响;

(3)区域的人才引进政策对人才吸引力的直接影响很小;但它不仅通过影响产业集群特性,还通过影响企业管理与企业声誉实力,从而间接影响人才吸引力;

(4)人才成长支持政策对人才吸引力产生直接影响,而且它对产业集群特性和企业管理也产生影响;

(5)区域文化环境对人才吸引力的直接影响很小,但它通过影响集群特性和企业管理来间接影响人才吸引力;

(6)产业集群自身的特性对人才吸引力不产生直接影响,但通过影响企业管理和声誉实力间接影响人才吸引力;

(7)微观层面的企业声誉实力和企业管理是影响人才流入的重要直接因素。

根据结构模型分析结果,本文建立了产业集群人才吸引力影响因素作用机制模型,见图5-1。宏观区域层、中观集群层以及微观企业层的各种因素都通过直接或间接方式影响着产业集群的人才吸引力:经济环境、生活环境、企业管理这些在第四章影响因素多层次模型中的核心因素,对产业集群人才吸引力的直接影响的确非常显著;人才引进政策和企业实力声誉,虽然在多层次模型中归入了外围因素，但其实也能为人才带来现实的物质利益，其直接作用也是非常显著；产业集群中间组织的特性，使其在人才吸引力方面也发挥着重要的中介作用，区域经济环境、文化环境、人才引进政策都通过影响产业集群，进而影响企业，间接地作用于人才吸引力。因此，加强产业集群的人才吸引力，更重要的是加强宏观层面的区域环境改善，提高企业组织的人才吸引力，产业集群则要发挥中间层次组织的协同作用。

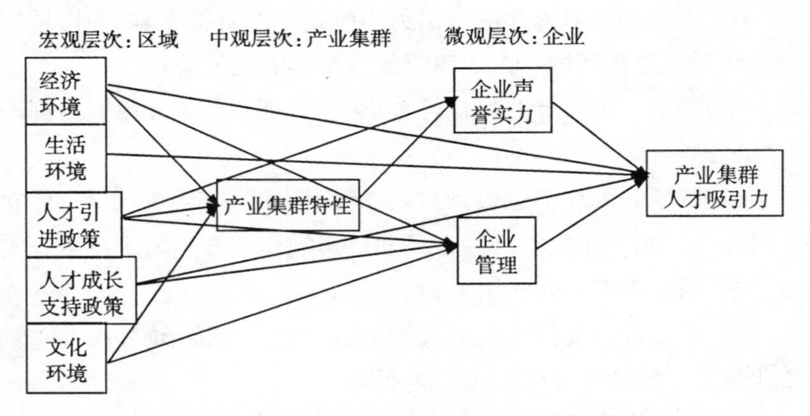

图 5-1　产业集群人才吸引力影响因素作用模型

5.5　本章小结

产业集群人才吸引力效应是由区域层、集群层和企业层多层面多种因素共同作用的客观结果，但产业集群各层因素对人才吸引力的作用机制是复杂的，本章充分考虑三层次因素之间的复杂的非线性层层嵌套关系，采用由外而内逐层分析的方法，深入地剖析了“区域—产业集群—集群企业”人才吸引力传导作用机制。

本章首先分析了宏观区域环境因素，包括经济环境、文化环境、生活环境、人才引进政策，以及人才成长支持政策，对产业集群、企业和人才吸引力的影响；然后深入地分析了中观产业集群的规模实力、区域品牌、社会网络、竞争协作等各具体的独有特性对企业和人才吸引力的影响;最后分析了微观企业层的企业实力声誉、文化与管理对人才吸引力的影响,并提出了系列的研究。

在此基础上,运用实地调研获取的数据,进行了测量模型分析和结构模型分析,并对初始的结构模型进行了修正,对初始的研究假设进行了实证检验,揭示了从宏观层到微观层不同因素对产业集群人才吸引力的直接影响,以及通过作用于低层次的其他因素,对产业集群人才吸引力形成的间接影响,最后建立了产业集群人才吸引力影响因素作用模型。

第6章 产业集群人才吸引力提升的协同整合策略

本文第三章通过理论论述和实证研究证实了产业集群人才吸引力效应的存在，即产业集群能够带来人才吸引力的非线性增长，它比非产业集群能够吸引到更多的人才，存在更大的人才吸引力，即 ICTA>NICTA，产业集群较分散企业组织更有人才吸引力，即 $ICTA=\sum OAi+\triangle_{IC}>\sum OAi$。本文第四、五章分析了区域政府、企业和其他法人机构在产业集群形成与发展中扮演的重要角色，产业集群人才吸引力受到多层次、多因素的共同影响，而集群本身在其中扮演着中间中介的重要角色。

根据协同理论，在复杂性系统中，组成系统的各要素之间存在着非线性的相互作用，要素之间互相联系、相互关联，要素与要素之间、要素和系统之间、系统和系统之间、系统与环境之间存在着协同作用，即协调、合作、同步、互补，系统从无序状态走向有序状态，即“协同导致有序”，整体效应增强。产业集群人才吸引力效应的存在且为正，即 $\triangle IC>0$，也是源于产业集群人才吸引的协同效应，产业集群人才吸引力是区域、产业集群和企业三个层次多种因素协同整合的结果，区域、产业集群和企业三方面在产业集群人才吸引力提升也应当承担自己的角色。本章将首先分析产业集群人才吸引力的形成路径,然后再提出各层面因素的自身强化措施,最后提出基于产业集群的协同整合策略,以为地方政府提升产业集群人才吸引力提供参考建议。

6.1　产业集群人才吸引力提升的基本路径

产业集群人才的吸引和集聚本身是由各方面原因综合导致的,但多个层面作用的集成存在着三种可能:1+1>2,即功能或效益的非线性增长,称之为协同整合集成;1+1=2,即功能或效益的简单加和,称之为简单累加集成;1+1<2,即功能或效益耗损,称之为低效或负效集成。而产业集群之所以能够吸引到更多的优秀人才,形成人才集聚现象,本文认为,正是因为存在着产业集群人才吸引具有协同效应和自增强效应的双重作用。

1)协同效应

协同效应是协同理论的核心内容。协同理论(synergetics)由物理学家哈肯(Haken,1971,1976)创立,主要研究远离平衡态的开放系统,在与外界有物质或能量交换的情况下,如何通过自己内部系统有序结构形成的内驱力,自发地形成时间、空间和功能上的有序结构的机理和规律。系统有序结构形成的内驱力就是协同作用;任何复杂系统,在外来能量作用下或物质聚集态达到某种临界值时,子系统之间就会产生协同作用,能使系统在临界点发生质变产生协同效应,使系统从无序变为有序,从混沌中产生某种稳定结构。

协同效应是指协同作用产生的结果,是复杂开放系统中大量子系统相互作用而产生的整体效应或集体效应。系统能否发挥协同效应是由系统内部各子系统的协同作用决定的。如果系统内部,人、组织、环境等各子系统内部以及他们之间相互协调配合,共同围绕目标齐心协力地运作,那么就能产生 1 + 1> 2 的协同效应;反之,如果系统内部相互掣肘、离散、冲突或摩擦,就会造成整个内耗增

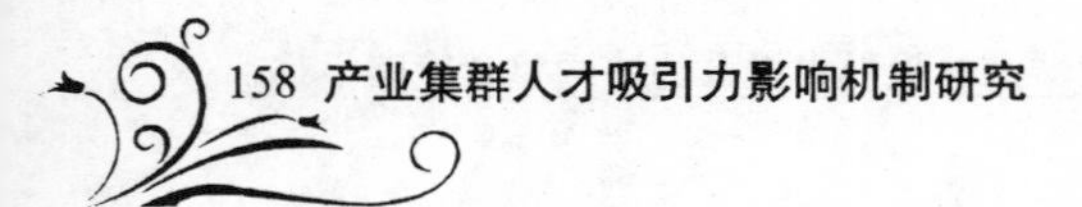

加，子系统难以发挥应有功能，整个系统陷入混乱无序状态。

产业集群的形成和发展过程本质上讲是一种复杂系统的自组织协同过程，是一种从混沌到有序的质变过程，是系统从无联系状态到选择某一种方式建立内部联系的过程（李刚，2005）。李兴华（2003）指出，产业集群是大量专业化分工的企业在空间地域上的集聚体，与区域内其他行为主体结成的紧密协作的生产体系，具有很强的协同效应：在生产上，集群内企业间通过分包和发包的方式，充分利用生产设备等资源，避免设备闲置或设备不足现象出现；通过专业化分工，上下游企业间在生产品种、批量、进度等方面合作，减少积压浪费；通过人员间的交流，先进的生产技术和经验得到迅速传播，节约企业资源，避免企业重复技术开发；通过结成企业采购同盟，提高讨价还价能力，压缩产品生产成本。在技术上，集群内同类企业或上下游企业间可以联合进行技术研发，减少单个企业新产品研制费用，分散企业投资风险，实现上下游企业生产上的无缝衔接等。在管理上，成功的管理经验能够迅速地在集群内扩散，改善企业的管理效率，成功的企业还可以受托对其他企业经营管理，增加本企业利润，降低其他企业的管理成本。在销售上，集群内企业可以共同组建营销队伍，或是委托其他企业的营销部门代为销售；共同建设分销渠道，或者租用其他企业的分销网络；联合进行品牌宣传、产品推广或促销；共用仓储设施和运输资源；建立共同的售后服务网络等，降低企业销售成本。产业集群形成与发展中，要素资源整合的协同效应不仅包括一般意义上的资本、劳动力、自然资源，还有企业家资源培育及其在发展中担当的作用，以及地方政府、行业协会、金融部门与教育培训机构对产业发展的协同效应（张焕明，2007）。

产业集群竞争优势也来源于构成集群的各主体之间的互动所产生的协同效应，来源于集群对外部资源的吸收和对内部资源的充分整合利用，即在资源“整合”基础上所产生的销售、孵化和创新的

"联系和集聚"(association and clustering)能力,集群组织产生协同效应的最大化,创造出高生产率,最终表现更高的财富创造能力(Krugman,1998;Reiljan,2000)。李辉和张旭明(2006)指出,产业集群作为一个区域经济系统,具有分工协同、制度协同、集聚协同和竞争协同等四方面的协同效应:高度专业化促进收益递增、交易制度优化提升市场效率、外部经济降低成本、成本差异创造竞争优势。提升产业集群的协同效应、规避集群风险、预防集群衰退可以借助于产业集群治理,即集群的内部治理,产业集群的治理逻辑由集群成员间的关系、互动与协同构成,要以产业关联和社会关系为联结,以集群成员之间的信任为基础,以保证集群整体利益最大化的前提下寻求集群成员合作利益的最大化为目标,集群内所有利益相关者共同参与(杨慧,2006;2007)。

产业集群人才吸引力效应利用协同理论解释,也是一种协同效应,就在于集群系统能促进集群系统本身、集群子系统以及集群系统环境提高效率、良性发展(李辉,张旭明,2006),通过对内外部资源的整合,实现了正的协同效应。首先,产业集群自身结构性嵌入于集群环境中,与集群的经济、文化、制度、基础设施等软硬件设施产生互动,产业集群的发展推动了区域经济的发展和区域人才环境的改善,直接增加了对人才新的需求数量、质量和结构的要求,提高了人才流入的总体收益,增强了区域的人才吸引力(孙健,盖丽丽,2008)。其次,产业集群的特性影响着集群内部企业的特性,提升了企业的实力声誉和管理水平,增强了企业的人才吸引力,但单个企业对于区域人才吸引力的影响仍然是非常有限的,产业集群将集群内部企业组织的人才吸引力协同整合形成巨大的产业集群整体人才吸引力,吸引着外部人才源源不断地流入,才最终形成人才吸引力的正效应。

2)自增强效应

缪尔达尔(1991)的"循环累积因果"理论认为,社会经济发展过程是一个动态的各种因素相互作用、互为因果、循环积累的非均衡发展过程,社会经济的变动由技术进步、社会、经济、政治、文化和传统等多种因素决定;经济发展不只是单纯的产出增长,还会引发整个社会的生产条件、生活水平、态度、制度和政策等因素的变化,而这一切又是相互联系、相互影响、互为因果的,产生一个循环累积的过程:任何一个因素产生的"初始变化"都会引发其他因素的相应变化,进而产生"次级强化"运动,最后产生"上升或下降"的结果,反过来又影响初始变化,如此循环往复的累积,导致经济过程沿初始因素发展的方向发展、不断演进。在产业集群的人才吸引上,同样也存在着循环累积因果的自增强效应:

首先,产业集群自身具有循环累积强化效应,对资源的吸引也有加速强化趋势。最初的产业集聚可能是由于一种历史的偶然,而当产业集群形成后,将可以通过多种途径,如降低成本、刺激创新、提高效率、加剧竞争等,形成一种集群竞争力,给集群内企业带来的集群外企业无法取得的收益,诱使集群外企业为享有这种外部性纷纷携带资金、技术、劳动力等资源向集群集聚,进而形成一种路径依赖(path dependence),初始的优势因路径依赖被不断放大,并产生"锁定"(Lock-in)效应。由于外部经济规模和路径依赖的存在,导致了集聚的自我强化,出现一个自我强化的循环,这个循环能促进它的发展,尤其是当地方机构持支持态度和地方竞争富有活力时更是如此(陈柳钦,2005)。集聚经济优势使产业集群的生产效率、创新效率提高,产业竞争力增强,企业产品生产开始多样化,创新人才和管理人才需求量扩张,人才的名义和实际工资也大幅增加,就业机会增多,生产要素有从价格较低地区流向价格较高地区的倾向,工资水平和就业机会进一步导致大量产业集群外部的人才受到吸引,从各个不同的区域涌入特定产业集中区域(梁琦,2004)。

其次,产业集群促进了区域经济的发展和企业实力的提高,也增强了人才吸引力。产业集群推动了区域经济的发展,带来了相关配套产业，生活消费、住宅、能源、交通、通讯、文化教育、医疗卫生、金融、物流、咨询等基础产业，以及服务产业等的快速发展，增加了区域对各类人才的需求，产生就业乘数效应（张炳申，2003）；产业集群还增加了对政府、公共以及民间机构的影响（波特，1998），提高区域无形资产(周兵，蒲勇键，2003)，也有利于区域的人才集聚；人力资本增加又推动了区域经济增长（Jones, Manuellin, 1990; Rebelo, 1991；Lucas，1993；张焕明，2007），又会引发产业集群人才吸引的自增强效应。产业集群将许多单个的、与大企业相比毫无竞争力的中小企业用发达的区域网络联系起来，实现高效的网络化的互动和合作，通过本地化嵌入克服其内部规模经济的劣势，使其生存下来，由于产业集群共享的配套设施、人才市场以及市场网络等因素在特定区域的经济社会环境中的固着特性，具有较深的根植性，外部企业也了获取这种优势也被大量吸引流入，而产业集群内部的竞争自强化机制形成"优胜劣汰"的自然选择机制，刺激企业创新和企业衍生，提升了企业实力，也增强了集群的整体竞争力。产业集群人才的集中就意味着技术、知识等创新要素的集中，有利于企业的创新活动，增强了企业实力，也有利于企业人才的获取，又增强了企业实力，反过来又有利于人才集聚，形成了正向的良性循环。

第三，产业集聚带来人才集聚，人才集聚又与产业集聚、区域经济发展和企业实力增强形成一种互动关系。人才集聚具有物质资本和人力资本聚集的双重功能，带来了正向的经济效应，包括：专业化、协作与分工（赵祥宇，2004)。牛冲槐（2006）将集群人才集聚效应概括为：创新效应、区域效应、时间效应、规模效应、激励效应、信息共享效应、知识溢出效应、集体学习效应。罗永泰(2005)则将集群人才集聚效应概括为：竞争和合作效应、学习与创新效应、品牌与名人效应、马太效应。由于人才集聚效应的存在，就业密度增加，平均劳动生产率提高，人才集聚进一步推动了产业集聚和区域经济的发展(Ciccone，2002)。

最后，人才集聚发展了社会网络，有利于人才集聚。外地人才在做迁移决策时，不仅要考虑两地之间直接的收入差距，而且还要考虑到就业机会大小、目的地的就业信息提供和帮助。非正规求职方式，特别是通过亲戚朋友等社会网络寻找工作是发展中国家，包括中国的一种重要途径（Banerjee，Bucci，1995；边燕杰，2001；赵延东，2002）。移民关系网络和累积效应理论认为，移民网络是一种社会资本，它由一系列人际关系组合，其纽带可以是血缘、乡缘、情缘等；移民网络也是一种重要的中介，先前的迁移可以为后来者提供更准确、更广泛的信息传播和其他方面的帮助，减少移民成本和迁移风险，预期纯收入可能会增加；移民网络一旦形成便具有“乘法效应”，并使移民过程获得自行发展的内在机制，像滚雪球一样越滚越大（Massey，1990）。而产业集群的人才集聚带来了社会网络的扩展，使其发达的社会网络不断延伸，不仅包括本地化网络，也包括延伸到外地的同乡网络、同学网络和同行业网络等等，通过密集的社会网络和个人联系等非正式途径，将产业集群的就业信息传递出去，而人才在信息环境不确定的情况下，行为易受到其他人才的影响，模仿他人决策，或依赖舆论，向某一地区流动，引发了人才向产业集群集聚的“羊群行为”（朱杏珍，2002），对人才的集聚也具有了强化作用。

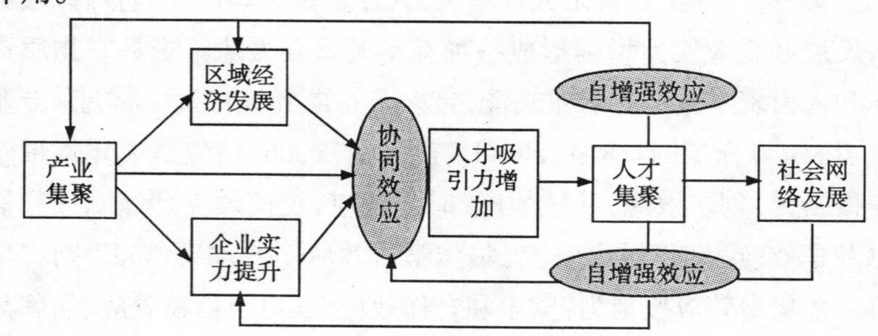

图 6-1　产业集群人才吸引力提升的路径

综上所述，产业集群的人才吸引力提升中具有协同效应和自增强效应双重效应。作为地方政府或者产业集群组织而言，首先充分发挥协同效应，采取措施加强人才吸引力的协同整合力度，提升人才吸引力，然后再借助于人才集聚的自增强效应，加速人才的吸引和集聚，是简便高效的产业集群人才吸引力提升路径。

因此，要提升产业集群人才吸引力，首先需要各层面因素本身具有正向的积极作用，然后要通过种种协同作用，将内部各企业分散的人才吸引力与有形无形资源整合为产业集群整体的人才吸引力，既要提高OAi，也要提高△IC，才能最终实现ICTA的整体提升。在此基础上，本文认为，营造良好的区域宏观人才环境、建立集群中观的人才吸引机制，以及优化企业微观人才环境都是必须的前提，而通过产业集群的中间性对于部分关键要素从宏观、中观到微观实行协同整合，产生正向的协同效应，则是产业集群人才吸引力提升的关键。

6.2　营造良好的区域宏观人才环境

作为一种市场与企业之间的中间性组织，地理邻近性的特点也使得产业集群嵌入于特定的区域环境中，产业集群的人才吸引也必然嵌入于区域人才环境。区域人才环境是人才赖以生存、得以发展的社会环境和自然环境，其内容非常广泛，涉及政治、经济、文化、教育、地理环境等各个方面，是一个庞大的复杂系统（王顺，2004）。区域人才环境包括影响人才流入和保持的各种外部要素，既包括自然环境，如地理区位、气候等无法改变的因素，也包括社会环境，无论是经济环境、生活配套等硬环境，还是文化政策等软环境，都是可以改变的，也是体现地方政府人才吸引能动性的关键环节。

波特(1990)认为，任何产业、任何集群，如果使用先进技术，有受到良好培训的人员，都能提高生产率，只要是用先进的方法从事这些行业，那么“所有的集群都是好的，不应挑选集群，而应该扶植所有的集群”，政府不要去干预市场、扭曲竞争，而应去寻找制约集群发展的因素，着手加以解决。从经济学的角度上讲，为了支持产业集群人才的吸引，政府机构或各类组织都必然要投入一定的人、财、物力资源，如信息系统建设、住房建设、迁移费和公共服务等等，建设良好的人才环境，包括创新人才管理机制，营造优于人才原地的政策环境；升级企业用人理念，营造良好的环境氛围，增强人才集聚能力；加快人才载体建设，不断优化创业平台；优化人居环境，增强市民包容性（赵丽，张振明，2005；朱杏珍，2002）。孙健等（2004）指出，二次世界大战后经济发展较快的国家和地区，都是走以人才集聚为依托的经济发展道路，其成功经验包括：及时调整产业结构；巩固基础教育积极投资高等教育事业；合理配置科技财力资源和科技人力资源；实施人才回流政策；实行以人才集聚为目的国际合作。

根据前文对产业集群人才吸引力作用模型的研究，优越的生活环境、更高的经济发展水平及灵活的人才政策是直接吸引人才迁移的重要原因，文化环境与经济环境还通过影响产业集群特性进而影响企业管理和企业实力声誉，增强人才吸引力。

（1）改善经济环境。经济发展本身也是产业集群直接带动的结果，产业集群在区域经济发展中发挥着重要作用（Scott，Storper，1992；Hill，2000）。地方政府在引导产业集群发展，吸引高层次人才时，需要注意，经济基础是社会发展的根本和前提，决定了为人才提供的必要生活和工作基础条件。首先，人才获取的直接经济收入，是其在该地区享有的待遇和自身价值体现，也是人才关心的最主要问题之一。塑造良好的经济环境，制定科学合理的人才使用价格，规范人才的收入待遇，可以提高人才流入的总收益；活跃规范发达的人才市场，在人才的供需双方之间做好服务工作，为人才的自由流动创造条件，实现人才资源的市场化配置，满足双方的需要，使“物尽其用，人尽其才”，并给人才提供了更多的就业和发展机会；一地的经济繁荣，需要活跃的企业和创业活动，政府把创业的自由度扩展可以激发集群内部的变革，提高集群对外部变化的适应性，保持和促进集群的繁荣，政府提供宽松的商业环境，为企业经营和创业者扫平创业障碍，提供更大自由度，鼓励个人创业，企业自由进入、自由经营、自由交易、自由融资、自由择业、自由转产、自由用工、自由扩张，也利于吸引更多的企业和人才加入。

（2）完善生活配套环境。除了具有一定的经济基础和社会基础设施外，生活配套环境的改善，可以提高人才的生活质量。改善城市基础设施，美化城市，建设天蓝、山青、水秀、地绿、景美、气净和环境优美的生态景区，维护社会治安，提高城市宜居性，对于留住优秀人才是必不可少的措施；加大科技教育、医疗保障投入，发展专业培训机构，改善国民素质状况，增加了一个地区未来发展的潜力，也为人才成长提供了环境依托；适度平抑房价，加大住房保障制度建设，对特殊人才进行住房的实物或货币补贴，对于人才吸引也具有较好的效果。部分城市房价过高，造成人才的生活成本上升，特别对于中青年的科研人才骨干全家迁移造成了重要障碍已经被一些城市发觉，因此改善居住条件也成为吸引人才的必要措施。据《中国城市竞争力报告 NO.1》研究，在全国两百余个城市中，北京聚集了全国最多、最优秀的人才精英和科研机构，基础研究能力强，人才竞争力和科技竞争力居全国第一，在人才的质量、数量和潜力方面优势明显，但是北京在实施吸引人才的优惠灵活政策方面，在降低生活成本、改善人才待遇方面，仍然有许多地方需要改进。

（3）消除人才流动障碍。政府人才政策在消除人才流动障碍，促进人才流入方面发挥着积极作用，虽然不能直接增强产业集群的人才吸引力，但是却能为企业减轻引进人才的成本和负担，支持了企业人才引进工作。培育人力资源市场、参与国际劳动力市场、进行户籍制度改革、鼓励人才“柔性流动”、实行职业资格认证和指导、进行人事代理、健全和完善社会保障制度，消除了人才流动的后顾之忧，对企业形成有力的支持。栗娜和曾晓萱（2000）对台湾吸引海外人才发展高科技产业的措施进行了研究，指出设立专门机构，制定专门方案，建立海外科技人才档案，通过多种方式加强与海外留学人员的联系，创办新竹科技园区为海外学人返台创业提供理想环境等措施是台湾成功吸引海外人才的关键。刘权（2003）论述了广东省吸引海外华人人才策略，这些策略包括改变人才判断标准的唯学历论，深入关怀了解留学人才群体，用信息时代眼光看待人才回归方式，防止出现新的不公平政策，人力资源配置走向市场化。池仁勇和葛传斌（2004）指出，英国生物技术企业集群形成与发展的支撑体系中，高质量的生活、秀丽的风景和国际化的大都市都是吸引国际人才的重要因素，但更重要的是英国具有一个比较健全的劳动力市场和用人机制：开放的劳动力市场，低个人所得税，科学的股权激励，是其能够从美国吸引大量生物技术人才回国工作的主要原因。

（4）加大人才成长支持力度。在区域人才政策方面，传统的人才引进政策已经广为应用，趋于同质，对人才吸引力的直接影响越来越弱，而人才使用中成长支持政策的作用显得额外重要，因此，区域人才政策必须从简单地依靠消除流入障碍的人才引进政策向人才引进后的使用支持政策纵深，不仅是要引进人才，更要关心人才创业和发展保障状况，支持人才的成长，发挥人才的潜能，才能长久地保持人才吸引力，并且对于产业的发展和升级，提升地区的竞争力要素也非常重要。政府首先应创设系列制度为人才成长塑造一个公平竞争环境，建立人才成长激励机制，包括事业发展空间、人才发展自由度、竞争激励机制、合理流动机制、利益分配机制等；其次，应为人才提供一个良好的创业载体和舞台，为初次创业者提供安全、完善的工作设施和廉价的创业场所，提供专业化和多元化的孵化器，提供创业资金的扶持与奖励，支持与资助企业建立博士后工作站、博士后创业中心以及人才基金、风险基金等；最后，政府还要注重对劳动力的培训，特别是加强职业技能培训和对在岗技术人员的培训，变劳动力的数量优势为质量优势，将低技术的劳动力转化为高技术的人才资源,从而进一步提高劳动生产率。

（5）建设文化环境。文化环境是区域竞争的软实力的重要组成。良好的文化环境,具有广阔的包容能力,不仅能够对外来人口保持一种开放的心态,还能鼓励人们的创业行为,包容人们的失败。浙江区域经济发展中,创新意识、奋斗精神、家族脉络等文化因素,造就了独特的草根经济;广东岭南文化的开放与包容,使它充分利用港澳、东南亚,以及华侨华裔等地缘、人缘和社会文化优势,吸引大量外来技术与投资,以乡镇企业和外资企业为依托发展外向型经济,融入全球制造生产链,形成了许多内生型制造业集群、外生型制造业和高科技产业集群。而中西部诸多地区的“小富即安”、“怕出头冒尖”、“比上不足,比下有余”的消极保守思想以及“官本位”、“唯官”、“唯上”的观念也常常成为经济发展的羁绊,因此转变思想观念,塑造适宜集群成长和人才吸引的文化环境也非常关键。

营造良好的区域宏观人才环境,需要地方政府根据本地产业集群的特点,因地制宜,采取恰当的举措。例如,邓建清、尹涛和周柳(2001)在对广州4025名高级人才进行调查结果表明,能较好的发挥专业特长、寻找个人创业机会、增加经济收入吸引是吸引人才选择广州工作的主要原因,高级人才对政府产业支持政策、优秀人才奖励政策持支持态度;对住房、个人收入及子女受教育条件较为满意;但认为居住环境、城市交通和社会治安有等加强。

6.3 增强集群内部企业人才吸引力

企业是人才在产业集群工作的最终落脚点,多数人才都需要进入产业集群中的某个企业发挥作用,无论是组织吸引力以往的研究成果,还是本文第五章的研究,都表明企业自身的特性在人才吸引方面的是最重要的直接因素。组织为了获取人才,必须先确保组织本身具有足够的魅力,能够吸引一定数量的合格求职者愿意前来应征和接受雇佣。

Rynes 和 Barber(1990)也指出,20 世纪的劳动力短缺现象促使组织必须努力提高求职吸引力,以前的许多研究都是针对求职者的认知出发,而不是组织角度出发,没有提供统一的理论或操作指南指导组织如何应对这种局面,因此他们从组织的视角开发出一个求职者吸引力的模型,勾勒出微观上可以增加求职者吸引力的三个战略,包括改变招募实践、关注非传统的求职者和修改招聘诱因。Hiltrop(1999)指出,要吸引和留住员工,企业必须将吸引和留住员工当作最重要的管理决策,一线管理人员必须全面负责吸引和留住自己需要的员工;培养、挑选具有战略资源管理能力、人员政策和经营管理能力、人员配置管理能力和应对各种变化的管理能力的人力资源管理人员;制定企业政策,扩大企业在人才市场上的吸引力;提供现实的工作预期,为新员工提供正确的信息,降低雇佣初期的流动率;在企业内部建立优秀的员工队伍,创造正确的员工价值观,给员工创造挑战和增加工作经验的机会,给员工提供学习和自我发展的机会,对员工的自我发展提供信息和支持,建立职位晋升计划,鼓励内部招聘和提升,根据员工对公司的贡献提拔。蒋耀斗(2001)也从企业层面提出了企业吸引人才的具体措施,其中主要包括制度留人、待遇留人、感情留人三个方面。

根据前文对产业集群人才吸引力作用模型的研究,企业实力声誉、企业文化与人力资源管理都是直接吸引人才的重要原因。结合前面章节的研究,本文认为:增强组织实力,提高组织声誉,确保组织本身具有足够的魅力,能够吸引一定数量的合格求职者愿意前来应征和接受雇佣;加强企业文化建设,提高人力资源管理水平,则不仅能够吸引人才,更能留住已经吸引到的人才使其在企业中不断成长。

(1)增强组织实力,做大做强企业。Barber 和 Wesson 等(1999)以 585 位大学应届毕业生为样本进行问卷调查,发现 60%以上的求职者偏好大型企业,而不愿意去中小型企业求职。Lievens 等(2001)

针对395名应届毕业生进行的研究中也显示，求职者更容易被大规模、分权及跨国性的组织所吸引。因此，增强企业自身实力，提升企业生产规模和行业地位，地方政府和产业集群应支持龙头企业的发展，鼓励企业兼并重组，做大做强，是增强企业人才吸引力的一条根本途径。

（2）改善企业形象，提高企业声誉。对企业形象的认知是吸引求职者的基础，Gatewood、Gowan和Lautenschlager(1993)认为，公司形象与获得的信息相关，对同一家公司，不同的求职者对其公司形象和招募形象会产生不同的印象，他们利用广告属性的多维量表评价潜在求职者形象，显示整体声誉（如财富杂志的评价）、对公司的熟悉程度、认识公司员工、使用公司产品或接受公司服务，接触公司广告，都与公司形象相关，良好的公司形象和招募形象对人才的吸引力产生显著的积极影响。Davis (1973)、Fombrun和Shanley(1990)、Rynes(1991)、Turban和Greening (1997)指出，公司的社会责任行为对公司形象产生积极的影响，并能增强公司的人才吸引力，通过吸引高质量的员工，形成企业的竞争优势。因此，企业要主动承担社会责任，关注社会绩效，改善企业形象，积极传递关于公司的正面信息，提高在人才市场上的知名度和美誉度。

（3）加强企业文化建设。知识经济时代，高薪酬福利不再是吸引人才的唯一条件，人才更看中企业的形象、品牌和发展潜力等因素，而这些都深受蕴藏在企业中的企业文化的影响。与传统的薪酬福利相比，企业文化更强调企业精神、全体员工共同的价值取向及在此基础上形成的凝聚力、向心力，是一种柔性的管理。企业文化是一个企业的核心精神与内容，成功的企业都有自己独特的企业文化，企业文化建设从全局出发：首先需要树立正确的、有利于企业生存发展的价值观念，确立正确的作为企业经营管理方法论原则的企业经营哲学，形成自己的经营理念，经营者需要对企业的经营状况和特点进行全面的调查，运用某些哲学观念分析研究企业的发展目标和实现途径，并将其深透到企业每个管理者的思想深处，变成大家处理经营问题的共同思维方式；其次，需要确立正确的管理理念，管理活动根植于文化、社会、传统、风俗、信念及各种规章制度中，管理的本质是一种文化，企业文化要以人为本，尊重人的感情，在企业中营造团结友爱、相互信任的和睦气氛，强化了团体意识，使企业职工之间形成强大的凝聚力和向心力（陈志军，郑顺添，沈静，2003）。

（4）规范企业管理，提高人力资源管理水平。企业的管理必须制度化、规范化，才可能持续地发展壮大，人才的管理要由注重人才的使用转移到注重人才的开发，实现人才与企业的共同成长。Bretz和Judge（1994）认为，人力资源系统对求职者做出工作选择决策非常重要，当人力资源系统与个体的特性匹配时有助于接受工作。人力资源管理工作的加强，需要从招募活动环节开始，企业在招募人才的过程中积极传递出求职者重视且与未来工作有密切相关的信息，进行准确的真实工作预览，增强人才对企业和工作属性的认知，帮助其了解未来即将任职的组织，能够降低求职者的不确定性，吸引他们投入求职活动（Turban，Forret，Hendrickson，1998）。此外，给予公平的具有竞争力的薪酬制度和完善的福利保障制度、基于奖励原则的绩效管理，提供更多的专业能力发展和升迁机会，关注培训、职业发展等活动，鼓励高水平的员工参与、团队工作，赋予员工更多的自主性和决策权，这些人力资源管理活动也是组织吸引人才的有力“武器”。

6.4 加强集群中观协同机制建设

根据前文对产业集群人才吸引力作用模型的研究，产业集群的实力和氛围对于集群内部企业的实力声誉、企业文化与人力资源管理都会产生影响，从而间接地影响人才吸引力。结合前面章节的研究，本文认为，产业集群在人才吸引力的提升上，一方面需要增强产业集群层面自身实力，营造集群氛围；另一方面，产业集群在企业和区域之间增加了一层特殊组织，使企业与区域的嵌入更紧密，故更需要利用产业集群的中间组织特性，对区域和企业进行协同整合。

（1）增强产业集群实力，提升行业地位。产业集群的人才流动趋势受到产业集群经济规模和发展速度的影响，产业集群发展快速时，工作机会增多，吸引人才流入；反之则人才流量减少。我国产业集群规模不断做大的同时，也存在许多问题，如产业配套不完善，产业集群内部产业链条较短，企业往往只是在生产环节相互配套，而在产业链共性技术、基础研究、产品开发、工业设计以及相关配套服务方面相对欠缺，因此产业集群多属于低技术含量的劳动密集型制造业，凭借简单低成本的劳动力过密投入，进行价格竞争以赢得市场，生产规模庞大，却没有定价权，处于全球价值链的低端。波特（1990）在《国家竞争优势》就指出，“当一个国家把竞争优势建立在初级生产要素上时，它通常是浮动不稳的，一旦新的国家踏上发展相同的阶梯，也就是该国竞争优势结束之时”。国内外经验和历史证据都表明，如果一国的产业集群仅仅将自己的竞争优势构建在劳动力等初级要素的基础上，那就极易陷入低技术、恶性竞争和反倾销制裁、被竞争者替代等陷阱之中。在劳动力成本上升以及人民币升值的双重背景下，产业集群增强自身的竞争能力，必须推动产业结构调整和升级，增强集群的整体科研创新能力，努力摆脱低成本制造的低端形象，由低技术向高技术含量转变，促进集群在技术层面上和价值链层面上的双重升级，提高集群档次。只有占据技术变化的前沿，突破现有的技术水平上，才能提升其在行业中的地位，提升对于高端人才的吸引力。顺德已成为全国最大的空调器、电冰箱、热水器、消毒碗柜、空调压缩机等家电生产基地，也是全球最大的电风扇、电饭煲和微波炉供应基地，一定规模以上的家电生产企业及配件类企业超过2000家，2005年顺德家电集群销售收入超过810亿元，总产值约占全国家电总产值的15%。顺德规划将国家火炬计划顺德家用电器产业基地建设成为一个以新型家电产业为特色，适合市场运作机制，集研究开发、成果转化与应用等功能为一体的具有世界影响力的新型家电产业基地，到2010年，整个产业基地将实现家电工业总产值1500亿元，销售收入1450亿元，利税98亿元。基地内将形成超100亿元企业5家以上，超50亿元企业10家以上，超10亿元企业30家以上的家电企业集群。

（2）加强集群环境建设，提升软实力。产业集群由于空间接近性和产业关联性，形成了共同的产业文化背景，不仅可以加强显性知识的传播与扩散，促进知识溢出，而且更重要的是可以加强隐性知识的传播与扩散，并通过隐性知识的快速流动进一步促进显性知识的流动与扩散。良好的产业氛围，知识共享、开放创新、宽容失败，鼓励交流合作，便于人们的成长、流动、创业，增强人才流动的粘滞性，使得人员对于集群的工作嵌入程度更高。美国硅谷以产业集群为基础，企业之间开展激烈的竞争，同时又通过非正式交流与合作相互学习，松散的班组结构鼓励企业内部各部门之间以及部门与公司外的供应商、消费者的交流，企业各个部门职能界限相互融合，各企业之间的界限、公司与贸易协会和大学等社区机构的界限也被打破，正是由于人们围绕着某一行业专业技术而形成的非正式组织使其形成了一种自我支持的创新氛围，吸引世界各地创新人才的涌入。因此，地方政府需要加强集群软环境建设，优化集群企业、人才的竞争合作关系，构筑产业集群人才吸引的软力量。

（3）发挥集群中间组织作用，实现人才吸引力的协同整合。产业集群不是正式组织，缺乏政府和企业的严格制度约束，因此，产业集群的人才吸引力的提升，不仅需要从产业集群自身，如行业协会等方面付出努力，更需要地方政府和企业采取措施，因此需要从地方政府-区域层；企业；行业协会-产业集群层多个层面同时采取措施，将各层面的人才吸引力协同整合，实现产业协同、市场协同、品牌协同，以及文化协同。

6.4.1　产业协同策略

产业集群内的企业间存在错综复杂的横向与纵向产业联系，集群内企业的连接包括创新链和产品链的连接(Hoen ,1997)。同样，产业集群的产业协同，不仅要包括产品链的协同，也要包括创新链的协同，需要跨越生产协作、研发协作、营销协作等生产经营的各个环节。我国是发展中国家，产业集群发展仍处于初级阶段，粗放发展，国际竞争力仍主要表现在劳动力的比较优势上，许多地方仅为同类型生产企业的集聚，大量中小企业在相同的区域集聚生产同质化产品，企业之间竞争激烈，而企业合作主要集中于产业链的制造环节，缺乏研发与营销等上下游环节的支撑，技术创新能力和自主品牌薄弱，市场竞争手段也完全依赖较低水平价格竞争，甚至会经常出现恶性压价、低价倾销现象。佛山依托专业镇、工业园区和特色产业基地发展起来的以中小企业为主的产业集群，构成了其产业发展的显著特色，属下 14 个中国产业特色镇的产业集群基本涵盖了全市的支柱产业和特色产业，如建筑陶瓷、不锈钢、铝材、服装面料、日用五金、袜业、牛仔服装、家具商贸、纺织、建材出口、内衣制造、饮食等，但都属于低成本制造型产业集群的典范，产业的协同集中在制造环节的分工协同。

在经济全球化的新世纪，“现代竞争取决于生产力，而非取决于投入或单个企业的规模；生产力取决于公司如何竞争，而非它们在何领域竞争；如果公司运用熟练的方法和先进的技术，提供独特的产品和服务，那么鞋业、农业或半导体产业都能产生较高的生产力；所有产业都能够运用先进的技术，所有产业都能成为知识密集型产业”（波特，1998）。产业集群发展中的产业协同，必须要努力优化产业结构，延长产业价值链，由生产链协同向创新链协同纵深发展，从单纯的低附加值制造环节向高附加值的研发、营销等创新环节延伸，将制造主导的集群升级为创新主导的集群，培育市场竞争力，争取产品定价权，走差异化竞争的道路，要以欧美成功的产业集群，如美国的硅谷、意大利的皮鞋、法国的时装等为学习榜样。我国产业集群人才吸引力提升中的产业协同，重在提升产业集群的档次，顺利完成产业的升级，吸引更多高层次人才的集聚，维持产业集群的持续竞争优势。

（1）政府部门需要制定产业集群的专项规划，完善制度环境。通过形成可操作性强的法规保障体系，积极制定行业标准，扶持龙头示范企业，引导产业集群的健康发展和产业升级，防止“柠檬市场”和恶性价格竞争。当年浙江永康的保温杯市场，就因为缺乏行业的规范约束，对价格竞争的过度偏好，弱化企业自主创新动机，产品同质化严重，恶性的价格战引发偷工减料、以次充好、以假乱真等败德行为，最终摧毁了集群产品的整体形象，整个产业集群从此覆没。而温州的鞋业和低压电器在20世纪80年代，由于政府的果断出手，及时启动了“质量兴市，品牌兴业”的工程，打假冒伪劣、消除无序竞争，鼓励各行业协会制定商标侵权、产品仿冒、互挖人才等问题约束机制，组建信用中心，淘汰一些偷工减料的企业，使诚信经营的企业脱颖而出并创立了品牌，提升了整个地区的产业规模和档次。佛山分布着五个国家级纺织服装名镇业已形成强大产业配套能力和品牌影响力，南海的西樵经不懈努力成为了“中国纺织工业协会产业升级示范区”，是我国首个产业升级示范区，并以此为契机积极开展产业结构调整和技术改造，将纺织产品上升到国内中高端市场，以高质量、高品位、多品种、多名牌提高附加值，树立新时期的信誉，打造纺织集群区域品牌，在行业中起到示范作用。

（2）鼓励成立产业集群的行业协会，提高产业集群整体效益和内部分工效率。由于产业集群组织的中间性，缺乏正式组织存在的严格规则和等级制度，企业目标多元化，组织联接具有随机性、非制度化特征，政府又不便直接管理，没有组织功能的集群往往因利益分割等问题而影响集群的良性发展，为此有必要在集群内部组建通过集群内部自我组织或者由政府出面组织成立行业协会，以加强集群治理:通过协会的自我管理、自我约束和自我调整,化解内部企业间的种种矛盾、增进集群的凝聚力,协会还可以通报集群内的动态信息、加强集群内部交流,形成内部团结、一致对外的集体观念,并与国际上其他行业协会交流沟通。佛山地方政府就积极引导和支持每个专业镇成立一个平台、一个检测机构、一个行业协会、一个行业网站、一个生产力促进中心,同时通过政府和市场的合力,促使专业镇上规模上台阶,一些专业镇市场通过与国家行业协会合作,建起了"中国陶瓷网"、"中国不锈钢网"、"国际童装网",弹丸之地的环市已经发布了三次中国童装流行趋势。

(3)鼓励发展本地的中介组织和企业服务组织,实现本地化网络嵌入。产业集群发达区域,一般都活跃着专利代理、商标代理、律师、经济师、会计师、评估机构、企业咨询、广告策划,以及商会、行会等组织机构,在频繁的正式和非正式交流中,越来越精确的交易关系才能得到发展,分工细化的经济网络和人脉网络才能得以形成(王缉慈,2005)。中国不同地区政策灵活性的空间差异、本地不同所有制企业间的"所有制距离",以及地方政府促进企业网络的服务机构不足、企业对网络缺乏认识等问题,阻碍了本地网络的形成和增强,许多高新产业区、科技园区企业嵌入性薄弱,企业只注重从政府获得廉价资源和优惠政策,却无意技术创新能力的培育,主要依赖与跨国公司建立联系及外国的技术支援,产业集群对外部依存度过高,内部企业间却联系松散,没有在信任基础上形成紧密的网络,没有形成本地化的创新网络,一个个集群中的"孤岛"相互缺乏交流的通道,制约了集群自主创新能力的提高(刘存福,侯光明,李存金,2005)。王缉慈和王缉宪(1998)分析了中关村发展过程中,企业本地联系网络不仅没有增强,而且由于企业"飞"到外地或直接与外国企业建立联系,相反形成削弱的趋势。因此,政府部门特别需要大力发展中介组织,引导企业间的合作互动,建立互动互助、集体行动合作机制,促进本地企业之间的联系和互动,使中小企业在培训、金融、技术开发、产品设计、市场营销、出口、分配等方面，实现高效的网络化的互动和合作以克服其内部规模经济的劣势；政府还要建立以公共服务为宗旨的组织机构和专门化的技术开发公司，为集群内中小企业提供技术服务，并通过有效的教育与培训计划、不断提高本地企业的人员素质，加强企业间、以及企业与科研机构的联合与合作。

(4)要加大知识产权保护力度，促进科技创新成果及时转化为生产力。在知识产权和专利制度得不到有效保护的市场环境中，企业通常不愿意进行创新投入，因此，政府部门需要加快知识产权相关立法的进程，坚决打击各种假冒伪劣商品和侵犯知识产权的行为，确保创新产品的正常收益，使自主创新成为企业追求利润最大化和自身发展的合理选择。政府部门要以促进技术流动与扩散为重点，在规模较大的产业集群内直接建立知识产权交易市场，在规模较小的产业集群区域组建综合知识产权交易市场，加强企业、科研机构、大学、中介服务组织等机构的结合互动，为科技创新单位与企业之间搭建有效的交易平台。

(5)采取切实有效的措施构建产业集群的科技创新平台，完善产业集群科技创新体系。首先，要加大重大基础科研投入，保证研究与发展预算和科技预算占地方财政总支出的比例逐年稳步增长，鼓励企业和机构联合研发基础科技项目，避免技术升级带来的集群停滞或衰退。基础性的科学技术属于准公共产品，由于创新投资风险较大，且创新产品外部效应较强，企业创新的收益很容易被其他企业模仿、假冒而侵占，不能完全靠市场机制的作用调节创新所需的资源配置。地方政府要通过加强科研基础设施、创新政策、中介服务网络等环境建设，通过促进相关人才的集聚，开展本区域关键共性技术的开发，不断创造高级的生产要素。历史上，新英格兰高尔夫球棒产业集群以生产钢制标枪、钢头球杆和木头球杆为主，当加利福尼亚的公司采用先进材料生产高尔夫球棒时，东海岸的制造商难以与之竞争，企业被兼并或退出行业，新英格兰地区的钢制高尔夫球棒彻底衰落。其次，政府需要建立解决产业集群共性关键技术问题的公共科技机构，建立企业开展竞争前研发的公共研发平台，加大以产业集群为基础的科技创新系统投入，在投入研发资金、组织技术力量、引导技术创新方向、控制技术创新节奏和保护技术创新成果等发挥主要作用。佛山不少专业特色镇通过搭建行业技术创新中心，在提高产业集群的竞争力和促进区域经济可持续发展等方面取得了明显效应。如，1998年西樵镇党委和镇政府及时伸出“有形之手”，并在随后几年投入1.2亿元建起了公共技术服务平台—西樵南方技术创新中心，为纺织企业设计开发了1万多个新产品，市场命中率达80%，产品开发周期由原来的20~30天缩短到3-5天，开发成本下降50%，一批批新产品被国家纺织产品开发中心评定为“中国流行面料”，使“西樵纺织”又重新焕发光彩。南庄镇政府无偿出让51%的股份给中国陶瓷行业最高学府—景德镇陶瓷学院共同创办起华夏建陶研究开发中心，该中心相继被国家科技部等部委批准为国家建陶生产力促进中心、国家日用及建陶工程技术研究分中心，甚至被国际陶瓷权威机构—英国陶瓷研究协会认定为欧盟之外惟一认可的实验室，可代表该协会直接出具检测报告，并承担了《大规格超薄砖研发》等多项国家级和省级科研攻关项目，申请了10多项陶瓷发明专利，为国内十多个省超过600家企业提供了服务。第三，要鼓励企业自主创新投入，以良好的法规制度环境，完善创新的制度环境和创新体系建设，加强技术研发和专利保护，使产业集群能够依靠创新提供高质量产品和服务。产业集群应以企业为创新主体，培育和保护民间的创新创业热情，尤其要大力发挥科技型中小企业在区域创新体系中的重要作用，增强民营科技企业的创新能力。政府可通过各种公益研究经费等扶持产业集群核心技术的研究与开发，要洞察产业集群关键技术和终端产品的市场动态，掌握技术与市场先机，支持产业集群的核心企业努力掌握核心技术;如,顺德家电产业集群,为了解决中小企业创新不足问题,由广东省科技厅与顺德区人民政府合作共建总投资1.05亿元的华南家电研究院,通过建立研发中心、检测中心、科技中介服务等形式为家电企业提供服务,重点解决家电产业发展过程中基础性和前瞻性的问题,实施核心技术研发和为中小企业提供社会化服务。政府还需要引导产业集群内更多的企业参与技术和生产的合作,进一步提高技术创新的深度和广度,企业与企业之间是互相开放的,企业共用技术平台,使更多的技术实力不太强的企业加入辅助性创新、补充性创新、相关性创新的行列。如,美国硅谷计算机开放的兼容标准,将复杂的系统分解为若干简单的子系统,使模块化的组件可在多家公司间同时独立创新, 每个子系统只需要完成自己份内的创新就可以完成整个产业链的创新,只要组件符合设计规范,计算机制造商就能从其中选择出最佳的组件组装成最终产品 (Saxenian, 1994)。第四,产业集群在发展过程中,应引入风险(创业)投资基金,以支持科技创新人员为主体组成的民营科技企业自行创业和创新活动。如台湾的新竹工业园区,同类企业高度集聚,电子、计算机零部件企业达到99%,其中许多企业都是由原来的企业裂变、孵化出来的。

6.4.2 市场协同策略

产业集群人才吸引力提升中的产业协同策略,主要是通过增强产业集群的实力,特别是创新能力,提升产业集群的自身档次,以提高对高层次人才的吸引力,而市场协同整合策略则主要是要实现劳动力市场的协同整合。

分散的劳动力市场上,就业机会与劳动力资源之间的不对称分布,专业人才和企业的匹配并不能即期完成,因此存在摩擦性失业的可能。产业集群集聚了同一产业或相关产业,甚至同道工序的许多企业,导致对专业技术人才的大量需求,整合企业分散的劳动力需求形成了一个共享的庞大的专业性劳动力市场,为人才提供了更多的就业信息和就业机会，减少了人才就业岗位搜寻的密度和广度，降低了搜寻成本和流动风险，也为企业节约了培训时间及搜寻时间，降低了劳动力要素保持成本。因此，产业集群人才吸引力提升的市场协同策略则是要进一步发挥劳动力市场的协同整合效应。

(1)提供集群层面的人力资源管理服务。人力资源管理流程包括职位需求分析、工作分析、招聘、甄选、培训、绩效考评、员工意见调查、薪酬福利、员工关系等几个方面的内容，还有企业的工作岗位分析、招聘、培训、员工意见调查、薪酬福利设计等。许多中小企业不具备自身开展规范人力资源管理活动的能力，管理的落后制约着企业的继续发展，因此可以在集群层面成立系列专业性的人力资源外包公司，将企业大多数的人力资源工作外包，如将烦琐的、重复性的人事档案管理等行政事务委托人才中心管理，国家法定的福利，如养老保险、失业保险、医疗保险、住房公积金等事务性工作也可以委托专门的代理机构管理，高度专业化的招聘、工作分析、培训、职称评审等职能也能全部或部分外包给专业公司。通过提供集群层面的人力资源管理服务，可以减轻企业人力资源管理的压力，使其能够以较低的成本获取专业化的人力资源服务，降低人力资源管理的整体成本，引导其向规范化方向发展，提升企业整体管理水平，增强企业的核心竞争力。

(2)加强人才信息系统建设和整合。首先，要整合企业的人力资源需求信息。将企业零星的人才需求整合起来，形成招聘的集团军优势。除了积极利用本地人才资源外，更要注重外部人才资源、外部人才市场的为其所用，积极开发外部人才市场，扩大产业集群的影响力和产业集群的人才吸引的磁场和覆盖面，形成产业集群的人才吸引优势。如顺德区人事局每年都要组织高校应届毕业生暨在职人才供需见面洽谈会，将产业集群企业的人才需求整合起来，如家电业的科龙、美的、格兰仕、万家乐、顺特电气、康宝电器、科达机电等众多知名企业单位，以及几百家中小企业搭随便车，云集现场招聘,形成了庞大的人才需求规模,吸引了全国各地的高校毕业生前往求职。其次,整合产业集群内部人才信息资源。要充分建立共享的人才网络平台,实现人才统计标准的统一和信息的贯通,既为人才和企业在更大范围内的双向选择提供便利,也利于产业集群从整体上把握人才现状,促进人才服务效率。通过共享的人才网络平台系统,集群内企业间的员工,可以不必流出集群就完成工作的转换,实现人才一体化,人才为集群所有,能够在企业间互相自由流动,企业不再各自为政,一家企业富余的劳动力很可能正好被另一家企业的高需求所抵消,起到削盈补齐的作用,能够降低企业人才的直接保养成本,避免劳动力短缺的问题,也可以减少了人才的摩擦性失业,便于人才的知识交流和个人成长。当然还可以建立行业垂直招聘联盟网站,形成以产业集群整体形式面向全国的招聘系统。

(3)加强人才的培养,鼓励人才适度流动。人们面对人才集中带来的日益激烈的人才竞争局面时,会深切感到人力资本的重要性,为提高自身的就业竞争力或者想谋求更好的岗位,他们会积极进行具有产业特征的专用性技术投资,也愿意花时间参加企业的在岗,脱岗培训等再教育活动,有利于劳动力的专业化发展,而人才的适度流动,也驱使劳动力市场呈现一定程度的区域性匀质化。如加州对竞争避止协议的规定比较宽松,导致计算机产业集群中的企业间人才流动活跃,人员在不同公司间的频繁流动,优化了人力资源配置,增进了员工的交流,加速了知识溢出,但也降低了公司对员工培训投入的积极性(Fallick,Fleischman,Rebizer,2005)。所以区域政府要加强人力资本的投资,特别是职业技术教育投入,进行针对性的专才培养,形成高、中、低三种人才合理分布的金字塔结构,以提高整个产业的技术水平。

通过发挥产业集群内部劳动力市场的协同效应,人才拥有更多的成长与发展机会,日益激烈的人才竞争局面以及人才的流动造成知识溢出，还有利于人才的快速成长，人力资本不受贬值，人才深切地感到技术资产的重要性，为提高自身的就业竞争力或者想谋求更好的岗位，他们会积极进行具有产业特征的专用性技术投资，也愿意花时间参加企业的在岗、脱岗培训等再教育活动，又会进一步促进劳动力的专业化。从长期看，市场的协同有利于产业集群的专业化发展，有利于竞争性就业市场的形成。

6.4.3 品牌协同策略

品牌，是一种名称、术语、标记、符号或设计及其组合运用，目的是借以辨认某个销售者或某群销售者的产品或服务，并使之同竞争对手的产品或服务区别开来(科特勒，1999)。不同的属性、利益、价值、个性、文化、顾客构成了不同的品牌内涵，品牌内涵一经消费者认可，就易形成品牌忠诚，进而强化品牌的专有性。求职者找工作的过程类似于消费者购买产品，消费者通过付出金钱换取产品，以满足消费方面的需求；而求职者通过付出人力资本(如技能、经验等)换取职位，以满足工作方面的需求，企业应该通过公共关系、品牌设计、环境建设等方式塑造良好的企业形象，这也能成为吸引人才、稳定人才的手段(Vice，Thomas，1992)。

产业集群品牌是众多企业品牌精华的浓缩和提炼，它比单个企业的品牌更形象直接、更有深度，具有更广泛的持续品牌效应，可以使每个企业都享受正向的外部经济性，集群品牌的竞争力是单个企业无法获得的只有集群才能具有的。产业集群品牌包括产品品牌和雇主品牌两大支柱：集群产品品牌是在产品市场上针对外部消费者建立的品牌，是在区域范围内形成的具有相当规模和较强制造生产能力、较高市场占有率和影响力的集群和所属企业的商誉总和，是集群企业集体行为的综合体现；雇主品牌是人才市场上针对内部消费者和潜在内部消费者建立的品牌，是组织向现有和未来的工作人员传达它是一个理想的工作场所的努力的总和 (Ewing, et al. 2002)。产品品牌和雇主品牌是实现产业集群品牌的手段，它们统一于产业集群的集群品牌之下，构成伞形系统。产业集群人才吸引力提升的品牌协同战略，也需要考虑产品品牌和雇主品牌两个方面的协同整合，分别以顾客满意、员工满意为目标和出发点，使产业集群在外部和内部消费者市场上同时树立良好的形象，从而增强集群的人才吸引力。

(1)完善集群的产品品牌，提升集群的产业形象。产品品牌是产业集群的外部品牌，是集群众多企业共同创造出来的，代表集群产品主体和形象的品牌，体现着产业集群的产业发展水平，能将特定集群与其他区域区隔，形成集群产品的美誉度、吸引度和忠诚度，如巴黎时装、瑞士手表、硅谷软件等。产业集群可以通过统一对外促销、规范品质标准、认同专利技术、推广共同商标、共享集群信誉等来创立集群的产品品牌，以有效提升集群整体形象和产业竞争力，开拓更广阔国内外市场，确定合适的销售价格，也有利于改善企业对外交往形象，提升整个区域形象，为招商引资和吸引人才创造有利条件。如顺德在发展之初借助与香港毗邻的地缘优势，便捷地利用香港的资金、市场、人才、国际贸易经验、交通条件等等来促进自身的发展，同时在技术和品牌等方面又不完全依赖香港，注重发展自主的企业、自主的产品、自主的市场，成功培育了“美的”、“科龙”、“万家乐”、“格兰仕”、“万和”、“蚬华”、“容声”、“神州”等一大批家电品牌，拥有六个中国家电驰名商标、十四个中国家电名牌。一年一度的顺德家电博览会，名牌荟萃，本地企业频繁地开展广告、营业推广、公关宣传、展会活动，世界客商的云集造就了良好口碑，整个家电产业集群企业的形象和声誉都得到极大提升，良好的集群产品品牌又吸引了大量家电人才的流入。均安镇则提出，利用“均安牛仔”已经形成的集群发展优势和较高的知名度，通过加强区域经济形象推广，组织企业参加各种重要展会，为企业拓展商机的同时，打造自己的区域品牌，吸引更多优秀人才。

(2)树立良好的雇主品牌。组织既要吸引新员工，也要维持已有员工，就需要注意雇主品牌的建设（Berthon，Ewing，et al.，2005）。雇主不仅可以通过雇主品牌吸引潜在人才，而且还可以依靠雇主品牌改善员工关系，保留需要的人才。产业集群塑造良好的雇主品牌，可以提高产业集群在人才市场中的美誉度，树立良好的口碑效应，凸显自身差异化优势和区隔，并在潜在员工心目中占据比其他对手更为优越的地位；有助于人才的识别和认知，吸引与集群及企业价值观相同的人才，降低招聘成本，甚至在工资待遇较低的情况下也能够吸引到优秀人才；有利于提升本地人才的认同感和自豪感；有利于产业集群各界的力量自觉地投入到人才吸引力营造和品质提升的努力中来，从而起到降低集群的招聘成本、提升招聘效益的效果。产业集群建立良好的雇主品牌，必须要实现内外两方面雇主品牌的协同。对于外部受众，塑造良好的雇主品牌，需要通过积极承担社会责任来树立良好的形象、在招募中塑造雇主品牌、对学校开展公关活动、实施员工推荐制度以及媒介宣传、广告宣传、公共关系、口碑传播、网络宣传、关系营销等等。如在汶川地震后，顺德专门派出企业招聘组前往都江堰等地进行人才招聘，既解决了企业的人才需求问题，也大大提升了顺德的社会责任形象。产业集群的雇主品牌更多的是一种内部品牌，是对员工这一内部顾客群体的一种整体承诺，产业集群需要对内建立一个宽松、和谐、以人为本的环境，注重整个人力资源领域和企业文化的建设，加强人才社会保障服务的供给，以人力资源开发的眼光看待人才的使用，转变企业的竞争策略和人才观念，避免为了降低成本开展的恶性的人才压价竞争行为，防止人才使用过程中的短视行为。特别是专业人才的人力资本存在专用性，只能应用于某个专业领域，人力资本量越高，专业性越强，技术资产的通用性就越低，就业范围也越窄，因此为维护集群的雇主品牌可以适度制定关键类别专业人才使用的最低价格标准，并督促企业落实雇主品牌的各项承诺，将其转化为企业的管理政策和行为，避免对个体专业人力资本投资和知识积累积极性的打击，中断人力资本私人投资的动力，最终导致劳动力市场的弱质化（张耀辉，周铁昆，2004）。产业集群一旦提升了自己独特的雇主品牌形象，就能强烈感召和吸引潜在员工，成为一流人才的首选应聘目标，在吸引、开发和留住人才的竞争中会有卓越的表现。

（3）加强品牌形象宣传。营销文献发现，消费者对某个品牌的熟悉程度会影响品牌的吸引力：消费者对某个品牌的熟悉程度越高，越倾向于关注功能性因素，而熟悉程度越低，越倾向于关注象征性因素。同样，对于人才而言，对一个组织的熟悉程度与组织吸引力评价也呈正相关（Turban，Greening，1996；Turban，2001）。产业集群既需要树立产品品牌，对消费者进行营销；同样也需要树立雇主品牌，对潜在的求职者进行营销，因此可以借鉴营销中的品牌塑造理论来建设集群品牌。Larsen 和 Phillips(2002) 借用了市场营销学中的详尽可能性模型（ELM）研究了对组织和工作属性以及个体—组织适配性的详细描述，对组织吸引力评判会产生影响。Roberson 等(2005) 也同样使用了 ELM 模型发现，信息的详尽程度影响适配性的认知，适配性的认知影响求职意愿，适配性的认知在信息详尽程度和求职意愿之间充当中介变量；在显式的招募信息下，对组织属性和个体—组织适配性的认知影响到求职意愿；在隐含的招募信息下，组织吸引力和个体—组织适配性影响到求职意愿。产业集群可以集聚资源，协同内部企业，集中广告宣传的力度，打造集群品牌，吸引更多人才。

6.4.4 文化协同策略

产业集群是建立在共同产业文化背景下的人与人之间信任基础上的经济网络关系。文化既成为联结集群内各组织的无形纽带，也约束规范集群向着共同的目标发展（王立军，2007）。在研究硅谷与 128 公路的兴衰对比中，以 Saxenian(1994) 为代表的学者们发现硅谷和麻省 128 公路地区电子产业，单纯从技术和人力资源角度，无法区别优劣，根本差异在于硅谷有着更适合高技术企业发展的机制和文化氛围，文化差异是影响地区创新绩效的主要因素，“勇于创新，鼓励冒险，宽容失败；崇尚竞争，平等开放；知识共享，讲究合作；容忍跳槽，鼓励裂变”的合作创新文化成就了硅谷的辉煌，而保守封闭的文化以及工业体系差异等因素之间的非协调性抑制了128公路地区“集群”效应，并产生负外部性。集群运行机制的基础便是信任和承诺等人文因素，群内企业间合作的基础是信任文化而不是契约，企业因为地域的接近和企业家之间的密切联系，形成共同的正式或非正式的行为规范和惯例，共同分享技能、资源，共担成本，降低了合作的风险和成本。

产业集群的基础是本地的产业文化和创业氛围。在一个产业集群内，由于地理接近、产业关联，企业竞争与合作并存，紧密的联系形成了一种同质的集群文化，产生了一个共同的价值观，集群内各个企业在不断构建提高本企业的文化竞争力的同时，也逐渐形成并构建出集群文化，从而构成集群人才吸引力的一个重要影响因素。

(1)团队文化。产业集群文化是在产业集群内部倡导和培育的一种集群全体成员共同认可并遵守的信念、价值观及行为规范，它超越了单纯的制造企业，被交互关联的企业、专业化供应商、服务供应商、相关产业的厂商，以及当地政府、社区、大学、机构、行会等共同认可与遵从，是一种团队文化，能在无形中约束、激励、引导集群中各个企业的行为，在体现区域化分布、专业化经营、市场化联动、社会化协作等特征的集群运作机制中，形成一种既相互配合、相互补充又相互竞争、相互监督的群体氛围，从而树立起集群在市场上和社会上的良好形象。集群团队文化需要所有的成员共同继承和发扬中华民族重视集体荣誉的优秀文化传统，创建和谐相互信任的合作关系，自觉适应集群的共同价值观，约束、规范自身行为，主动维护集群的社会形象。

(2)开放文化。首先，要关注内部宽松开放的文化氛围的塑造，集群需要加强文化设施配套建设，鼓励企业、大学机构、科研院所、政府部门通过职业协会、学术会议、论文著作出版、咖啡馆、茶馆等等多种正式和非正式渠道进行相互交流、共享信息、讨论共同的问题，特别是要创造条件，鼓励同行业之间的非正式交流，越具基础性的产业知识就越隐性、越综合、越丰富，技术创新所需信息量就越大，非正式网络作为支持系统的作用就越重要。在分析波士顿128公路地区落后于硅谷的原因时，Saxenian(1994)指出，128公路地区的工业结构是以独立的大企业为主，大企业完全依赖自身的资源来发展，采用自给自足的生产方式和效忠企业的管理模式，企业之间缺乏交流，导致了该地区创新活动中的失败；而硅谷有许多技术创新者通过咖啡馆、茶馆、学会里的相互交流萌发出创新的火花，解决了自己在创新过程中遇到的难题。其次，集群文化需要对外部的文化开放包容。集群文化本身是不同文化交流、碰撞和理解融合产生的结果，优秀的集群文化既要整合国外文化、传统文化和区域文化的精髓，又要整合集群内部企业的文化精华，使其成为“一体多元”型文化，然而产业集群发展到一定程度后可能出现过度的路径依赖，陷入封闭自锁状态，因此必须注意与外部行业内外的综合交流，把握产业发展趋势（王立军，2007）。

（3）共生文化。产业集群内部企业、大学、科研机构和中介组织在地理上的集聚以及类同文化因素，便于企业通过集群行为主体间的互动建立稳定和持续的关系，为组织内部和不同组织间的隐含经验类知识准确地传递和扩散创造了条件，促进隐性知识传播，营造浓厚的产业氛围，企业不仅存在竞争关系，而且存在广泛的合作关系，在竞合中企业实现共生；而同样产业集群中人才的联系紧密，人才与人才之间合作与竞争并存，能够共享诸多知识、市场、技术和信息，人才不仅存在竞争合作关系，也存在共生成长效应，人才与企业共生、不同层次人才共生、内部人才与外部人才共生，人才在频繁的流动和创业扩散活动中共生，从而才能够获得持续成长（姚丹，2007）。

（4）创新文化。Florida（2002）指出，产业集群需要营造良好的创新氛围和创造环境以吸引具有创新性的人，而创造吸引人才的环境远比创造产业氛围更加重要，其中，创造吸引人才喜欢的生活环境和方式也非常关键。真正的产业集群应当是一个有机整体，在园区内不仅有工厂厂房，还有写字楼，酒店、咖啡厅、住宅，白天人们更自在单位工作，夜间则可以通过各种非正式交流，联络感情、交换思想，形成一种复合的独特的地点竞争优势；而不是一座白天繁忙，夜间却人烟稀少，人们缺乏交流的死城。产业集群存在的创新环境是区域发展的文化力，在这种文化力的推动下，供-产-销企业在地理上接近，各类信息及时反馈，交易费用得以降低，新企业不断繁衍，区内企业频繁接触，协同作用，呈现既竞争又合作的动态均衡局面，共同获得成功(王缉慈，1998)。

集群文化的协同，将使其对内具有强大的凝聚力，对外又具有强大的影响力、感召力，从而拥有强大的人才吸引力。因此，可以说，集群的发展强化了其文化的形成，文化又反过来成为产业集群吸引人才，增强竞争力的不竭源泉。

在本章前面论述的基础之上，本文构建了产业集群人才吸引力协同整合模型，见图 6-2。首先，区域、产业集群和企业三个层次需要增强自身的人才吸引力，其次，产业集群要充分发挥中间组织的协同整合中介作用，促进产业协同、品牌协同，提升集群的档次，增加了对高层次人才的需求；同时实现劳动力市场的协同和文化的协同，消除了人才的使用、流动和成长的障碍，使人才环境得以改善。

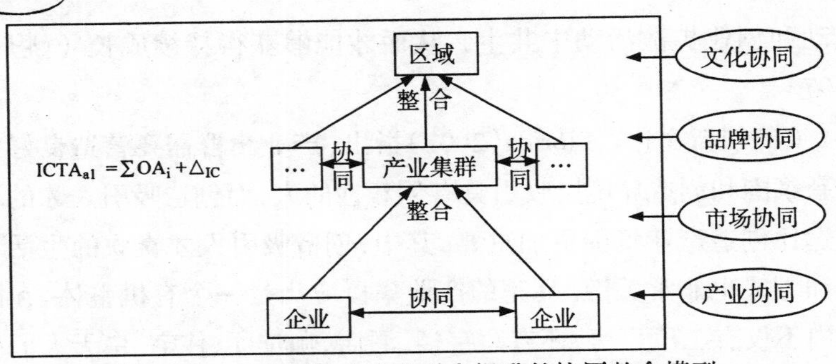

图 6-2 产业集群人才吸引力提升的协同整合模型

6.5 本章小结

产业集群人才吸引力是多层面多种因素长期协同作用的结果，产业集群人才吸引力的提升需要政府部门、产业组织和企业等各方面共同努力。

本章首先分析产业集群人才吸引过程中的协同效应与自增强效应，产业集聚及其带来的区域经济发展和企业实力的增强，共同产生了人才吸引的协同效应，而人才吸引力增强带来的人才集聚，反过来又促进了产业集群、区域经济和企业的发展，同时也扩展了社会网络，对人才集聚产生自增强效应；因此，产业集群人才吸引力提升的简便路径，应当是先发挥协同效应，再借助自增强效应。

然后利用协同理论，提出了产业集群人才吸引力的多层次协同整合策略，需要营造良好的区域宏观人才环境，优化企业微观人才环境，以及加强集群中观机制的建立，最重要的是要实现人才吸引的协同整合，并详细地阐述了产业集群的产业协同、市场协同、品牌协同，以及文化协同，构建了产业集群人才吸引力提升的协同整合模型，为产业集群人才吸引提供政策参考。

第7章 研究结论与展望

7.1 研究结论

产业集群是市场经济条件下工业化进行到一定阶段后的必然产物，是现阶段国家产业竞争力的重要来源和集中体现，也是我国区域经济增长的动力，为我国的工业化和城市化进程作出了巨大的贡献。产业集群吸收了大量的社会就业人口，解决了大批剩余劳动力的就业问题，也吸引和培养了大批人才。面对21世纪，经济全球化的竞争，产业转移和产业升级成为不可逆转的趋势，如何吸引和保留人才成为保持产业集群竞争优势，使其顺利持续发展的关键。本文主要探索了产业集群的人才吸引力效应，及其形成和影响机制，并提出相应的政策建议和措施。

1)理论解释了产业集群人才吸引力效应

本文对产业集群人才吸引力的相关理论研究文献的主要观点进行了系统全面的归纳，对产业集群的人才吸引力进行了概念的界定，对产业集群人才吸引力效应进行了理论解释。

2)区分了产业集群人才吸引力效应研究的不同视角

认为产业集群人才吸引力效应是与其他对象对比的结果，可能出现正负和零三种情况，指出产业集群与对比对象的吸引力差异可能来源于区域差异、行业差异和集群差异，并指出集群差异者是产业集群人才吸引力正效应的真正来源，因此如果研究产业集群人才吸引力效应，必须要从区域、行业方面把握两者具有可比性角度，从不同视角分别研究吸引力差异，然后分析了中国产业集群发展的区域特点和行业特点，明确了从同区域出发的研究思路。

3)开发了产业集群人才吸引力的测量量表

借鉴组织吸引力的测量方法，建立了人才吸引力评价量表，对产业集群人才吸引力效应进行了实证检验。通过与非产业集群进行对比研究，以定量分析实证的方法首次证实了由产业集群自身及相关的特性影响产业集群人才吸引力效应的存在，并且集聚差异是由产业集群自身特性带来的，而不是由于行业、企业性质或者样本个体等差异引起的。

4)建立了产业集群人才吸引力影响因素的多层次模型

运用组织研究的多层次理论方法，将产业集群人才吸引力的影响因素从宏观到微观划分为区域、集群和企业三个不同层面，建立了产业集群人才吸引力影响因素的多层次模型，并设计出产业集群人才吸引力的影响因素量表，对区域、集群、企业三个不同层面的多种影响因素进行了实证检验，证实了产业集群人才吸引的确受到区域、集群、企业和工作四个不同层面多因素的影响。

5)揭示了产业集群人才吸引力影响因素的作用机制

综合人口迁移理论、产业集群理论和组织吸引力理论，分析了宏观、中观和微观因素对产业集群人才吸引力的影响机制，并运用结构方程模型进行了实证检验，揭示了从宏观层到微观层不同因素对产业集群人才吸引力的直接影响和间接影响作用规律。

6)提出了促进产业集群人才吸引力提升的协同整合策略

本文运用协同理论分析了产业集群人才吸引力提升的措施。针对区域宏观层面、企业微观层面的重要的直接影响因素提出了相应的政策建议，并着重论证了产业集群中间组织特性在完成人才吸引力协同整合中的关键作用，阐述了产业集群人才吸引力的提升要注重实现产业协同、市场协同、品牌协同，以及文化协同，为产业集群人才吸引提供了政策参考。

本文最后认为，在产业集群人才吸引力提升的协同整合策略的促进下，产业集群人才吸引将突破瓶颈，外部人才将不断流入，而内部人才能够持续成长，产业集群能够保持人才竞争优势，顺利进行结构调整和产业升级，推动产业集群的持续健康发展。

7.2 研究展望

由于国内外关于产业集群的人才吸引力，还处于起步阶段，相关研究的成果比较匮乏，本文仅对此进行了部分探索性的研究，更加系统全面深入的研究，还有待今后与其他研究人员进一步展开：

1) 人才吸引力效应的跨区域、跨行业比较

本文实证研究的样本全部来自于佛山，虽然佛山地区的产业集群种类繁多，发展水平较成熟，但是中国的区域差异巨大，其他沿海地区，以及中西部内陆地区的情况千差万别，而且我国产业集群数量众多，行业跨度也非常大，所以，本文所得结论的代表性必然有所局限。

2) 人才吸引力评价量表及影响因素量表的改进

虽然本文对产业集群人才吸引力的测量进行了初步研究，参考了大量的文献资料，设计出人才吸引力评价量表和影响因素测量量表，但是仍然有推广应用和修改完善的余地。在人才吸引力影响因素的遴选和指标设计的代表性和精炼性上，也存在改进的空间。出于研究主线的简单化设计，没有充分考虑人才吸引中的微观工作因素，也没有对不同类型的专业人才进行分别研究，没有考虑个人因素在人才吸引过程中的主动性。

3) 人才吸引力跨层次交互作用机制的完善

本文研究了区域层对产业集群层、企业层，产业集群层对企业

层的影响，却没有考虑同一层次内部的交互作用，以及低一层次因素对高一层次因素的“浮现”作用，也为以后的研究提供了很大的拓展空间。

4）产业集群人才吸引力培育和提升的协同整合策略有待实证检验

本文以协同理论为基础，设计了产业集群培育和提升人才吸引力的产业协同、市场协同、品牌协同和文化协同策略，但因国内外产业集群对人才吸引力的关注尚处于起步阶段，该协同整合策略还需要进行实用操作的具体化，以进行实证检验。

参考文献

[1] 2005年全国1%人口抽样调查课题组.我国农村劳动力迁移空间距离的变化及特征.调研世界,2008,(5):6—9

[2] Aiman-Smith,L.,Bauer,T.N., Cable, D.M.*Are you attracted? Do you intend to pursue? A recruiting policy-capturing study*. Journal of Business and Psychology, 2001,16(2):219—237

[3] [Albinger H S, Freeman S.*Corporate social performance and attractiveness as an employer to different job seeking populations*. Journal of Business Ethics, 2000,28(3):243—254

[4] Albinger, H S., Freman, S J..*Corporate Social Performance and Attractiveness as an Employer to Different Job Seeking Populations*. Journal of Business Ethics,2000,28:243—253

[5] Alison K.M.; YANG, Y.; et al.*Preferences for job attributes associated with work and family : A longitudinal study of career outcomes*. Sex Roles, 2005, 53(5—6): 303—315

[6] Anderson,G.. *Industry clustering for Economic Development*. Economic Development Review,1994,12(2): 26—32

[7] Arthur, J.B. *Effects of Human Resource Systems on Manufacturing Performance and Turnover*. Academy of Management Journal, 1994,35

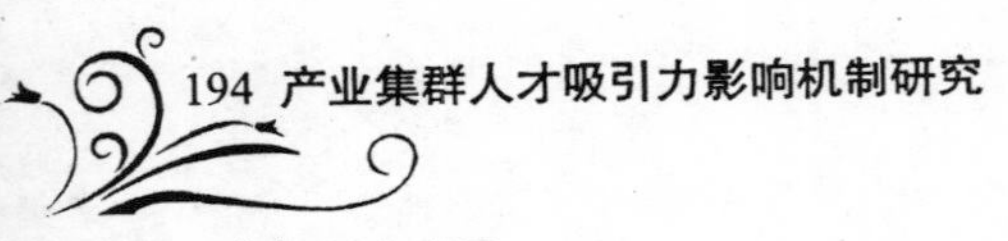

(3):670-687.

[8] Audretsch, D., Feldman, M. *Knowledge spillovers and the geography of innovation and production*. American Economic Review, 1996, 86(3): 630—640

[9] Backhaus K, Stone B, Heiner K. *Exploring the relationship between corporate social performance and employer attractiveness*. Business and Society, 2002, 41 (3),292—318

[10] Baek-Kyoo Joo, Gary N.Mclean. *Best Employer Studies: A Conceptual Model from a Literature Review and a Case Study*. Human Resource Development Review, 2006,5(2): 228—257

[11] Banerjee Biswajit, Bucci Gabriella. *On-the-job search in a developing country: an analysis based on Indian data on migrant*. Economic Development and Culture Change,1995,(4):565—583

[12] Banister J. China: *Internal and Regional Migration Trends// Floating Population and Migration in China*. Hamburg: Institute fur Asienkunde,1997

[13] Baptista R, Swann P. *Do firms in clusters innovate more*. Research Policy,1998,27:525—540

[14] Barney, J . *Firm Resources and Sustained Competitive Advantage*. Journal of Management, 1991,17(1): 99—120

[15] Bauer T N, Aiman-Smith L. *Green career choices: The influences of ecological stance on recruiting*. Journal of Business and Psychology, 1996, 10 (3),445—458

[16] Belleflamme P., Picard P. *An Economic Theory of Regional Clusters*. Journal of Urban Economics,2000(48): 158—184

[17] Berman S L,Wicks A C, Kotha S, Jones T M. *Does stakeholder orientation matter? The relationship between stakeholder management models and firm financial performance*. Academy of Management

Journal, 1999, 42 (5):488—506

[18] Berry, L L. *The employee as customer*. Journal of Retail Banking, 1981, 3(1): 25—28

[19] Berthon, P., Ewing, M., Li, L H. *Captivating company: dimensions of attractiveness in employer branding*. International Journal of Advertising, 2005,24(2) :151—172

[20] Boekholt P, Thuriaux B. *Public policies to facilitate clusters: background, rationale and policy practices in international perspective*. In: OECD. *Boosting Innovation: The cluster Approach*,1999:381—412

[21] Boxall, P.and Steenveld, M. *Human resource strategy and competitive advantage: A longitudinal study of engineering consultancies*. Journal of Management Studies, 1999,36(4):443—463.

[22] Branham, L. *Planning to become an employer of choice*. Journal of Organizational Excellence, 2005, (Sum): 57—68

[23] Bresnahan, T., Gambardella, A.,Saxenian, A.. *"Old economy" inputs for "new economy" outcomes: cluster formation in the new Silicon Valleys*. Industrial and Corporate Change 10: 835—860.

[24] Bretz, R D., Judge, T A. *The Role of Human Resource Systems in Job Applicant Decision Processes*. Journal of Management,1994, 20 (3):531—551

[25] Broadman H G, Sun X. *The distribution of foreign direct investment in China*. World Economy,1997, 20: 339—361

[26] Burton J F, Parker J E. *Interindustry variations in voluntary labor mobility*. Industrial and Labor Relations Review.1969(22): 199—216

[27] Cable, D., Judge, T.A. *Interviewers' perceptions of person-organization fit and organizational selection decisions*. Journal of Applied Psychology, 1997, 82:546—561

[28] Cable, D., Judge, T. A. *Pay Preferences and Job Search*

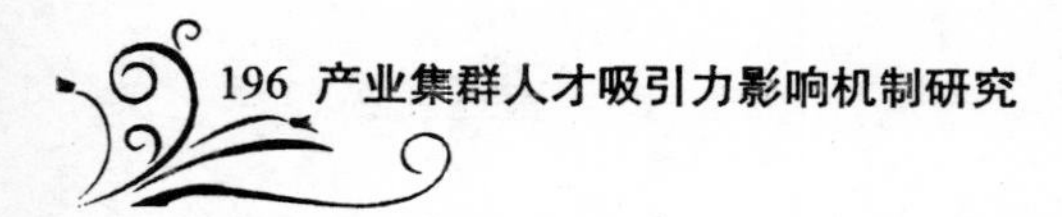

Decisions: A Person-organization Fit Perspective.Personnel Psychology, 1994, 47: 317—348

[29] Cable, D., Judge, T. A. *Person-organization fit, job choice decisions, and organizational entry*. Organizational Behavior and Human Decision Processes, 1996, 67: 294—311

[30] Carless SA, Imber A. *Job and organizational characteristics-A construct evaluation of applicant perceptions*. Educational and Psychological Measurement,2007, 67(2): 328—341

[31] Carless, S.A., Imber, A. *The influence of perceived interviewer and job and organizational characteristics on applicant attraction and job choice intentions: the role of applicant anxiety*. International Journal of Selection and Assessment, 2007,15(4):359—371

[32] Carless, S. A. *A longitudinal study of applicant reactions to multiple selection procedures and job and organizational characteristics*. International Journal of selection and assessment, 2003,11:345—351

[33] Chan K W. *Post-Mao China: A Two-class Urban Society in the Making*.International Journal of Urban and Regional Research, 1996,20 (1):134—150

[34] Chan K W. *Urbanization and Rural-Urban Migration in China Since 1982: a New Baseline*. Mordern China, 1994,20(3): 243—281

[35] Chapman, D. S., Uggerslev, K. L., Carroll, S. A., et.al.. *Implications of a Meta-analytic Review of Recruiting Correlates for Military Recruitment*. Presented to the NATO Task Force Group on Military Recruitment Retention, Brussels, Belgium, 2004.

[36] Ching-Yi Chou, Guan-Hong Chen. *How to Win the War for Talent? Case Study in Biotech Related Industries of UK*. Journal of Human Resource Management,2004, 4, (4):131—154

[37] Christiansen F. *Social Division and Peasant Mobility in*

Mainland China: the Implications of the Hu-kou System. Issues and Studies, 1990,26(4):22—42

[38] Christine Quinn Trank, Sara L. Rynes, Robert D. Bretz, Jr.. *Attracting Applicants in the War for Talent: Differences among High Achievers*. Journal of Business and Psychology, 2002,16(3):331—345

[39] Collins,C., Stevens, C.K. *Initial Organizational Images and Recruitment: a Within-subjects Investigation of the Factors Affecting Job Choices*. Presented at the 14th Annual Conference of the Society for Industrial/Organizational Psychology,Atlanta, Georgia

[40] Diamond C and Simon C. *Industrial specialization and increasing returns to labor*. Journal of Labor Economics 1990,(8):175—201

[41] Ehrhart, KH, Ziegert JC. *Why Are Individuals Attracted to Organizations*. Journal of Management, 2005,31(6):901—919

[42] Eisebith M F,Eisebith G. *How to Institurionalize Innovative Clusters? Comparing Explicit Top-down and Implicit Bottom-up Approches*. Research Policy,2005, 34: 1250—1268

[43] Fan, C. Cindy, Scott, Allen J. *Industrial agglomeration and Development: A Survey of Spatial Economic Issues in East Asia and a Statistical Analysis of Chinese Regions*. Economic Geography; 2003, 79 (1):295—319

[44] Feldman, M P., Francis, J., Bercovitz, J. *Creating a Cluster While Building a Firm: Entrepreneurs and the Formation of Industrial Clusters*. Regional Studies, 2005, 39(1): 129—141

[45] Filip Lievens, and Scott Highhouse. *The relation of instrumental and symbolic attributes to a company's attractiveness as an employer*. Personnel Psychology, 2003, 56: 75—102

[46] Fingleton B,Igiiori D C,Moore B. *Employment growth of small*

computing service firms and the role of horizontal clusters: evidence from great Britain 1991—2000, the Regional Science Association: British and Irish Section 32nd annual conference, Brighton,2002

[47] Fombrun C ,Shanley M. *What's in a name? Reputation building and corporate strategy*. Academy of Management journal, 1990, 33 (2): 233 − 258

[48] Fujita, M., Krugman P. *The New Economic Geography: Past, Present and the Future*. Papers in Regional Science,2004,83

[49] Gatewood R D, Gowan M A, Lautenschlager G J. *Corporate image, recruitment image, and initial job choice decisions*. Academy of Management Journa1,1993, 36 (2):414—427

[50] Granovetter, M.. *Economic action and social structure: the problem of embeddedness*. American Journal of Sociology, 1985,91:481—510

[51] Greening D , Turban D. *Corporate social performance as a competitive advantage in attracting a quality workforce*. Business and Society, 2000, 39 (3),254—280

[52] Hannon, J. M. *Organizational attractiveness in Japan: a screening perspective*. The international Journal of Human Resource Management,1996,(5):489—507

[53] Harn,T.J., Thornton,G.C.III. *Recruiter counseling behaviours and applicant imressions*. Journal of Occupational Psychology, 1985,58: 57—65

[54] Harris, M. M., Fink, L. S. *A field study of employment opportunities: Does the recruiter make a difference*. Personnel Psychology, 1987,40:765—784

[55] Harrison, B. *Industrial Districts: Old Wine in New Bottles*. Regional Studies,1992,26:469—483

[56] Hausknecht,J.P.,Day,D.V.,Thomas,S.C. *Applicant Reactions to Selection Procedures: An Updated Model and Meta-analysis*. Personnel Psychology.2004,57(3):639—683

[57] Head K, Ries J. *Inter-city competition for Foreign investment: Static and dynamic effects of China's incentive areas.*Journal of Urban Economics,1996,40:38—60

[58] Helsley, Robert W., William C. *Strange. Matching and Agglomeration Economies in a System of Cities*. Regional Science and Urban Economics, 1990, 2, 189—212

[59] Herman, R.E., Gioia, J.L.. *Helping Your Organization Become an Employer of Choice*. Employment Relations Today (Wiley); 2001,28: 63—78.

[60] Highhouse S, Stierwalt S L, Bachiochi P, Elder A E, Fisher G. *Effects of advertised human resource management practices on attraction of African American applicants*. Personnel Psychology, 1999, 52(2):425—442

[61] Highhouse, S., Lievens, F., Sinar, E.F.. *Measuring Attraction to Organizations.*Educational and Psychological Measurement, 2003, 63 (6):986—1001

[62] Holmes T,Stevens J .*Geographic concentration and establishment scale* .The Review of Economics and Statistics,2002,84,682—690

[63] Hu, B.,Weng, Q X. *The Selection of City HR Environment Evaluation Indexes.*International Conference on Wireless Communications, Networking and Mobile Computing, 2007.WiCom 2007: 4427—4431

[64] Hu, B., Weng, Q X. *Why Talent Concentrates to Industrial Clusters?* 4th International Conference on Wireless Communications, Networking and Mobile Computing, 2008.WiCOM , 2008: 1—6

[65] Hu, B., Mo, L. *Research on the Motivation Factors for the*

Development of Talent in the Industry Cluster. In: LAN Hua.Proceedings of 2006 International Conference on Management Science and Engineering.Harbin: Harbin Institue of Technology Press, 2006: 1237—1242

[66] Huselid, M A. *The Impact of Human Resource Management Practices on Turnover, Productivity and Corporate Financial Performance*. Academy of Management Journal, 1995,38(3):635—672

[67] Jenny M. Hoobler, Nancy Brown Johnson. *An analysis of current human resource management publications*. Personnel Review, 2004, 33: 665 — 676

[68] Joan R. Rentsch, Alicia H. McEwen. *Comparing Personality Characteristics, Values, and Goals as Antecedents of Organizational Attractiveness*. International Journal of Selection and Assessment, 2002, 10(9):225—234

[69] John T. Delaney, Mark A. Huselid. *The Impact of Human Resource Management Practices on Perceptions of Organizational Performance.* The Academy of Management Journal, 1996, 39: 949—969

[70] Joo, B K., Mclean, G N.. *Best Employer Studies: A Conceptual Model from a Literature Review and a Case Study*. Human Resource Development Review, 2006,5(2): 228—257

[71] Judge, T A ,Bretz RD. *Effects of work values on job choice decisions*. Journal of Applied Psychology,1992, 77(3):261—271

[72] Judge,T A.,Cable,D M.. *Applicant Personality, Organizational Cculture and Organization Attraction*. Personnel Psychology, 1997,50 (2):359—394

[73] Klein, K.J., Dansereau, F., Hall, R.J. *Levels issues in theory development, data collection, and analysis*. Academy of Management

Review, 1994,19:195—229

[74] Klein, K.J.,Kozlowski, S.W.J. *Multilevel theory, research, and methods in organizations-Foundations, extensions, and new directions*. San Francisco: Jossey-Bass.2000

[75] Kristof A L. *Perceived applicant fit: Distinguishing between recruiters' perceptions of person-job and person-organization fit*.Personnel Psychology, 2000,53: 643—667

[76] Kristof A L. *Peron-organization fit: An integrative review of its conceptualizations, measurement, and implications*. Personnel Psychology, 1996, 49: 1—30

[77] Krugman P: *Increasine Returns and Economic Geography*. Journal of Political Economy,1991,99:183—199

[78] Laker,D.R., Gregory,S.R.. *Attraction and Influence On the Employment Decision of the Recent Hotel and Restaurant Graduate*. Journal of Hospitality Tourism Research 1989; 13; 31—42

[79] Larsen,D.A., Phillips,J.I. *Effect of recruiter on attraction to the firm: Implications of the elaboration likelihood model*. Journal of Business and Psychology, 2002,16(3):347—364

[80] Lewis,W .A . *Economic Development with Unlimited Supply of Labour* . The Manchester School of Economic and Social Studies, 1954,(3):139—191 .

[81] Lieb, P. S. *The effect of September 11th on job attribute preferences and recruitment*. Journal of Business and Psychology, 2003, 18(2)

[82] Lievens,F., Decaesteker, C., Coetsier,P.,et al. *Organizational Attractiveness for Prospective Applicants: A person-Organisation Fit Perspective*.Applied Psychology: An International Review,2001,50(1): 30—51

[83] Lievens,F., Greet, V H, Bert, S. *Examining the relationship between employer knowledge dimensions and organizational attractiveness: An application in a military context.* Journal of Occupational and Organizational Psychology, 2005 , 78(4) : 553—572

[84] Lievens, F., Highhouse, S. *The relation of instrumental and symbolic attributes to a company' s attractiveness as an employer.*Personnel Psychology, 2003, 56: 75—102

[85] Luo, L., Brennan,L., Liu,C., Luo,Y. *Factors Influencing FDI Location Choice in China' s Inland Areas.* China World Economy, 2008,16(2):93—108

[86] Ma L.J. *The Spatial Patterns of Interprovincial Rural—to—Urban Migration in China 1982—1987.* Chinese environment and Development, 1996,7(12): 73—102.

[87] Marjolein, C. J., Verspagen, B.. *Barriers to Knowledge and Regional Convergence in an Evolutionary Model.*Journal of Evolutionary Economics,2001,(11):307—329

[88] Markusen, Ann. *Sticky places in slippery space: A typology of industrial districts.* Economic Geography.1996,72(3):293—313

[89] Martin, R., Sunley, P. *Deconstructing clusters: chaotic concept or policy panacea?* Journal of Economic Geography, 2003,3:5—35

[90] Martin.R., Sunley.P.. *Paul Krugman' s geographical econonics and its implications for regional development theory: A critical assessment.* Economic Geography.1996.72(3): 259—292

[91] Maurer, S.D.,Howe,V., Lee,T W. *Organizational recruiting as marketing management: An interdisciplinary study of engineering graduates.* Personnel Psychology, 1992, 45: 807—833

[92] Mcmeekin,A.Coombs,R.. *Human Resource Management and the Motivation of Technical Professionals.* International Journal of

Innovation Management,1999,3(1):1—26

[93] Jörg, Meyer-Stamer. *Understanding of the Determinants of Vibrant Business Development: The Systemic Competitiveness Perspective.* Working Paper, 2003.www.mesopartner.com.

[94] Mitchell T.R.,Holtom B.C.,Lee T.W.,Sablynski C.J., Erez M.. *Why People Stay: Using Job Embeddedness to Predict Voluntary Turnover.* Academy of Management Journal.2001(44):1102—1121

[95] Mo, L.,Hu, B.,Sun W B.*Research on the Learning Mechanism in Industrial Cluster*.In: LAN Hua.Proceedings of 2007 International Conference on Management Science and Engineering.Harbin: Harbin Institue of Technology Press, 2007:1584—1589

[96] Mo, L.,Hu, B.,Sun, W B. *Research on Collective Learning Mechanism of Industrial Cluster: The Case of Wuhan Optics Valley*. In: Sifeng Liu.Proceedings of 2007 IEEE International Conference of Grey Systems and Intelligent Services. USA: Institute of Electrical and Electronics Engineers, 2007:1685—1690

[97] Mo, L.,Hu, H Y.,Sun, W B.*Learning levels of Collective Learning Mechanism in Industrial Cluster*. International Journal of Human Resources Development and Management, 2008, 8(1/2): 43—62

[98] Mobley W H, Griffeth R W, Hand H H, Meglino B M. *Review and conceptual analysis of the employee turnover process*. Psychological Bulletin.1979(86): 493—522

[99] Naresh, K., Chong T.F, Paw an Budhwar. *Explain Employee Turnover in a A sian Context*. Human Resource M anagement Journal, 2001, 11 (1) : 542—75

[100] Newburry, William ,Gardberg, Naomi A.Belkin, Liuba Y. *Organizational attractiveness is in the eye of the beholder: the interaction of demographic characteristics with foreignness*. Journal of International

Business Studies,2006, 37(5):666—686

[101] Oakey, R; Cooper, S. *High Technology Industry, Agglomeration and the Potential for Peripherally Sited Small Firms*. Regional Studies, 1989,23(4):347—360

[102] O' Reilly, C A., Chatman, J., Caldwell, D F. *People and organizational culture: A profile comparison approach to assessing person-organization fit.* Academy of Management Journal, 1991,34: 487—516

[103] Padmore, T., Gibson H. *Modelling systems of innovation: A framework for industrial cluster analysis in regions*. Research Policy, 1998,26:387—406

[104] Phelps N. *External economies agglomeration and flexible accumulation.* Transactions of the Institute of British Geographers. 1992.17(1):35—46

[105] Porter M.E. *Location, competition and economic development: Local clusters in a global economy*. Economic Development Quarterly, 2000,14(1):15—34

[106] Poter M.E. *Clusters and new economics competition*. Harvard Business Review.1998(11):77—90

[107] Powell, G. N. *Applicant reactions to the initial employment interview: Exploring Theoretical and methodological issues*. Personnel Psychology, 1991,44:67—83

[108] Powell,G.N. *Effects of job attributes and recruiting practices on applicant decisions: A comparison.* Personnel Psychology, 1984,37: 721—732

[109] Raines P. *Local or national competitive advantage? The tensions in cluster development policy*. European Regional Science Association conference papers.2001

[110] Rau, B.L., Hyland, M.M.. *Role conflict and flexible work arrangements: The effects on applicant attraction*. Personnel Psychology, 2002,55, 111—136

[111] Reiljan J, Hinrikus M, Ivanov A. *Key issues in defining and analyzing the competitiveness of a country*. Working paper,No.3974 of Estonian Science Foundation.Tartu University,2000,1—59

[112] Roberson, Q. M., Collins, C. J., Oreg, S. *The effects of recruitment message specificity on applicant attraction to organizations*. Journal of Business and Psychology, 2005,19(3):319—339

[113] Robert D.Gatewood, Mary A.Gowan, Gary J.Lautenschlager, *Corporate Image, Recruitment Image, and Initial Job Choice Decisions*. The Academy of Management Journal, 1993,36(2):414—427

[114] Robert, D. Bretz JR., Ronald A. Ash, George F. Dreher. *Do People Make The Place? An Examination of the Attraction-selcetion-attrition Hypothesis*. Personnel Psychology,1989,42 (3):561—581

[115] Romer P. *Growth based on increasing returns to specialization* . American Economic Review, 1987,(77):56—62

[116] Rynes, S.L., Barber, A.E.. *Applicant Attraction Strategies: An Organizational Perspective*. The Academy of Management Review, 1990,15 (4):286—310

[117] Rynes, S.L.,Connerley, M.L. *Applicant reactions to alternative selection procedures*.Journal of Business and Psychology, 1993.7: 261—277

[118] Rynes, S.L. *Recruitment Research and Applicant Attraction: What Have We Learned?* CAHRS Working Paper Series,1989

[119] Rynes, S. L., Boudreau, J. W. *College recruiting in large organizations: Practice, evaluation, and researcyh implications*.Personnel Psychology,1986,39:729—758

[120] Rynes, S. L., Heneman, H. G. III, Schwab, D. P. *Individual reactions to organizational recruiting: A review*. Personnel Psychology, 1980,33:529—542

[121] Rynes, S. L., Miller, H. E. *Recruiter and job influences on candidates for employment*. Journal of Applied Psychology, 1983,68,147—154

[122] Rynes,S.L., Schwab,D.P, Heneman,H.G.III. *The role of pay and market pay variability in job application decisions*.Organizational Behavior and Human Performance, 1983,31:353—364

[123] Saks, A.M., Wiesner, W.H., Summers, R.J. *Effects of job previews and compensation policy on applicant attraction and job choice*.Journal of Vocational Behavior,1996,49:68—85

[124] Schaubroeck J, Ganster D C, Jones J R. *Organization and occupation influences in the Attraction-Selection-Attrition process*. Journal of Applied Psychology, 1998,83: 869—891

[125] Schein,V.E.,Diamante, T. *Organizational attraction and the person-environment fit*.Psychological Reports,1988,62 : 167—173

[126] Schneider B, Goldstein H W, Smith D B.*The ASA framework: An update*. Personnel Psychology, 1995,48: 747—769

[127] Schneider B.*The people make the place*.Personnel Psychology, 1987,40 (3):437—453

[128] Schwab,D.P.,Rynes,S.L.,Aldag,R.J. *Theories and research on job search and choice*. Research in Personnel and Human Resource Management, 1987,5:129—166

[129] Scott E D. *Moral values fit: Do applicants really care*. Teaching Business Ethics, 2000, 4 (4) :405—435

[130] Shen J F. *Internal Migration and Regional Population Dynamics in China*. Progress in Planning,1996,45(3):123—188

[131] Smither, J.W., Reilly, R.R., Millsap, R.E., Pearlman,K., Stoffey, R. W. *Applicant reactions to selection procedures*. Personnel Psychology, 1993,46:49—76

[132] Suedekum, J. *Agglomeration and Regional Costs of Living*. Journal of Regional Science,2006, 46 (3): 529—543

[133] Sun Q, Tong W, Yu Q. *Determinants of foreign direct investment across China*. Journal of International Money and Finance, 2002,21: 79—113

[134] Sutherland, M M, Torricelli, D G, and Karg, R F. *Employer-of-choice branding for knowledge workers*. South African Journal of Business Management, 2002, 33(4): 13—20

[135] Tassier, T., Menczer, F.. *Social network structure, segregation, and equality in a labor market with referral hiring*. Journal of Economic Behavior and Organization,2008,66(3—4):514—528

[136] Taylor, M.S., Bergmann, H.J..*Organizational Recruitment Activities and Applicants' Reactions at Different Stages of the Recruitment Process*. Personnel Psychology ,1987, 40 (2):261—285

[137] Thomas, K.M., Wise, P.G. *Organizational attractiveness and individual differences: are diverse applicants attracted by different factors?* Journal of Business and Psychology, 1999,13:375—390

[138] Timothy R.Hinkin and J. Bruce Tracey. *The cost of Turnover*. Cornell Hotel and Restaurant Administration Quarterly,2000,(6):14 —21

[139] Tom, Victor R. *The Role of Personality and Organizational Images in the Recruiting Process*. Organizational Behavior Human Performance,6(5): 573—592

[140] Toulemonde, Eric. *Acquisition of skills, labor subsidies, and agglomeration of firms*. Journal of Urban Economics, 2006, 59:420—

439

[141] Truxillo, D. M., Steiner, D. D. *The importance of organizational justice in personnel selection: defining when selection fairness really matters*.International Journal of Selection and Assessment, 2004,12:39—53

[142] Turban D B, Greening D W. *Corporate Social Performance and Organizational Attractiveness to Prospective Employees*.The Academy of Management Journal, 1996,40 (3):658—672

[143] Turban D B,Lau C, Ngo H, Chow I, Si SX. *Organizational attractiveness of firms in the People's Republic of China: A person—organizational fit perspective*. Journal of Applied Psychology, 2001,86: 194—206

[144] Turban D. B.; Forret M. L.; Hendrickson C. L. *Applicant Attraction to Firms: Influences of Organization Reputation, Job and Organizational Attributes, and Recruiter Behaviors*. Journal of Vocational Behavior, 1998,52(1):24—44

[145] Turban D.B. *Organizational attractiveness as an employer on college campuses: an examination of the applicant population*. Journal of Vocational Behavior,2001,58:293—312

[146] Turban, D B., Dougherty, T W. *Influences of Campus Recruiting on Applicant Attraction to Firms*. The Academy of Management Journal, 1992,35 (4):739—765

[147] Turban, D B., Laub, CM, Ngob, HY. *Organizational Attractiveness of Firms in the People's Republic of China: A Person-Organization Fit Perspective*. Journal of Applied Psychology,2001,86 (2):194—206

[148] Turban, D.B., Forret, M.L., Hendrickson, C.L.*Applicant attraction to firms: Influences of organization reputation, job and*

organizational attributes, and recruiter behaviors. Journal of Vocational Behavior, 1998,52: 24—44

[149] Turban, D.B., Keon, T.L.*Organizational Attractiveness: An Interactionist Perspective*. Journal of Applied Psychology, 1993,78 (2): 184—193

[150] Turban, D. B.; Lau, C.M.; Ngo, H. Y.; Chow, I. H.S.; Si, S., *Organizational attractiveness of firms in the People's Republic of China: A person-organization fit perspective*. Journal of Applied Psychology. 2001, 86(2):194—206

[151] UNCTAD. *Promoting and Sustaining SMEs Clusters and Networks for Development*. Commission on Enterprise Business Facilitation and Development, Geneva, 1998,(9):2—4

[152] Vandenberghe C. *Organizational culture, person-culture fit, and turnover: a replication in the health care industry*. Journal of Organizational Behavior, 1999,20: 175—184

[153] Wang Jici, Wang Jixian. *An analysis of new-tech agglomeration in Beijing: a new industrial district in the making?* Environment and Planning A, 1998, 30:681—701

[154] Wei Y, Liu X, Parker D, Vaidya K. *The regional distribution of foreign direct investment in China*. Regional Studies,1999, 33: 857—867

[155] Weng,Q X. *The influence of Industrial Clusters' character on the growth of talents: an empirical research in four industrial clusters in China*. International Journal of Human Resources Development and Management 2008,8:150 — 162

[156] Wright , P.M., McCormick B., Sherman W.S., McMahan G.C. *The role of human resource practices in Petro-chemical refinery performance*. The International Journal of Human Resource Management,

1999 ,10 (3) :551—571

[157] Wright ,P., Snell, S.. *Toward an integrative view of strategic human resource management*. Human Resource Management Review , 1991 ,1 (2) :203—225

[158] Youndt , Mark A., Scott A.Snell , James W.Dean Jr., and David P.Lepak. *Human resource management , Manufacturing strategy , and firm performance*. Academy of Management Journal , 1996 , 39(4): 836 — 866

[159] Zhang S D. *The Floating Population: an Informal Process of Urbanization in China*.International Journal of Population Geography, 1996,15(1):13—25

[160] Zhou C, Delios A, Yang J. *Locational determinants of Japanese foreign direct investment in China*. Asia Pacific Journal of Management, 2002,19: 63—86

[161] 白列湖. 协同论与管理协同理论. 甘肃社会科学,2007,(5): 228—230

[162]白重恩、杜颖娟、陶志刚、仝月婷.地方保护主义及产业地区集中度的决定因素和变动趋势.经济研究.2004,(4):29—40

[163]波特.国家竞争优势.北京:华夏出版社,2003

[164] 蔡昉. 转轨时期劳动力迁移的区域特征. 中国人口科学, 1998,(5):18—24

[165]蔡宁,吴结兵,产业集群企业网络体系:系统建构与结构分析,重庆大学学报(社会科学版).2006,12(2):9—14

[166]蔡宁,吴结兵.企业集群的竞争优势:资源的结构性整合.中国工业经济,2002(7): 45—50

[167]蔡翔,郭冠妍,张光萍.国外关于人—组织匹配理论的研究综述.工业技术经济,2007,(9):142—145

[168] 查奇芬. 人才环境综合评价体系的研究. 技术经济,2002,

(11):20—21

[169]陈壁辉,李庆.离职问题研究综述.心理学动态,1997,6(1):26—31

[170]陈赤平.产业集群的技术创新:动因、优势与环境.湖南科技学院学报,2006,(6):90—91

[171]陈光,杨红燕.中小企业集群发展的模式分析.研究与发展管理,2004,(6):69—75

[172]陈柳钦.产业集群与产业竞争力.南京社会科学,2005,(5):15—23

[173]陈文华.产业集群治理研究.经济管理出版社,2007

[174]陈雪梅,张毅.产业集群形成的产业条件及其地方产业集群的政策选择.南方经济,2005,(2):69—71

[175]池仁勇,葛传斌.英国生物技术企业集群发展,支撑体系及影响因素分析,科学学与科学技术管理,2004,(9):82—85

[176]仇保兴.发展小企业集群要避免的陷阱——过度竞争所致的"柠檬市场".北京大学学报(哲学社会科学版),1999,(1):25—29

[177]邓建清,尹涛,周柳.广州市高级人才现状、影响因素及对策探讨,南方人口,2001,(4):29—33

[178]丁金宏,刘振宇,程丹明,刘瑾,邹建平.中国人口迁移的区域差异与流场特征.地理学报,2005,(1):106—114

[179]丁向阳.京、沪、穗、深、港人才竞争力比较.公共行政与人力资源,2005,(3):15—20

[180]方 澜,产业集群的组织边界研究——基于制度经济学,科技进步与对策,2005,(7):89—90

[181]符正平.论企业集群的产生条件与形成机制.中国工业经济,2002,(10):20—25

[182]傅京燕.中小企业集群的竞争优势及其决定因素.外国经济与管理,2003,(3):29—34

[183]高波.文化成本与地点竞争优势——对世界制造中心转移的文化经济学分析.南京社会科学,2005,(11):1—8

[184]高云虹.产业集群形成机理探究—基于关键性企业的视角.经济问题探索,2007,(1):72—77

[185]辜胜阻,李俊杰.区域创业文化与发展模式比较研究——以中关村、深圳和温州为案例.武汉大学学报(哲学社会科学版),2007,60,(1):5—11

[186]郭利平.产业集群成长的自组织和演化经济学分析.企业经济,2007,(6):52—55

[187]郭曦,郝蕾.产业集群竞争力影响因素的层次分析——基于国家级经济开发区的统计回归.南开经济研究,2005,(4):34—40,46

[188]贺灿飞,潘峰华.产业地理集中、产业集聚与产业集群:测量与辨识.地理科学进展,2007,(3):1—13

[189]胡蓓,翁清雄,杨辉.基于求职者视角的组织人才吸引力实证分析——以十所名牌大学毕业生的求职倾向为例.预测,2008,27(1):53—59

[190]华冬萍,徐兰.人才竞争力研究综述.现代企业教育,2007,(3):38—39

[191]黄建康.对产业集群就业创造效应的研究与思考.唯实,2004,(4):35—38

[192]黄坡,陈柳钦.产业集群与城市化:基于外部性视角.甘肃行政学院学报,2006,(4):72—74

[193]姜义平.产业集群形成和发展条件探析.企业活力,2007,(9):72—73

[194]康胜,企业集群演化的动力机制——基于向心力与离心力相互作用的分析,科技进步与对策,2004,(12):10—12

[195]李刚.试论产业集群的形成和演化—基于自组织理论的观点.学术交流,2005,(2):78—82

[196]李辉,张旭明.产业集群的协同效应研究.吉林大学社会科学学报,2006,(3):43—50

[197]李文清,贾岷江.产业集群竞争力研究中存在的问题.当代经济,2006,(8 下):9—10

[198]李晓园 吉宏 舒晓林.中国人才竞争力指标体系构建.中国人力资源开发.2004,(7):83—85

[199]李新春.企业家协调与企业集群—对珠江三角洲专业镇企业集群化成长的分析.南开管理评论,2002,(3)

[200]栗娜,曾晓萱.对台湾吸引海外人才发展高科技产业的研究.清华大学学报(哲学社会学版),2000,15(2):56—60

[201]梁东,汪朝阳.产业集群定量测度方法轨迹分析.科技进步与对策,2006,(12):64—66

[202]梁钧平,李晓红.象征性个人与组织匹配对雇主吸引力的影响——一项对雇主品牌象征性含义的研究.// 刘志彪,贾良定 主编南大商学评论(第 7 辑).南京大学出版社,2005

[203]刘爱雄,朱斌.产业集群竞争力及其评价.科技进步与对策,2006,(1):144—146

[204]刘爱中,邹冬生,周文新.产业集群竞争力的形成机制分析.科学学与科学技术管理,2006,(5):95—102

[205]刘春霞.产业地理集中度测度方法研究.经济地理,2006,(9):742—747

[206]刘存福,侯光明,李存金.中小民营企业集群的社会网络分析及发展趋势探讨.科学学与科学技术管理,2005,(7):144—148

[207]刘恒江,陈继祥.国外产业集群政策研究综述.外国经济与管理,2004,26(11):36—42

[208]刘芹,陈继祥.基于集群文化的高科技产业竞争力的培育研究.中国科技论坛,2006,(5):48—50,140

[209]龙奋杰,刘明.城市吸引人口迁入的影响因素分析.城市问

题,2006,(8):44—46,53

[210]鲁开垠.产业集群社会网络的根植性与核心能力研究.广东社会科学,2006,(2):41—46

[211]陆辉.产业集群与区域经济互动发展研究.时代经济论坛,2008,(8):12—13

[212]马刚.产业集群演进机制和竞争优势研究述评.科学学研究,2005,(4):188—196

[213]马进.区域人才环境评价指标体系的构成要素.人事管理,2003,(9):4—6

[214]迈克尔.波特.竞争论.北京:中信出版社,2003.208—219

[215]毛枳鑫.产业集群与产业组织创新研究.学习论坛,2005,21,(8):38—40

[216]倪鹏飞.城市人才竞争力与城市综合竞争力.中国人才,2002,(10):12—16

[217]倪鹏飞.中国城市竞争力报告 No.3—集群:中国经济的龙脉.北京:社会科学文献出版社,2005

[218]宁钟,张英.产业集群形成的必要条件和充分条件.科技导报,2005,(7):76—79

[219]潘晨光.人才蓝皮书:中国人才发展报告 NO.3.北京:社会科学文献出版社,2006

[220]潘慧明,李荣华,李必强.产业集群竞争力综合评价模型的设计.当代经济,2006,(3S):44—45

[221]彭移风.浙江产业集群人才需求特征与高职教育结构优化.经济论坛,2006,(18): 15—17

[222]饶扬德,伊俊勇.产业集群竞争优势分析.企业活力,2005,(4)

[223]施雯.产业集群与劳动力就业扩张机制研究——以广东省为例.特区经济,2007,(3):43—44

[224]孙翠兰.西方空间集聚—扩散理论及北京城区功能的扩散.

经济与管理,2007,(6):85—88

[225]孙建波.集群生态环境:基于文化与制度基础的分析.天府新论,2006,(3):34—38

[226]孙健.新兴工业化国家和地区人才集聚环境建设的经验及启示.中国海洋大学学报(社会科学版),2004,(6):170—174

[227]田志友,奚俊芳,王浣尘.社会经济系统评价指标体系设计:方法论原理及其实现—以产业集群竞争力评价为例.系统工程理论与实践,2005,(11):1—6

[228]汪华林.人才聚集:发展产业集群的基础保障.经济问题探索,2004,(12):104—106

[229]王秉安,产业集群竞争力构成要素模型研究—以晋江运动鞋产业集群为例,福建行政学院福建经济管理干部学院学报,2005,(2):42—46

[230]王秉安,陈振安,叶穗安.区域竞争力理论与实证.航空工业出版社,2000

[231]王崇曦,胡蓓.产业集群环境构成要素对人才吸引的作用浅议.理论前沿,2007,(11):31—32

[232]王崇曦,胡蓓.产业集群环境人才吸引力评价与分析.中国行政管理,2007,(4):50—53

[233]王崇曦,胡蓓.关于顺德产业集群环境对人才吸引的调研报告.世界经济文汇,2006,(6):45—56

[234]王春超.收入差异、流动性与地区就业集聚—基于农村劳动力转移的实证研究.中国农村观察,2005,(1):10—18

[235]王德,叶晖.1990年以后的中国人口迁移研究综述.人口学刊,2004,(1):40—46

[236]王奋,杨波.科技人力资源区域集聚影响因素的实证研究.科学学研究,2006,(10):722—726

[237]王桂新.中国人口迁移与区域经济发展关系之分析.人口

研究.1996,(11): 50—56

[238]王缉慈.创新的空间——企业集群与区域发展.北京大学出版社,2001

[239]王缉慈.关于中国产业集群研究的若干概念辨析.地理学报,2004,(10):47—52

[240] 王缉慈. 简评新产业区的国际学术讨论. 地理科学进展,1998,(3):1—7

[241] 王建强. 区域人才竞争力评价指标体系设计. 中国人才,2005,(8):26—27

[242]王蕾,周梅华.产业集群的品牌体系构建.江苏商论,2006,(12):94—95

[243]王立军.创新集聚与区域发展.北京:中国经济出版社,2007

[244]王顺.我国城市人才环境综合评价指标体系研究.中国软科学,2004,(3):148—151

[245]王锡群.企业人才竞争力评价指标体系的构建.当代经济,2007,(11上):50—51

[246]王学义.高新技术产业集群下的人才区域聚集战略研究——以绵阳国家高新技术产业开发区为例.理论与改革,2006,(6):83—87

[247]王养成.企业人才吸引力及其定量评价研究.工业技术经济,2006,25(12):115—119

[248]王铮,毛可晶,刘筱等.高技术产业聚集区形成的区位因子分析.地理学报,2005,(7):567—576

[249]韦伯:工业区位论(1929年). 商务印书馆,1997

[250]魏江.小企业集群创新网络的知识溢出效应分析.科研管理,2003,(7):54—60

[251]吴德进.产业集群的组织性质:属性与内涵.中国工业经济,2004,(7):14—20

[252]吴贵明,周碧华.产业集群人才优势形成机理研究.生产力

研究,2007,17: 93—94,138

[253]吴勤堂.产业集群与区域经济发展耦合机理分析.管理世界,2004,(2):133—134

[254]吴晓波,耿帅,徐松屹.基于共享性资源的集群企业竞争优势分析.研究与发展管理,2004,(8):1—8

[255]吴宣恭.企业集群的优势及形成机理.经济纵横,2002(11):2—5

[256]武晓楠.知识型员工流动原因的理论分析.中国海洋大学学报(社会科学版),2005,(2): 92—94

[257]夏若江,吴宇茜,谢威炜.基于共性技术的产业集群合作创新机制研究—佛山产业集群合作创新平台的建设及其启示.科技管理研究 2007,27(6): 205—207

[258]熊爱华,汪波.基于产业集群的区域品牌形成研究.山东大学学报,2007,(2):84—89

[259]许庆瑞,毛凯军.试论企业集群形成的条件.科研管理,2003,(1):72—76

[260] 严善平.中国九十年代地区间人口迁移的实态及其机制.社会学研究,1998,(2):67—74

[261]晏雄,寸晓宏.基于文化层面的企业集群竞争力探析.经济问题探索,2005,(11):64—66

[262] 杨长辉, 高阳.人力资源集群与虚拟团队.科学管理研究,2003(2): 99—101

[263]杨云彦,陈金永,刘塔.中国人口迁移:多区域模型及实证分析.中国人口科学,1999,(4): 20—26

[264]杨云彦.区域经济学.北京:中国财政经济出版社,2004

[265]姚凯.论高技术产业的区位因素.外国经济与管理,1996,(1):23—26

[266]姚涛,鲍华俊,杨薇.高技术产业集群中非正式创新网络的影响因素研究.重庆大学学报(社会科学版),2006 年第 12 卷第 3 期:

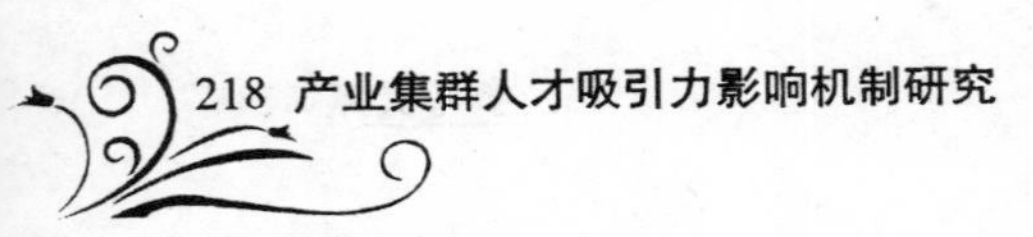

71—77

[267]臧旭恒,何青松.试论产业集群租金与产业集群演进.中国工业经济, 2007,(3): 13—21

[268]曾臻.佛山产业集群发展状况与对策探析.现代商贸工业,2008,20(10):89—90

[269]张炳申.中小企业集群及其就业的乘数效应——广东经验及其理论启示.华南金融研究,2003,(3):7—12

[270]张红,陈昶宇,叶飞等.顺德家电产业集群的区域品牌建设研究.经济问题探索,2007,(4):99—102

[271]张为付,吴进红.对长三角、珠三角、京津地区综合竞争力的比较分析.浙江社会科学,2002,(6):23—27, 81

[272]张为民,李希如,叶礼奇等.中国流动人口状况分析.经济研究参考,1998,51:2—18

[273]张文彬,黄佳金.1988—2003 年中国制造业地理集中的时空演变特点.经济评论,2007,(1):118—123

[274]张西奎.产业集群人才集聚与人才吸引力实证研究[D].华中科技大学硕士论文,2006

[275]张正堂.人力资源管理活动与企业绩效的关系:人力资源管理效能中介效应的实证研究.经济科学.2006,(2):43—53

[276]赵丽,张振明.人才资源与集聚环境的实证研究.职业时空,2005,(16)

[277]郑健壮,李迅.集群竞争力形成机理的研究:理论与实证.浙江学刊,2005,(6):163—168

[278]郑胜利,周丽群,朱有国,论产业集群的竞争优势,当代经济研究,2004,(3):32—36

[279]周丽梅.浙江省区域品牌发展模式与经验总结.商场现代化,2007,(7):304—306

[280]周敏.城市人才竞争力指标体系比较与改进思考.贵州工

业大学学报(社会科学版).2006,8(3):33—36

[281] 朱华晟. 产业集群发展中的企业家功能. 浙江经济, 2004,(20):41—43

[282]朱华晟.关于中小企业集群化的几点思考.发展研究,2000,(5):35—37

[283] 朱杏珍. 城市化建设中集聚人才探析. 技术经济与管理研究,2002,(1):93—95

[284] 朱杏珍. 人才集聚过程中的羊群行为分析. 数量经济技术经济研究,2002,(7):53—56

[285]踪家峰,曹敏.地区专业化与产业地理集中的实证分析.厦门大学学报(哲学社会科学版),2006,(5):122—128

[286]邹国胜.集群文化与产业集群竞争力.现代企业, 2006,(8):80—81

后　记

本书是在本人博士论文基础上修改完成的。三年的博士学习，是我一生难忘的经历。经过寒窗苦读，不懈努力，最终撰写成稿。进入华中科技大学，师从胡蓓教授，获得了学术研究的更高平台，也为学术道路上打开了一扇崭新的大门。在参与胡老师的国家自然科学基金项目“产业集群的人才集聚效应研究”（项目号：70572035）过程中，胡老师与我反复商量研究方向，探讨论文选题，论文从选题、构思到拟定写作大纲，从形成初稿、提炼创新点，不断修改到最后定稿，都倾注了胡老师的大量心血。在开题过程中，陈荣秋教授、廖建桥教授、龙立荣教授等都提出了宝贵的意见，在此表示衷心感谢。感谢我的师兄弟姐妹们，陈建安、张西奎、姚丹、刘立、莫莉、毛冠凤、王崇曦、古家军、翁清雄、孙跃、刘容志、陈芳、王聪颖等等，给予了我许多无私帮助和不断鼓励，也使三年团队生活更加精彩难忘。在实际调研工作中，还得到了佛山地区众多企业界同学的支持，在此一并表示感谢！

博士毕业后，进入经济学院理论经济学博士后流动站，合作导师刘海云教授长期以来对产业转移有着密切的关注研究，并取得了丰硕成果。在与刘老师的不断交流中，我思考着将产业转移与人力资源问题联接，并刘老师的悉心指导下，在产业集群人力资源吸引力研究的基础上成功的申报了国家社科基金项目“区际产业转移与劳动力供给结构的动态变化跟踪研究”(项目号:10CJY004),可以进一步深入产业转移和升级这一动态过程研究劳动力供需问题,而博士论文也有机会可以作为前期研究成果付梓出版。

转眼间,在武汉科技大学文法与经济学院已经教书十余年了,在邓泽宏院长、陈泽华副院长、张智勇副院长等领导和广大同事的关心和指导下,在教书育人的过程中,我能够不断更新思想,提升自我,并始终保持着对新生事物的开放胸怀和敏感性;在博士学习期间,他们支持我成功申报了湖北省中小企业中心课题两项、中国县域经济与社会发展研究中心课题一项,也建立了我展开科学研究的信心和勇气,并在2010年成功获批国家社科基金青年项目。专著能够在国家社科基金项目“区际产业转移与劳动力供给结构的动态变化跟踪研究”(项目号:10CJY004)、中国县域经济与社会发展项目“区域经济发展中的中小企业集群协同效应研究”(项目号:ZXJ09Y005),以及学院学科建设项目的经费共同资助下出版,借此我也对学院表示诚挚的谢意。

此外,我还要感谢家人对我精神上的鼓励和生活上的照顾。感谢我的岳父岳母、妻子,承揽了家庭的重担,对我生活学习与工作中的关心、包容、鼓励与支持。还有我的儿子,在我顺利完成学业之后,他正式地进入小学,希望他能够开心地学习,健康地成长。

感谢帮助支持过我的所有人,谢谢大家!

周均旭

2010年12月于武汉